AF184945

Horst Bosetzky

Razzia

Kappes 20. Fall

Kriminalroman

Jaron Verlag

Horst Bosetzky alias -ky lebt in Berlin und gilt als «Denkmal der deutschen Kriminalliteratur». Mit einer mehrteiligen Familien-saga (schließend mit «Kartoffelsuppe oder Das Karussell des Lebens», 2012), zeitgeschichtlichen Spannungsromanen sowie biographischen Romanen (wie «Der König vom Feuerland. August Borsigs Aufstieg in Berlin», 2011) avancierte er zu einem der erfolgreichsten Autoren der Gegenwart. Neben der Romanserie »Wie Berlin und Brandenburg wurden, was sie sind: Unglaubliche Geschichten aus dem Mittelalter« verfasste er in den letzten Jahren unter anderem mehrere Bände zu den Krimireihen «Es geschah in Berlin» (zuletzt «Unterm Fallbeil», 2012) und «Es geschah in Preu-ßen» (zuletzt «Mamsellenmord in der Friedrichstadt», 2012).

Originalausgabe
1. Auflage 2013
© 2013 Jaron Verlag GmbH, Berlin
Alle Rechte vorbehalten. Jede Verwertung des Werkes und
aller seiner Teile ist nur mit Zustimmung des Verlages erlaubt.
Das gilt insbesondere für Vervielfältigungen, Übersetzungen,
Mikroverfilmungen und die Einspeicherung und Verarbeitung
in elektronischen Medien.
www.jaron-verlag.de
Umschlaggestaltung: Bauer + Möhring, Berlin
Satz: Pinkuin Satz und Datentechnik, Berlin
Druck und Bindung: CPI – Clausen & Bosse, Leck

ISBN 978-3-89773-716-7

EINS

ES WAR DIE ZEIT der Künstler. Der Hungerkünstler. Das meinte jedenfalls Hermann Kappe, als er mit seinem Kollegen Gerhard Piossek auf dem Weg zum Mittagessen war. Der hatte im Hause Turmstraße 5 einen privaten Mittagstisch ausfindig gemacht.

«Eine Treppe rechts, Preisstufe 3, netter, gemütlicher Aufenthalt, Besteck mitbringen», referierte Piossek und las von einem kleinen Zettel ab, was an diesem Tage auf der Speisekarte stand und was dafür an Lebensmittelmarken abzuliefern war: *«Jägersuppe (25 Br), Gemüsetopf, bürgerlich (25 N oder 50 Br, 5 F, 200 K), Ungarischer Gulasch mit Bayerisch-Kraut (50 Fl, 10 F, 400 K), Fruchtspeise mit Sauce (10 Z, 50 N).»*

So ganz hatte Kappe das System der Lebensmittelmarken noch immer nicht begriffen, da das Einkaufen Sache seiner Frau war, aber er wusste immerhin, dass *Br* für Brot stand, *F* für Fett, *N* für Nährmittel, *Fl* für Fleisch und *Z* für Zucker. Nur was *K* meinte, wollte ihm in dieser Sekunde partout nicht einfallen. Käse, Kaffee-Ersatz, Kohlen?

«Mensch, Kartoffeln!», rief Piossek, als er ihn danach gefragt hatte.

Die beiden kamen aus dem Kriminalgericht, wo man sie in einem spektakulären Mordprozess angehört hatte, war es doch ihrer Arbeit zu verdanken, dass man der beiden Täter habhaft werden konnte und sie verhaftet hatte.

«Für die gilt Sartre», sagte Piossek, als sie am gedeckten Tisch Platz genommen hatten. *«Les jeux sont faits.»*

«Tut mir leid», brummte Kappe, «aber bei uns in Wendisch

Rietz auf der Dorfschule hatten wir nur einen Französischlehrer, der kein Französisch konnte.»

«Das Spiel ist aus», übersetzte Piossek. «Bei uns ist ja gerade das Sartre-Fieber ausgebrochen, und der Film soll wirklich gut sein.»

«Wir waren gestern im Schlosspark-Theater», sagte Kappe. «Klara mit ihrem Kulturfimmel! *Drei Mann auf einem Pferd*. Mir wäre eine Portion Pferdefleisch lieber gewesen.»

Piossek lachte. «Vielleicht hast du das gleich auf dem Teller, deklariert als Schweinefleisch.»

«Solange es kein Menschenfleisch ist!»

«Wer weiß ...» In dieser Hinsicht gab es allerlei Gerüchte in der Stadt. Man erzählte sich, dass Leute, die noch etwas mehr Fett auf den Rippen hatten, mit irgendwelchen Tricks in fremde Wohnungen gelockt wurden – um dann für immer zu verschwinden. Menschenfleisch sollte etwas süßlich schmecken. Piossek hatte bei diesem Gedanken auch gleich einen Kannibalenwitz parat. «Was essen Katholiken am Karfreitag? – Richtig, Fisch. – Und was essen Kannibalen am Karfreitag? – Fischer!»

Da wollte Kappe nicht hintanstehen. «Zwei Kannibalen verspeisen einen Clown. Da sagt der eine: ‹Der schmeckt aber komisch.›»

Piossek wusste noch einen. «‹Darf ich dir meinen Arm anbieten?›, fragt der verliebte Kannibale seine Angebetete. – ‹Danke›, entgegnet sie errötend, ‹ich habe schon gegessen!›»

«Guten Appetit, die Herren!» Die Dame des Hauses servierte das, was sie ungarischen Gulasch nannte.

Die beiden Kriminalkommissare versuchten, an etwas anderes zu denken, und redeten über die Schlagzeilen der Morgenzeitungen: Der amerikanische Kongress wollte im kommenden April den Marshall-Plan verabschieden, und in der britischen Zone hatte man die Entnazifizierung abgeschlossen. Letzteres war ein Thema, das Gerhard Piossek gar nicht behagte, war er doch mit einiger Begeisterung in die NSDAP eingetreten. Zum Glück hatten ihn gnädige amerikanische Offiziere als «Mitläufer» eingestuft, und er hatte seine Laufbahn bei der Berliner Kriminalpolizei fortsetzen können. Kappe akzeptierte ihn als Kollegen, aber dass sie einmal Freunde würden, hielt er für ausgeschlossen.

Schnell kam Piossek darauf zu sprechen, was sie nach der Mittagspause im Gerichtssaal erwartete und wie hoch das Strafmaß wohl sein würde.

Im *Telegraf* von Dienstag, dem 6. Januar 1948, konnten dann alle Berliner nachlesen, was passiert war:

Die gestrige erste Schwurgerichtsverhandlung im neuen Jahr endete mit einem Todesurteil gegen den 44jährigen Arbeiter Paul Sendsitzky wegen Raubmordes. Der 21jährige Mittäter Günter Köhler wurde zu lebenslänglicher Zuchthausstrafe verurteilt und beiden die bürgerlichen Ehrenrechte aberkannt.

Die 70jährige Rentnerin Marta Döring wohnte in der Müllerstraße nur wenige Häuser von Sendsitzky, dem Sohn ihrer verstorbenen langjährigen Freundin, entfernt. Sendsitzky, der den Verkehr mit «Tante Marta» weiter pflegte, hatte im Mai trotz guten Verdienstes seine Arbeit aufgegeben, um leichter «organisieren» zu können. Dabei lernte er auf dem Rummelplatz den Angeklagten Köhler, der wegen Unregelmäßigkeiten aus dem Elternhaus gewiesen war, kennen und gab ihm Unterkunft. Als Köhler ihn fragte, wie man schnell Geld verdienen könne, gab er zur Antwort: «Wir gehen einfach rauf und schlagen die Olle vor'n Kopf.» – Ein kurzer gemeinsamer Besuch am Sonntagmorgen des 8. Juni. Verabschiedend reicht die alte Frau ihre Hand dem Sendsitzky, wird dabei von diesem zu Boden gerissen und gewürgt. Köhler hält ihre Hände fest. Sein Vorschlag, ihr «eins über den Kopf» zu geben, war überflüssig, das Opfer wehrte sich nicht. Gemeinsam legten sie die Bewußtlose aufs Bett, und während Sendsitzky ihr eine Plättschnur um den Hals knotete, da Köhler befürchtete, sie sei «noch nicht ganz weg», schnitt dieser schon Brote ab, die, mit Schmalz bestrichen und mit Zucker bestreut, verzehrt wurden. Darauf packten sie alles Mitnehmenswerte ein und verkauften die Beute für 2000 RM auf dem schwarzen Markt.

Marianne Migola stand am Küchenfenster, hauchte gegen die Eisblumen, welche die Scheiben von oben bis unten bedeckten, und benutzte ihre Fingernägel als Schaber, um sich ein kleines Guckloch zu schaffen, durch das sie auf den Hof hinuntersehen konnte. Sie wollte wissen, ob der Müll endlich abgeholt worden war. Nein, auch heute noch nicht, obwohl sich Unrat und Abfälle schon so hoch um die schweren eckigen Mülltonnen stapelten, dass diese kaum noch zu erkennen waren. Zwei Ratten suchten sogar jetzt am helllichten Tag in dem Haufen nach etwas Essbarem. Als ob die Berliner Essen wegwarfen!

Sie hatte Hunger. Wie sollte es auch anders sein! Seit sie nicht mehr als Trümmerfrau arbeitete, bekam sie schlechtere Lebensmittelkarten. Dafür hatte sie jetzt nicht mehr den ganzen Tag zu schuften und konnte morgens ausschlafen. Jetzt war es elf, und langsam musste sie frühstücken. Aber was? Im Küchenschrank lag nur der Rest eines Kommissbrotes, noch immer klitschig, aber wenigstens nicht verschimmelt. Davon konnte sie sich zwei Scheiben rösten. Als Belag hätte sie sich norwegischen Räucherlachs, Schwarzwälder Schinken, ungarische Salami und holländischen Käse gewünscht, doch was sie hatte, war lediglich ein letzter Zipfel Fleischwurst und ein Rezept, aus einer Zeitung ausgerissen:

Kartoffelwurstaufstrich
150 g gekochte, geriebene Kartoffeln, 1–2 Eßl. Milch, Salz, 1 Zwiebel, 25–50 g Wurst.
Wurst sehr gut zerkleinern, ohne Fett rösten, feingeschnittene Zwiebel mitdünsten. Die Masse unter die gekochten Kartoffeln geben, Milch hinzufügen, abschmecken.

Sie murmelte «In der Not frisst der Teufel Fliegen» und machte sich ans Werk. Zum Glück funktionierte ihr Gasherd, während der Strom schon seit acht Uhr abgestellt war. Da sie ein paar gekochte Kartoffeln auf dem Fensterbrett liegen hatte, war ihr Brotaufstrich schnell zubereitet, ebenso wie ihr Muckefuck. Nicht gerade zufrieden mit dem Leben, aber doch guter Dinge, saß sie dann am Küchentisch und frühstückte. Ihr Wohnzimmer war nicht geheizt, nur in der Küche, wo sie im Herd ab und an Feuer machte und wo auch ihre Nähmaschine stand, konnte sie sich längere Zeit aufhalten, ohne sich Frostbeulen an den Füßen zu holen. Natürlich nur, wenn sie zwei Hosen übereinander trug und über ihren dünnen Pullover noch ihren Rollkragenpullover streifte.

Gerade hatte sie die letzten Krümel mit der angefeuchteten Spitze ihres rechten Zeigefingers vom Teller in den Mund befördert, da klingelte es. Einmal lang, einmal kurz. Sie fuhr zusammen, denn so hatte Gerhard geklingelt, ihr Verlobter, bevor er an der Westfront gefallen war.

Marianne Migola sprang auf, lief auf den Korridor und sah durchs Guckloch. Draußen stand Edda Damaschke, die Freundin, mit der sie zusammen gelernt und bei einem Zwischenmeister am Hausvogteiplatz gearbeitet hatte. Sie zog die Kette ab und öffnete die Wohnungstür. «Herein, wenn's keine Schneiderin ist!»

Edda lachte. «Ist es aber. Darf ich trotzdem?»

«Aber nur, wenn du wieder Bohnenkaffee im Rucksack hast ...»

«Habe ich!», rief Edda. «Wer beim Richtigen die Beine breit macht, der hat alles.» Das war eine Anspielung darauf, dass sie regelmäßig mit John Drake ins Bett ging, einem US-Sergeanten aus Columbus, Ohio. Von vielen Menschen wurde sie deswegen mit scheelen Blicken angesehen, von manchen auch gehasst. Ihr war es egal, denn wie sagte ihre Mutter immer? Ist der gute Ruf erst ruiniert, lebt es sich ganz ungeniert. Dass ihre Freundin Marianne so ehrpusselig war, konnte sie nicht recht verstehen. Bevor der nächste Krieg kam, musste man mitnehmen, was mitzunehmen war.

Marianne Migola holte ihre Kaffeemühle aus dem Schrank, schüttete die von Edda mitgebrachten Bohnen hinein und drehte geradezu andachtsvoll die Kurbel, bis das Mahlwerk alles zerkleinert hatte. Das Wasser kochte schon, und schnell war der Kaffee aufgebrüht. Marianne Migola geriet ins Schwärmen. «Schon allein der Geruch!»

Edda Damaschke staunte. «Bringt dir dein Süßer nie was mit nach Hause? Den hab ich doch auch schon auf dem schwarzen Markt gesehen.»

«Nee, der spart alles, der will sich ja selbständig machen.»

«Ach ja, die Männer!» Edda Damaschke stöhnte auf und begann dann zu singen:

> *Die Männer sind alle Verbrecher,*
> *ihr Herz ist ein finsteres Loch,*
> *hat tausend verschied'ne Gemächer,*
> *aber lieb, aber lieb sind sie doch.*

So wurde es ein schöner Vormittag. Als sie schon fast wieder am Gehen war, kam Edda Damaschke auf den eigentlichen Grund ihres Besuches zu sprechen. Sie hatte von ihrem GI ein großes Stück taubengrauen Stoff geschenkt bekommen. Sie holte es aus ihrem Rucksack. «Nadelstreifen-Gabardine, und daraus sollst du mir ein schickes Kostüm schneidern. Ich hab das alles verlernt und auch keine richtige Nähmaschine.»

«Ja, gern. Der Stoff reicht aber mindestens für zwei Kostüme.»

«Den Rest kannst du behalten.»

«Mensch, du! Danke!» Marianne Migola fiel der Freundin um den Hals.

Kaum war Edda Damaschke gegangen, holte Marianne Migola ihre Schnittmusterbögen aus der Schublade, rollte den Stoffballen auf dem Fußboden ab und markierte mit Schneiderkreide die einzelnen Teile des Kostüms, wie sie später auszuschneiden waren. Als sie sich sicher war, wie viel Stoff sie für das Kostüm brauchen würde, nahm sie eine Schere und trennte den Teil ab, von dem Edda Damaschke meinte, dass sie ihn behalten konnte. Schnell war der Stoff zusammengelegt und in ihrem Rucksack untergebracht. Wenn sie den auf dem schwarzen Markt verscheuerte, hatte sie endlich wieder etwas Vernünftiges zu essen.

So machte sie sich auf den Weg zum Schlesischen Tor, wo sie den Stoff am besten gegen Butter, Wurst und Speck eintauschen konnte. Als sie unten auf der Fuldastraße stand, überlegte sie, ob sie mit der Straßenbahn bis zum Halleschen Tor fahren und dort in die U-Bahn umsteigen – oder das Geld sparen und laufen sollte. Sie schätzte, dass es knapp anderthalb Kilometer zu Fuß sein würden. Das schaffte sie in weniger als einer halben Stunde, zumal es bis jetzt noch kein richtiges Winterwetter gegeben hatte und die Bürgersteige eisfrei waren.

Ruinen gab es auf ihrer Route nicht viele. Die Martin-Luther-Kirche auf der gegenüberliegenden Straßenseite war wie die Gebäude kurz vor der Ossastraße zerstört worden, aber im weiteren Verlauf fehlte nur noch ab und an ein Haus. Um den Bayerischen Platz herum, wo die Engländer und die Amerikaner mit ihren Flächenbombardements alles in Schutt und Asche gelegt hatten, sah es anders aus. Es war ein trüber Tag, und die Straßen waren ziemlich leer. Auf dem Weichselplatz spielten keine Kinder, und rechts davon lag tief und schmutzig der Neuköllner Schifffahrtskanal. Schwäne gab es keine, die waren wohl schon lange in der Pfanne gelandet. Sie ging über die Brücke und kam in die Lohmühlenstraße und damit vom Bezirk Neukölln, gelegen im amerikanischen Sektor, in den Bezirk Treptow, der zum sowjetischen Sektor gehörte. Doch niemand kontrollierte sie. Es war überhaupt menschenleer in dieser Gegend. Wenn jetzt jemand aus den Büschen kam und über sie herfiel ... Sie ging unwillkürlich etwas schneller und atmete auf, als sie kurz vor der Kiefholzstraße eine Brücke erreichte, die hinüber zum Görlitzer Ufer führte. Damit war sie in Kreuzberg und wieder im amerikanischen Sektor. Irgendwie fühlte sie sich hier sicherer. Über die Görlitzer kam sie zur Cuvrystraße. Die wollte sie hochgehen bis zur Schlesischen Straße, um dann zum Schlesischen Tor zu gelangen. Schon kamen ihr die ersten Schieber entgegen.

Mittelpunkt des schwarzen Marktes am Schlesischen Tor war das Restaurant Hackepeter an der Schlesischen Straße, Ecke Cuvrystraße. Hierher kamen auch viele Bewohner des sowjetischen Sektors, vor allem aus Friedrichshain über die nahe Oberbaumbrücke. Da der Schwarzhandel verboten war und man immer Angst vor einer plötzlichen Razzia haben musste, hielt man seine Waren nicht wie auf einem gewöhnlichen Markt feil, sondern benahm sich wie ein ganz normaler Spaziergänger und sprach leise vor sich hin, was man anzubieten hatte.

«Stoff», murmelte Marianne Migola. «Nadelstreifen-Gabardine ...» Sie kam sich dabei vor wie ein Kind, das von seiner Mutter losgeschickt worden war und auf den Weg zum Kaufmann ständig wiederholte, was es einkaufen sollte. Doch niemand interessierte sich für ihr Angebot, so dass sie sich schließlich entschied, ihr Glück in der Gaststätte zu versuchen. Das Hackepeter war gut besucht, doch hinten an der Tür zur Toilette konnte sie noch einen freien Zweiertisch entdecken. Die Männer blickten ihr hinterher, offensichtlich in der Hoffnung, dass sie sich für einen Packen Butter und Speck selbst anbieten würde. Das war ihr furchtbar peinlich, und sie verfluchte ihre Idee, hier in der Gaststätte nach einem Interessenten für ihren Stoff zu suchen. Sie entschloss sich, das Lokal wieder zu verlassen, drehte sich um – und prallte gegen einen Mann, der gerade aufgestanden war, um die Toilette aufzusuchen. Sie schrie auf.

«Gott, habe ich Ihnen weh getan?»

«Nein, nein», stammelte sie, «es ist nur ...» Dass er ihrem Gerhard, ihrem verstorbenen Verlobten, zum Verwechseln ähnlich sah, wollte sie dem Fremden nicht auf die Nase binden.

«Gestatten Sie, Peter Rembowski, Herrenausstatter. Ich bitte vielmals um Entschuldigung für mein kleines Missgeschick.» Er verbeugte sich mit einer Eleganz, die einem Willy Fritsch alle Ehre gemacht hätte. «Darf ich Sie als Wiedergutmachung zu einem Glas Glühpunsch einladen?»

Und führe mich nicht in Versuchung ... Doch Marianne Migola hörte nicht auf ihre innere Stimme und folgte dem Mann an seinen Tisch. Als Herrenausstatter hatte er sicherlich Interesse an ihrem Stück Nadelstreifen-Gabardine.

Komm, Karlineken,
komm, Karlineken, komm,
Wir woll'n zu Pankow gehen,
da ist es wunderschön!

Während sie das Treppenhaus fegte, sang Frieda Kopisch mit Inbrunst dieses Lied. Sie hätte es sicherlich nicht gesungen, wenn sie gewusst hätte, dass ein gewisser Adolf Spahn es 1888 komponiert hatte – denn jeder, der Adolf hieß, war ihr grundsätzlich suspekt.

Herr Göritz, der einarmige Lehrer aus dem vierten Stock, der gerade vom Unterricht nach Hause kam, störte sich hingegen an etwas anderem.

«*Nach* Pankow, Frau Kopisch, nicht *zu* Pankow.»

«Nee, Sie, da wette ick jede Summe druff, det et zu Pankow heißen tut.»

«Heißt, nicht heißen tut.» Göritz konnte nicht anders.

Frieda Kopisch überhörte die erneute Verbesserung. «Mein Mann is ja aus Bremen jekommen, und da sagen se: Ick jehe nach Karstadt und nich wie wir zu Karstadt, also is det doch jehuppt wie jesprungen. Ach ja, mein Karl-Heinz mit seine Ausdrücke: Wurzeln zu Mohrrüben und Feudel zu Wischlappen. Und wenn wa spazierjegangen sind, eenmal um't Karree rum, hatta jesagt: Um'm Pudding rum.» Sie wischte sich die Tränen aus den Augen. Ihr Mann war in den letzten Kriegstagen ums Leben gekommen, als sich der Volkssturm im Bereich Prenzlauer Promenade und Binzstraße verschanzt hatte, um die Rote Armee an der Einnahme Berlins zu hindern.

Göritz hatte seinen rechten Arm bei einer Schlacht am Dnjepr verloren, klagte aber nicht weiter darüber, weil er der Meinung war, dass dieser «Heimatschuss» ihm das Leben gerettet habe. Und zum Glück war er Linkshänder. Dass er nun amtlich als Krüppel geführt wurde, störte ihn auch nicht weiter, und er zeigte gern auf seinen leeren rechten Ärmel und erzählte dabei seinen Lieblingswitz. Auch die Portiersfrau bekam ihn heute zu hören. «Ein Soldat hat seinen linken Arm und beide Beine verloren. Als er von der Front nach Hause kommt, sieht er, dass sein Wohnhaus in Schutt und Asche liegt, und erfährt, dass seine Frau und seine drei Kinder bei einem Bombenangriff ums Leben gekommen sind. Da reißt er seinen verbliebenen Arm zum Hitlergruß hoch und ruft: ‹Hauptsache, Danzig ist deutsch!›»

Frieda Kopisch konnte darüber nicht so recht lachen, zumal sie wusste, dass Herr Göritz in der SED war. «Det is ma zu hoch», sagte sie dann auch.

«Dann man noch einen schönen Tag!», sagte Herr Göritz, während er seinen Weg nach oben fortsetzte.

«Ihnen ooch.» Die Hauswartsfrau sah ihm hinterher, griff wieder zu Handfeger und Müllschippe und arbeitete sich Treppenstufe für Treppenstufe langsam nach unten. Als sie auf dem Podest der ersten Etage angekommen war, hörte sie, wie unten die Haustür aufgestoßen wurde und Kinder lachten. Sie ahnte, was nun kommen würde, denn ein Lieblingsspiel der Jungen war «die Alte ärgern» – also sie. Und dies nur deshalb, weil sie tat, wozu sie da war: die Bengel vom Innenhof jagen, wenn sie dort auf den Mülltonnen spielten und lärmten. Eine Stinkbombe flog in den Hausflur, und der ätzende Qualm zwang sie, nach oben zu laufen und eines der schmalen Fenster aufzureißen, trotz der Kälte draußen. «Aasbande!», schrie sie nach unten. Wie man Stinkbomben baute, wusste sie von ihrem Enkel: Man nahm einen alten Rollfilm, den man den Eltern geklaut hatte, wickelte ihn in Zeitungspapier, so dass er aussah wie ein Knallbonbon, den man zu Silvester gebrauchte. Man zündete das Ganze an, warf es auf den Boden und trat es so schnell aus, dass es gewaltige Rauchwolken erzeugte.

Als sich der Qualm verzogen hatte, wollte Frieda Kopisch ihre Arbeit fortsetzen, doch da kam die Heinze die Treppe hoch, dieses aufgetakelte Ami-Flittchen. Die machte jetzt auf große Dame, dabei war sie die erste Mieterin gewesen, die im letzten Winter, als alle Abflussrohre eingefroren waren, auf Zeitungspapier gekackt und das stinkende Paket dann aus dem Fenster in den Hof geworfen hatte. Eine Ladung war dicht neben Frieda Kopischs Füßen gelandet. «Vor dem Haus unten ist es glatt, da muss einer was ausgekippt haben!», rief ihr die Heinze nun zu. «Sie sollten wieder mal wischen!»

«Nee, ick warte, bis Sie sich de Beene jebrochen ham», murmelte Frieda Kopisch, wusste aber, dass die Heinze recht hatte. Also machte sie sich auf den Weg in den Keller, um sich einen Eimer voll Asche zu holen und auf dem Bürgersteig vor ihrem Mietshaus zu verteilen. Sie hasste das, denn die Leute trugen ihr hinterher die ganze hellbraune Scheiße ins Treppenhaus, doch ihr Sand war schon aufgebraucht. Der Hauseigentümer war zu geizig, davon mehr anliefern zu lassen, und so gab es nur noch Asche zum Streuen.

Gewiss, sie hatte Haare auf den Zähnen und fürchtete weder Gott noch den Teufel, doch vor dem Gang in den Keller hatte sie doch einen ziemlichen Bammel. Wie oft hatte sie im Krieg bei Fliegeralarm hier unten gesessen, zitternd, weil sie einen Volltreffer erwartete. Das war jetzt schon drei Jahre her, aber noch immer roch es hier unten nach Todesangst. Dazu kam die Dunkelheit. Elektrisches Licht gab es nicht, denn die Leute klauten andauernd die Glühbirnen. Sie wusste das und hatte sich eine Kerze und eine Schachtel Streichhölzer in die Schürzentasche gesteckt. Sie zog die Kellertür auf und kramte danach. Um sich Mut zu machen, begann sie wieder zu singen:

Beim ersten Mal, da tut's noch weh,
da meint man noch, dass man es nie verwinden kann.
Doch mit der Zeit, so peu à peu,
gewöhnt man sich daran.

Als sie mit dem Text nicht weiter wusste, pfiff sie nur – zwar nicht so schön wie Ilse Werner, aber immerhin. Endlich hatte sie alles gefunden, das Streichholz flammte auf, die selbstgegossene Kerze brannte, wenn auch nicht gerade hell. Frieda Kopisch machte sich auf den Weg. Links und rechts von ihr lagen die Keller der einzelnen Mieter, die im Grunde nur Bretterverschläge waren, jeder gesichert mit mindestens einem Vorhängeschloss. Die Kiste mit der Asche stand am Ende des Kellers in einer kleinen Nische. Als sie die erreicht hatte, prallte sie zurück, und ihr Schrei hallte hinauf bis ins oberste Stockwerk. «Hier liegt'n Tota! Hier ham se eenen erschlagen! Hülfe!»

Hartmut Kappe saß am Frühstückstisch und schmierte sich eine Schmalzstulle. Zu Weihnachten hatten sie ein sehr nahrhaftes Paket von seinem Onkel aus Wendisch Rietz erhalten, und noch reichten die Vorräte. Seine Frau war schon in aller Herrgottsfrühe zur Arbeit gegangen. Sie war Schaffnerin bei der Straßenbahn. So konnte er jetzt in aller Ruhe die *Berliner Zeitung* vom 15. Januar studieren. Obwohl durch und durch ein politischer Mensch, überflog er die erste Seite nur. *Westliche Mißklänge.* Die Diskussion um den imperialistischen Marshall-Plan der US-Amerikaner kannte er, und auch die anderen Überschriften reizten ihn nicht, sich in die Materie zu vertiefen. *Holland pocht auf Eroberungsrecht.* Die Kolonialpolitik der Niederlande in Indonesien interessierte in wenig. *Trumans «Kriegshaushaltsplan».* Dass die Amerikaner Unsummen in die Rüstung steckten, war bekannt. *Libyen als USA-Sprungbrett.* Man musste kein Prophet sein, um zu erahnen, was sich da global zusammenbraute. Schnell blätterte er weiter und kam zu den Berliner Seiten. *US-Soldaten werden gesucht – Hundert Angehörige der Besatzung desertiert.* Und nun regten sich die Amis auf, dass sie im sowjetischen Sektor kontrolliert wurden. *Evakuierung Berlins schreitet fort.* Immer mehr Firmen ließen ihre Betriebsausrüstungen per Schiff in den Westen bringen, auch die Möbeltransporte nahmen zu. *Einbruch bei der Polizei.* Bei seiner Dienststelle, also bei der Kriminalpolizei in der Dircksenstraße, hatten Einbrecher den Tresor der Asservatenkammer geknackt und Gegenstände von mehreren hunderttausend Mark mitgehen lassen. *Sturmschäden verursachten Todesopfer.* Der heftige Sturm am Mittwochabend hatte überall Ruinen zusammenfallen lassen, und in der Grünberger Straße hatte eine einstürzende Zimmerdecke eine Frau und ein Kind getötet. Das war tragisch. Eher schmunzeln aber ließ ihn, was in der Rubrik *Notizbuch für Hausfrauen* zu lesen war: In Kreuzberg gab es 500 Gramm Gemüse- oder Heringssalat für alle Männer über siebzig Jahre, und in Spandau konnte man beim «Amt für Aufbau» bis zum 11. Februar Anträge auf Fensterverglasung einreichen.

Seine Gedanken schweiften ab, denn am 11. Februar hatte sein Vater Geburtstag, da wurde er sechzig Jahre alt. «Mein Gott!» Er zuckte bei seinem Ausruf unwillkürlich selbst zusammen: Als Kommunist brachte man Gott besser nicht ins Spiel. Er wusste, das waren Überbleibsel bürgerlichen Denkens. Es reichte schon, dass sein Vater Hermann hieß – obwohl man ja bei seiner Geburt im Jahre 1888 kaum an Hermann Göring gedacht haben konnte.

Ehe er sich auf den Weg in die Dircksenstraße machte, warf er noch schnell einen Blick auf die hinteren Seiten der Zeitung. *Raparations-Saboteure.* Er stutzte, ehe er bemerkte, dass es sich hier um einen Druckfehler handelte. In Nürnberg standen fünf Angestellte der Chillingworth-Werke vor einem amerikanischen Militärgericht, weil sie in einem geheimen Keller wertvolle Maschinen eingemauert hatten, um sie der Demontage zu entziehen. *Schiebungen von Großformat – Rauschgiftschmuggel, weiße Sklaven und Schwarzmarkt auf Interzonenbasis.* Ein alter Nazioffizier, Angehörige der US-Armee und die Tochter eines deutschen Großindustriellen hatten sich in Bayern zu einem Schmugglerring zusammengeschlossen. Die deutschen Behörden waren ihm auf die Schliche gekommen, als die *tizianrote Königin der Unterwelt* ermordet und verstümmelt aufgefunden worden war. Im Westen waren wieder einmal herrliche Zeiten angebrochen!

Hartmut Kappe beendete seine Zeitungslektüre und machte sich auf zum Dienstantritt. Seit Oktober 1946 war auch die Berliner Polizei in Sektoren aufgeteilt, und die Verfolgung von Straftaten war weithin dezentralisiert, obwohl in der Dircksenstraße noch immer eine zentrale Dienststelle der Kripo existierte. Doch die lag im sowjetischen Sektor, was die Westalliierten mit großem Misstrauen erfüllte, hatten es doch die Kommunisten von Anfang an verstanden, die Leitungsfunktionen der Kripo ausschließlich ihren Leuten zu übertragen. Davon hatte auch Hartmut Kappe profitiert, der in Stalingrad als Leutnant in sowjetische Kriegsgefangenschaft geraten und nach dem Besuch einer Antifa-Schule zum Nationalkomitee Freies Deutschland gestoßen war. Paul Markgraf, den amtierenden Berliner Polizeipräsidenten, kannte er seit dieser Zeit persönlich, sehr gut sogar.

Man hatte Hartmut Kappe und seiner Frau eine Altbauwohnung in der Fruchtstraße zugewiesen, gleich an der Frankfurter Allee. Das hatte ihn sehr gefreut, denn in diesem Kiez hatte er gelebt, bei seinen Eltern noch, ehe er eingezogen worden war. Ein Stückchen weiter hin zum Alexanderplatz war das gewesen, in der Großen Frankfurter Straße, wo jetzt alles in Schutt und Asche lag.

Er hatte sich vorgenommen, zur Dircksenstraße zu laufen. Als er aber vor die Haustür getreten war, ging gerade ein kräftiger Schneeregenschauer nieder. Bei diesem Sauwetter nahm er doch lieber die U-Bahn. Er rannte zum Bahnhof Memeler Straße. Als er am Alexanderplatz ausstieg, wurde er von einem Kollegen angepflaumt.

«Na, Genosse Kappe, hart wie Kruppstahl scheinst du aber nicht zu sein, obwohl du vor Stalingrad gekämpft hast!» Es war Erich Mielke, der ihn da angesprochen hatte, der Leiter der Polizeiinspektion Lichtenberg.

Es entspann sich ein Gespräch über Mielkes Weigerung, ehemalige Polizeiangehörige wiedereinzustellen. «Ich will mir keine neuen Sozialdemokraten ins Haus holen, wir haben schon genug damit zu tun, die alten loszuwerden», erklärte er und warf

Hartmut Kappe einen Blick zu, der einer Maßregelung gleichkam. «Dein Vater ist gerade in die SPD eingetreten, habe ich gehört?»

Hartmut Kappe senkte den Blick. «Ich habe in nächtelangen Gesprächen versucht, ihn davon abzubringen, aber vergeblich. Bitte lasten Sie es mir nicht an, dass er nun bei den Speichelleckern des Kapitalismus gelandet ist.»

Im Büro angekommen, wurde Hartmut Kappe schon von seinem engsten Mitarbeiter erwartet, dem Kriminalhauptwachtmeister Heinz Rösler, einem alten Spanienkämpfer, der ein wenig an Ernst Busch erinnerte, zumal wenn er sang: *Wir sind die Moorsoldaten / Und ziehen mit dem Spaten ins Moor.*

«Mord in Pankow», meldete Rösler, «Wolfshagener Straße. Die Hauswartsfrau hat einen gewissen Peter Rembowski tot im Keller aufgefunden.»

«Dann auf in den hohen Norden!»

Das alte Gennat'sche Mordauto gab es nicht mehr, aber wenigstens stand ihnen für ihre dienstlichen Zwecke ein betagter Mercedes zur Verfügung. Zwar mussten die beiden hinteren Türen mit einem Bindfaden verschlossen werden, aber immerhin. Die Trümmerwüste des Alexanderplatzes war schnell passiert, dann ging es die Prenzlauer Allee hinauf. Sie kamen über die Danziger Straße zur Schönhauser Allee und fuhren auf der Berliner Straße weiter nach Pankow. Die Wolfshagener Straße zog sich gleich hinter der Pfarrkirche Zu den vier Evangelisten, die auf dem Dorfanger in der Breite Straße hoch aufragte, in nordöstlicher Richtung durch ein Wohngebiet, das man als gutbürgerlich bezeichnen konnte. Die Kollegen vom örtlichen Revier, die schon alles abgesperrt und organisiert hatten, führten die beiden zum Fundort der Leiche.

Hartmut Kappe holte erste Informationen ein. Der Mann war ganz offensichtlich durch einen Schlag mit einem harten Gegenstand auf den Hinterkopf getötet worden.

«Wahrscheinlich hat der Täter einen Hammer oder die stumpfe Seite eines Beiles benutzt», erklärte ihm der Kriminaltechniker, ein alter Hase seiner Zunft und Akademiker.

«Ist der Fundort der Leiche auch der Tatort?», fragte Rösler so schematisch und ein wenig naiv, wie man es ihm im Schnellkurs für Berufsanfänger beigebracht hatte.

«Das ist doch ganz offensichtlich.» Der Kriminaltechniker gab sich keine Mühe, nicht überheblich zu wirken. Er roch jeden Kommunisten meilenweit gegen den Wind.

Hartmut Kappe hoffte, dass der Mann von sich aus die Koffer packte und in den Westen der Stadt zog. Mit solchen versnobten Menschen ließ sich der Sozialismus wirklich nicht aufbauen.

Sie machten sich daran, Auskünfte über den Ermordeten einzuholen. Das meiste erfuhren sie von der Hauswartsfrau, die ihn gefunden hatte.

«Ick bin nu mal von Natur aus neugierig», erklärte Frieda Kopisch. «War ja 'n schöner Mensch, der Rembowski, so groß gewachsen und schlank. Wenn ick jünger wäre, hätte mir der jefährlich werden können. Det war 'n Charmebolzen, wie a im Buche steht, und tanzen konnte er wie früha so 'n Gigolo.»

Am späten Nachmittag hatten Hartmut Kappe und Heinz Rösler eine ganze Menge an nützlichen Informationen auf ihren Notizblöcken stehen.

Peter Rembowski war am 14. April 1915 in Vierraden in der Uckermark auf die Welt gekommen und hatte in Schwedt den Beruf des Herrenausstatters erlernt. Er war in den letzten Kriegstagen als Unteroffizier in sowjetische Gefangenschaft geraten und hatte in den Lagern gut Russisch gelernt. 1940 hatte er geheiratet, seine Frau war aber 1942 bei einem Bombenangriff ums Leben gekommen. Kinder gab es keine. Er sollte über gute Kontakte zur sowjetischen Kolonie in Karlshorst verfügt und diese für Schiebergeschäfte genutzt haben. Das meiste Geld sollte er auf dem schwarzen Markt aber mit dem Tabak verdient haben, den ein Cousin in Vierraden von den staatlichen Kontingenten abzweigte.

«Damit wara natürlich fein raus und konnte sich die schönsten Frauen leisten, solche wie früha bei den Tiller-Girls», gab

Frieda Kopisch noch zu Protokoll. «Die letzte, die er sich anjelacht hatte, die hieß Marianne.»

«Woher kam denn diese Marianne, und was war sie von Beruf?», fragte Rösler.

Die Portiersfrau tat etwas verschämt. «Ick hab da mal an'a Tür jelauscht. Schneiderin isse, und irjendwo in New Kölln hat se jewohnt.»

«New Kölln?»

«Na, Neukölln is doch amerikanischer Sektor.»

Hartmut Kappe konnte über solche Scherze nicht lachen. «Und irgendein Mann, der Rembowski besucht hat, ist Ihnen nicht aufgefallen?»

«Nee, det is mir nich erinnerlich.»

Sie bedankten sich bei Frieda Kopisch und fuhren nicht ganz ohne Hoffnung, den Täter in absehbarer Zeit zu fassen, in die Dircksenstraße zurück.

ZWEI

HERMANN KAPPE sah auf die Uhr und hatte nichts anderes mehr im Kopf als seinen Feierabend. «*Und das Schiffsvolk jubelt: Halt aus! Hallo! / Und noch zehn Minuten bis Buffalo.*»

Gerhard Piossek, sein Gegenüber am Schreibtisch, wollte Fontanes *John Maynard* an dieser Stelle nicht gelten lassen. «Unser Dienstgebäude ist doch kein brennendes Schiff. Ein schiefes Bild, Kappe.»

«Das ist die Erschöpfung.»

Die Kripo im amerikanischen Sektor hatte in den letzten 24 Stunden mehr als genug zu tun gehabt. Der *Telegraf* vom 16. Januar 1948 fasste die Geschehnisse wie folgt zusammen:

Der vor einigen Tagen als vermißt gemeldete amerikanische Corporal Stanley L. Claycomb ist gestern früh durch Passanten in einem Kellerloch der Ruine des Hauses Berliner Straße 3 in Tempelhof ermordet aufgefunden worden. Der Tote lag neben einer Hauswand, die Schädeldecke war eingeschlagen, um den Hals war ein Hosenträger geknotet.
Verhaftet wurden bisher drei Deutsche, darunter ein Zahnarzt, dessen Wohnung der Amerikaner am 23. Dezember betreten haben soll.

Nicht genug damit, in Britz war die Frau eines Berufsverbrechers bei der Festnahme ihres Mannes von der Polizei erschossen worden. Hier musste also gegen die Kollegen ermittelt werden.

«Dein Sohn muss ja auch ganz schön im Einsatz gewesen sein», sagte Piossek zu Hermann Kappe. «Der erschlagene Schieber da in Pankow, Peter Rembowski ...»

Kappe winkte ab. «Keine Ahnung, das geht mich auch nichts an.» Er räumte seinen Schreibtisch auf und widmete sich in den letzten Minuten seiner Arbeitszeit noch einmal der Morgenzeitung. Im US-Senat hatte Kenneth C. Royall, ein Staatssekretär im Verteidigungsministerium, für den Marshall-Plan plädiert: «*Würde man Deutschland dem ursprünglichen Plan zufolge zu einem reinen Agrarstaat machen, dann wäre es niemals imstande, sich selbst zu erhalten.*»

«Wir Berliner hätten das durchaus geschafft», sagte Piossek. «Wir haben doch schon den Tiergarten zu einem großen Schrebergarten gemacht, und wenn wir den Grunewald, den Tegeler und den Grünauer Forst roden, können wir auch genug Roggen anbauen, um für alle täglich eine Mehlsuppe zu haben, mit Klütern.»

«Keine schlechte Idee», brummte Kappe. «Noch weniger Probleme mit der Nahrungsmittelversorgung hätten wir aber, wenn wir alle wie Gandhi fasten würden.» Und er las vor, was aus Neu-Delhi berichtet wurde: «*Mahatma Gandhi begann entgegen früheren Meldungen am Donnerstag den dritten Tag seiner Fastenzeit für den Frieden und betonte, er habe nicht die Absicht, sein Fasten aufzugeben. Im letzten Bulletin vom Donnerstagmorgen erwähnten die Ärzte Gandhis, dass unmittelbare Lebensgefahr für den 78jährigen bestünde.*»

«Der stirbt bestimmt nicht daran, dass er nichts mehr isst», sagte Piossek. «Den erschießt bestimmt eher irgendein Fanatiker.»

Kappe war schon beim nächsten Thema. «*Hochwasser an Ruhr, Lenne, Volme und Ennepe.*»

«Wenn Spree und Havel dran sind, ist das nicht so schlimm», sagte Piossek und zeigte auf seine Beine. «Ich habe sowieso schon Hochwasserhosen an. Geerbt von meinem verstorbenen Bruder, und der war zehn Zentimeter kleiner als ich.»

«*Verkehrsstörungen bei der S-Bahn*», fuhr Kappe fort. «*Zu einer Störung von 45 Minuten kam es am Donnerstag auf der S-Bahnstrecke von Potsdam nach Wannsee infolge eines Kurzschlusses.*»

«‹Gibt es auch Langschlüsse?›, würde mein Enkel fragen.»

Kappe las unbeirrt weiter. «*Der Ausfall eines Zuges durch Moto-*

24

renschaden verursachte in den Mittagsstunden des gleichen Tages eine Störung von über 30 Minuten auf der Ringbahn zwischen Innsbrucker Platz und Halensee.»

«Interessiert mich nicht», sagte Piossek. «Ich komme mit dem Fahrrad.»

Hermann Kappe aber hatte es in dieser Hinsicht noch wesentlich besser, denn seine neue Wohnung an der Wartburgstraße, Ecke Martin-Luther-Straße lag nahezu in Sichtweite seiner derzeitigen Dienststelle in der Gothaer Straße. Er brauchte bloß quer über den Wartburgplatz zu gehen, dann war er schon zu Hause.

Als er dort angekommen war, wurde er nicht nur von Klara begrüßt, seinem «treusorgenden Weib», sondern auch von Hertha Börnicke, seiner Cousine. Auch das noch! Es kam ihm so vor, als ob sie ihm schon seit hundert Jahren gewaltig auf die Nerven ging. Zunächst hatte sie alles darangesetzt, ihn zu heiraten, dann musste jedes Familienmitglied ihre Romane bis zur letzten Zeile lesen, und schließlich war sie Redakteurin im offiziellen BDM-Organ *Mädel im Dienst* gewesen, wo sie dafür gekämpft hatte, dass es die echte deutsche Maid als ihr Ziel ansah, für die Wärme des heimatlichen Herdes zu sorgen, Hüterin der Reinheit des Blutes und des Volkes zu sein und die Söhne des Volkes zu Helden zu erziehen. Nun war sie Journalistin beim RIAS, und da der Rundfunk im amerikanischen Sektor im Laufe des Jahres in die Kufsteiner Straße umziehen würde und dann gleich um die Ecke angesiedelt war, würde sie wohl noch öfter bei ihnen auftauchen.

Er konnte sich gerade noch zur Seite wenden, sonst hätte sie ihn auf den Mund geküsst, so traf es nur die rechte Wange. Schon als Kind hatte sie behauptet, *Cousine* käme von *küssen*. Er hatte sie deswegen immer nur seine Base genannt, was an Chemie erinnerte und nicht an etwas Erotisches.

Sie setzten sich an den Wohnzimmertisch, wo schon eine Petroleumlampe warmes Licht verbreitete. Strom gab es wahrscheinlich erst ab 22 Uhr. Klara kam mit der Kaffeekanne und goss den Muckefuck ein. Dazu gab es für jeden ein kleines Stück des

Stollens, den Kappes Mutter mit den guten Gaben gebacken hatte, die zu Weihnachten aus Wendisch Rietz gekommen waren.

Klara Kappe berichtete von der Tochter einer Nachbarin, dem Fräulein Krause, das gerade einen Captain der US-Army geheiratet hatte und nächste Woche nach New York fliegen sollte.

«Wir hatten im RIAS gerade erst eine Sendung über die *warbrides*», berichtete Hertha Börnicke. «Eine Untersuchung hat ergeben, dass 95 Prozent der Ehen zwischen US-Soldaten und europäischen Frauen glückliche Volltreffer sind.»

Klara seufzte. «Schade, dass unsere Margarete schon vor dem Krieg geheiratet hat – einen Deutschen auch noch. Sonst würden wir auch immer so schöne Carepakete bekommen.» Und sie zählte auf, was die Nachbarn, die Krauses, alles in ihrem letzten Carepaket gehabt hatten.

Das nun war Hertha Börnicke etwas zu profan, und sie bemühte sich wie immer, das kulturelle Niveau der Familie Kappe zu heben, indem sie über den Film *Professor Mamlock* referierte, den sie im Kino Aladin in der Friedrichstraße gesehen hatte. «*Professor Mamlock* ist ja ursprünglich ein Schauspiel von Friedrich Wolf, das im Januar 1934 im Jüdischen Theater Warschau Weltpremiere hatte. 1938 wurde es in der Sowjetunion verfilmt.»

Kappe empfand den Besuch seiner Cousine immer mehr als ärgerliche Störung seiner Feierabendruhe. So fragte er denn auch ziemlich schroff, ob sie nur gekommen sei, um ihnen zu erzählen, dass sie den Mamlock-Film gesehen habe.

«Nein, eigentlich bin ich hier, weil ich eine Sendung über die Gefahren des schwarzen Marktes machen will. Der US-Korporal da in Tempelhof ist offensichtlich auch bei einem Tauschgeschäft ums Leben gekommen, und in Neukölln sind erst vor kurzem zwei Männer ausgeraubt und ermordet worden, die sich in ihrer Wohnung auf Tauschgeschäfte mit Personen eingelassen hatten, die ihnen völlig unbekannt waren.»

«Diesen Rembowski nicht zu vergessen, den sie in Pankow erschlagen haben.»

«Du bist aber nicht mit der Aufklärung des Falles betraut worden, oder?», fragte Hertha Börnicke.

«Nein, das macht mein Herr Sohn in der Dircksenstraße. Da musst du schon Hartmut fragen. Wir sitzen hier im amerikanischen Sektor, und Pankow gehört bekanntlich zum sowjetischen Sektor.»

Seine Cousine winkte ab. «Da darf ich mich als Mitarbeiterin des RIAS nicht sehen lassen.»

«Ich bin lieber auch nur privat und ohne Dienstmarke dort», sagte Hermann Kappe. «Obwohl wir ja eigentlich immer noch eine Polizeibehörde sind und einen gemeinsamen Chef haben, unseren stellvertretenden Oberbürgermeister Ferdinand Friedensburg von der CDU.»

«Verhältnisse sind das!», rief Klara Kappe.

Da musste Hertha Börnicke ihr zustimmen. «Ja, und täglich berichten die Zeitungen von angeblichen Kriminalbeamten, die sich durch Vorzeigen gefälschter Ausweise Zugang zu Wohnräumen erschleichen und dann alles ‹beschlagnahmen›, was sich auf dem schwarzen Markt verkaufen lässt.» Sie sah Kappe an. «Weißt du was davon?»

Kappe grinste. «Was heißt hier ‹angebliche Kriminalbeamte›? Auch wirkliche kommen auf diese Weise zu Essen und Trinken, zu Perserteppichen und Schmuckstücken. Ich ziehe selbst gleich wieder los.»

Er wusste, dass seine schroffe Reaktion damit zusammenhing, dass Hertha Börnicke ihn an seinem derzeit wohl empfindlichsten Punkt erwischt hatte. Er war nämlich durch Zufall dahintergekommen, dass sein Sohn Karl-Heinz kurz vor Weihnachten seine Kripomarke und seinen Dienstausweis gestohlen hatte, um ebendas zu tun, was Hertha Börnicke soeben geschildert hatte. Bis jetzt hatte außer ihm offenbar niemand etwas gemerkt, aber Kappe wusste, dass irgendjemand es früher oder später herausfinden würde.

Karl-Heinz Kappe gefiel sich in der Rolle des schwarzen Schafes der Familie. Was blieb ihm anderes übrig? Zwar sprach sein Vater wieder mit ihm, nachdem die Großmutter mit ihrem Leitspruch *Vergib uns unsere Schuld, wie wir vergeben unseren Schuldigern* zwischen ihnen beiden vermittelt hatte, aber es waren nicht einmal vier Jahre her, dass es ihn zur Hitlerjugend und zur Waffen-SS gezogen hatte. «Mir wäre lieber, er hätte einen Mord begangen, als das», hatte sein Vater damals gemurmelt. Nach dem Krieg hatten ihn die einen nicht haben wollen, und im Kreise der anderen, der alten Nationalsozialisten und der Wehrmachtsoffiziere, zeigte man sich besser nicht. Er war jetzt 21 Jahre alt und merkte mehr und mehr, dass er der geborene Händler war. Kein Wunder, gab es doch mit Oskar Kappe, seinem Onkel, und Richard Börnicke zwei ausgewiesene Kaufleute in der Familie. Aber bis er ein eigenes Geschäft oder gar einen Großhandel eröffnen konnte, musste er erst noch eine Weile kleine Brötchen backen, das heißt auf dem Berliner Schwarzmarkt sein Glück versuchen. Was ihm dabei zugutekam, waren seine Intelligenz, seine Dreistigkeit und seine Begabung für fremde Sprachen. Das erleichterte die Geschäfte mit den Soldaten aller drei westlichen Besatzungsmächte ganz erheblich, und so kam es, dass sich die Großen der Branche gern seiner bedienten. An diesem Wochenende hatte ihn sogar Arthur Schlattke in seine Villa eingeladen, um einiges mit ihm zu besprechen.

Gemeldet war Karl-Heinz Kappe derzeit in der Eisenacher Straße in Schöneberg, er wohnte aber mal hier, mal dort – je nachdem, wo er gerade eine Freundin hatte. Dieser Tage logierte er bei Marga, die sich ihr Geld, wie sie selber sagte, mit der Pflaume verdiente. Ihm war es egal, Hauptsache, er holte sich keinen Tripper bei ihr. Sie konnte sich eine geradezu luxuriöse Wohnung in der Meinickestraße in Charlottenburg leisten. Ein paar Schritte, und man war am Kurfürstendamm.

Marga war von Hause aus Krankenschwester, was sie für bestimmte Kunden besonders interessant machte – nämlich für die, die schwer verletzt aus dem Krieg gekommen waren. Auch wer

Angst vor Geschlechtskrankheiten hatte, fühlte sich bei ihr sicher aufgehoben.

Sie sah, dass sich Karl-Heinz Kappe seinen besten Anzug angezogen hatte. «Willste noch ausgehen heute?»

«Nee, ich will noch raus nach Schlachtensee zu Arthur Schlattke, mit dem ein paar neue Sachen anleiern.»

Als sie den Vornamen Arthur hörte, musste Marga lachen. «Ah, der schöne Arthur mit der flotten Haartour!» Wie viele Berliner dachte sie bei diesem Namen sofort an ein sehr populäres Couplet des Komponisten Leopold Maass mit dem Titel *Arthur mit der Haartour*.

Karl-Heinz Kappe verstand den Scherz nicht, er wusste nur, dass Schlattke sauer reagierte, wenn ihn jemand Atze nannte.

Als er Marga das erzählte, staunte sie. «Zu Artur Brauner dürfen doch auch alle Atze sagen.» Seit Brauner die CCC-Film gegründet hatte und große Pläne schmiedete, war er immer wieder in den Zeitungen.

«Ja, der eine so, der andere so.»

«Fährste mit der S-Bahn nach Schlachtensee?», wollte sie wissen.

«Nein, mit 'ner Taxe, wenn ich schon kein eigenes Auto habe. Bei Schlattke kann man nicht als lumpiger Fußgänger antanzen.»

Arthur Schlattke war am 13. Mai 1916 in Nürnberg als Sohn eines Kolonialwarenhändlers zur Welt gekommen, hatte die Schule mit dem Einjährigen erfolgreich zu Ende gebracht und dann bei der AEG in Berlin Industriekaufmann gelernt. 1937 meinte er, aufs richtige Pferd zu setzen, wenn er in die NSDAP eintrat. Von Pferden verstand er etwas, denn er hatte schon als Kind das Reiten erlernt, und so war es kein Wunder, dass er im Krieg als Obergefreiter und Gruppenführer zur reitenden Schwadron der bayerischen Aufklärungsabteilung 7 abgeordnet wurde. Im Oktober 1943 war ihm am mittleren Dnjepr für seinen Einsatz als Stoßtruppführer das Ritterkreuz verliehen worden. In der Begründung hatte es geheißen: *Als Einzelkämpfer rang der Obergefreite zwei feindliche Pak-Bedienungen nieder und setzte mit mehreren Handgranatenwürfen die sowjetische Grabenbesatzung nach und nach außer Gefecht.* Gegen Ende des Krieges war er bei der Ardennen-Offensive zum Einsatz gekommen und von den Amerikanern gefangen genommen worden. Im Lager gab es ein Klavier, und da er ein blendender Pianist war, holten ihn die Amerikaner in ihr Casino. Schon immer war sein Englisch ausgezeichnet gewesen, und bald hatte er Freunde unter den amerikanischen Offizieren gefunden, auch Männer, die an kleinen und größeren außerdienstlichen Geschäften interessiert waren. Nach Ende des Krieges war er seiner großen Liebe wegen nach Berlin gezogen, und hier hatte er wegen seiner guten Kontakte zur Besatzungsmacht schnell ein Unternehmen aufgebaut, ganz legal mit ordentlicher Fassade, Ex- und Import, das mit allem Möglichen handelte – von Opium über Brillanten bis hin zu Tabak und Lebensmitteln. Das große Geld machte er mit Schokolade und Zigaretten. Es hatte schon zu einer stattlichen Villa in Schlachtensee gereicht, in der Matterhornstraße. Verheiratet war er mit Dorothea, der Tochter eines Berliner Chirurgen. Zwei Kinder hatten sie. Seine Entnazifizierung war unproblematisch verlaufen, denn natürlich hatte er bei der Antragstellung verschwiegen, dass er noch immer im Stillen sang:

> *Wir werden weiter marschieren*
> *Wenn alles in Scherben fällt,*
> *Denn heute gehört uns Deutschland*
> *Und morgen die ganze Welt.*

Jetzt war er Mitglied der LDP, der Liberal-Demokratischen Partei Deutschlands. Forsch war sein Auftreten, schneidig seine Sprache.

Als Karl-Heinz Kappe an seinem Gartentor stand und klingelte, ließ Arthur Schlattke ihn gerne eintreten. Er hielt viel von ihm, und das, obwohl sein Vater wie auch sein Bruder und sein Onkel bei der Kripo arbeiteten. Das war vielleicht mit gewissen Gefahren verbunden, gleichzeitig aber hatte man mit ihm eine Art Spion im feindlichen Lager.

Er begrüßte Karl-Heinz Kappe im Windfang, ließ ihn dann in der Diele ablegen und führte ihn ins Herrenzimmer, wo sie sich erst einmal eine Lucky Strike ansteckten. Im Ton suchte er eine Mischung von Spieß und väterlichem Freund zu treffen.

«Nun, mein Lieber, was melden die Buschtrommeln: Wer hat den Rembowski in Pankow aus dem Verkehr gezogen?»

«Tut mir leid, keine Ahnung ...»

«Und von den Verwandten ist nichts zu erfahren gewesen?»

«Nee.» Karl-Heinz Kappe zuckte bedauernd mit den Schultern.

Schlattke fixierte ihn und gab sich inquisitorisch. «Und du schwörst mir, dass du damit nichts zu tun hast, auch nicht mit dem ermordeten Ami in Tempelhof?»

«Ich schwöre es!» Karl-Heinz Kappe legte die rechte Hand aufs Herz und hob die linke wie zur Eidesleistung.

«Gut, du hältst aber die Augen offen!»

«Ja, mache ich.»

Schlattke rückte nun dichter an ihn heran und sprach ein wenig leiser. «Ich habe nämlich noch einiges mit dir vor und möchte nicht, dass du ... Folgendes: Ich werde in den nächsten Wochen an große Ladungen Schokolade herankommen, Cadbury, und jetzt geht es darum, einen Verteilerring aufzubauen ...»

Hermann Kappe war von seinem Sohn Hartmut in einem streng privaten Gespräch von einer abgelegenen Telefonzelle aus gebeten worden, sich auf den schwarzen Märkten in den westlichen Sektoren ein wenig umzuhören, ob es zweckdienliche Hinweise auf den Mörder von Peter Rembowski geben würde. Im Westen zu ermitteln war ihm ja generell von seinen Oberen untersagt.

«Gut, ich grase mal mit deiner Tante Hertha alles ab, die macht gerade was für den RIAS über den Berliner Schwarzmarkt.»

Nun war ihm ja Hertha Börnicke nicht gerade ans Herz gewachsen, aber sie hatte zu diesem Thema schon so viele Informationen gesammelt, dass Kappe sich eigenes Recherchieren ersparen konnte. Dass er ein Mensch war, der unnütze Arbeit mied, hatte er nie abgestritten. Also rief er seine Cousine im RIAS an und fragte sie, wo und wann man sich am besten treffen könne.

Sie lachte. «Sagen wir, morgen früh um zehn an der Uhr am Bahnhof Zoo.»

Kappe schluckte, bevor er zustimmte, denn dort trafen sich im Allgemeinen nur frischverliebte Paare. Aber nun ja …

«Wenn du schon in der Gegend bist, kannst du gleich mal deine Mutter besuchen», sagte Klara, als er ihr am Abend von seinem geplanten Treffen mit Hertha Börnicke berichtete. «Du warst jetzt schon zwei Wochen nicht mehr bei ihr, und mir liegt sie deswegen ständig in den Ohren.»

«Gut, wenn du meinst.» Kappe hatte in seinen langen Ehejahren gelernt, welch hohen Wert die Kunst der Resignation doch hatte.

Und so stand er am nächsten Morgen pünktlich um neun Uhr bei seiner Mutter auf der Matte, wie er es ausdrückte. Bertha Kappe hatte am östlichen Ende der Pestalozzistraße in der dritten Etage eines Hinterhauses Stube und Küche gemietet und war immer froh und guten Mutes. Sie hatte sich als alte Theaterliebhaberin natürlich Thornton Wilders *Wir sind noch einmal davongekommen* angesehen, mehrmals sogar, und sich dessen Botschaft zu eigen gemacht. Eine Rezension hatte sie sich aus der Zeitung ausgeschnitten und hinter den Spiegel gesteckt:

Das Stück führt vor Augen, dass das Böse und das Gute ewige Bestandteile des Lebens sind, und dessen Sinn liegt im Lebendigsein selbst. Das Schicksal der gesamten Menschheit wird am Beispiel einer typischen Durchschnittsfamilie unseres Jahrhunderts gezeigt. Die moderne Allegorie bringt zum Ausdruck, dass der Lebenswille des Menschen alle Katastrophen überdauert.

Bertha Kappe würde im Sommer 82 Jahre alt werden. «Ich habe drei Kaiser überlebt», sagte sie zu ihrem Sohn, als der bei ihr am Küchentisch Platz genommen hatte, «Wilhelm I., Friedrich III. und Wilhelm II. Ich habe Friedrich Ebert, Paul von Hindenburg und Adolf Hitler überlebt. Was will ich mehr? Nun sitze ich hier in meiner Ehrenloge in der Pestalozzistraße und schaue mir von oben an, was in der Welt so passiert. Und allein bei den Kappes passiert eine ganze Menge. Der eine Enkel ist Kommunist, der andere Schieber und Tunichtgut ... Immer, wenn sie wieder einen Schieber umgebracht haben, dann zittere ich und denke: Hoffentlich war der Karl-Heinz nicht dabei!»

«Und wer ist schuld daran?», fragte Kappe. «Ich natürlich. Meine Erziehung.»

«Ach Kind, es gibt es viele Ursachen dafür, dass Kinder so sind, wie sie sind.»

Die Anrede «Kind» ließ Kappe schmunzeln. «Du, ich werde am 11. Februar auch schon sechzig Jahre alt.»

Seine Mutter lachte. «Mein Kind bleibst du trotzdem. Übrigens sitze ich schon an einem Gedicht für deinen Geburtstag.»

«Schreck lass nach!», rief Kappe. «Da bekomme ich ja wieder alle meine Sünden zu hören.»

«Und deine Heldentaten. Vor allem, dass du dir bei Adolf nicht die Finger schmutzig gemacht hast. Darauf kannst du stolz sein.»

Kappe winkte ab. «Die Verdienstkreuze haben eher die anderen gekriegt. Aber lassen wir das.» Er sah auf ihre große Wanduhr, deren Perpendikel ihn von jeher irritiert und geängstigt hatte, weil er so unerbittlich darauf hinwies, dass die Zeit eines jeden Menschen einmal ablief. «Ich bin um zehn Uhr verabredet – mit Hertha.»

Die Augen seiner Mutter leuchteten auf. «Was, ihr werdet doch noch ein Paar?»

Er antwortet barsch: «Wir sind dienstlich verabredet. Sie bereitet eine Reportage für den RIAS vor, über den Schwarzmarkthandel in Berlin, und ich soll mich nach dem Mörder dieses Schiebers in Pankow umhören. Hartmut hat mich drum gebeten, der darf ja hier in den Westsektoren nicht mehr ermitteln.»

«Gott, ist das eine Welt!»

«Ja, aber keine Welt wäre auch nicht gut – denn was hätten wir sonst?»

Hermann Kappe verabschiedete sich mit dieser Bemerkung von geradezu philosophischer Qualität von seiner Mutter, natürlich mit einer herzlichen Umarmung, und strebte in Richtung Bahnhof Zoo. Seine Cousine stand schon wartend unter der großen Uhr. Und tatsächlich küsste Hertha ihn, als sei es ihr erstes Rendezvous. Dabei wurde er in drei Wochen sechzig, und so viel jünger war sie auch nicht, Jahrgang 1893.

«*The main three black market centres in the british sector appear to be Bahnhof Charlottenburg, Bahnhof Zoo and Schlüterstraße*», begann Hertha Börnicke. «*At Schlüterstraße the crowd consists mostly of Polish, Allied and German nationals, while at Bahnhof Charlottenburg Polish, Yugoslav, Bulgarian and other foreigners predominate.*»

«Nur gut, dass wir nicht im russischen Sektor sind», murmelte Kappe.

«Ich wollte ja nur andeuten, dass bei vielen Geschäften *Displaced Persons* ihre Hände im Spiel haben.» Damit waren die Zwangsarbeiter und die Verschleppten der Naziherrschaft gemeint, die aus vielerlei Gründen noch nicht in ihre Heimatländer zurückgekehrt waren. Sie bekamen größere Lebensmittelrationen und konnten knappe Güter des täglichen Bedarfs leichter erwerben, hatten also mehr zum Tauschen.

«Was wollen wir denn alles abklappern?», fragte Kappe.

Hertha Börnicke holte einen Stadtplan aus der Handtasche, auf dem sie die wichtigsten Plätze für Schwarzmarktgeschäfte mit roten Kreisen versehen hatte. Es waren neben den schon erwähnten drei Orten – den Bahnhöfen Zoo und Charlottenburg sowie der Schlüterstraße – die Brunnenstraße, das Areal zwischen Reichstag und Brandenburger Tor, der Potsdamer Platz, der Alexanderplatz und die Gegend am Schlesischen Tor.

«Hier am Zoo ist noch nicht viel los», stellte Hertha Börnicke fest. «Ich schlage mal vor, wir fahren zum Brandenburger Tor.»

«Wieso ist hier noch nicht viel los?», fragte Kappe. «Es singen doch alle: *Cia – cia – cio, / Schieber steh'n am Bahnhof Zoo! / Amis, Stella und Orient, / das sind die Marken, die ein jeder Schieber kennt.*»

«Warum keiner hier steht?» Hertha Börnicke sah sich um. «Es wird gerade eine Razzia gegeben haben. Komm, wir fahren mit der Stadtbahn bis Lehrter Bahnhof, und dann sehen wir weiter.»

«Wenn ich das Wort Razzia höre, zucke ich immer zusammen», sagte Kappe.

Hertha Börnicke lachte. «Kein Wunder, das Wort kommt aus dem Arabischen – *ghazwa* heißt so viel wie Kriegszug, Raubzug, Angriffsschlacht.»

«Mann, bist du gebildet!», lästerte Kappe.

«Zumindest gebildeter als Klara», gab seine Cousine mit spitzer Zunge zurück.

Vom Lehrter Bahnhof war es nicht weit zu laufen. Am Brandenburger Tor schien sich *tout Berlin* versammelt zu haben.

«Hier ist es so schwarz von Menschen, dass ich endlich weiß, warum es schwarzer Markt heißt», sagte Kappe.

Hertha Börnicke hörte gar nicht richtig hin, denn ihr war etwas aufgefallen, das sie sofort auf ihrem Notizblock festhalten musste. «Guck mal, die amerikanischen Soldaten wickeln ihre Geschäfte vom Auto aus ab.»

«Besser als vom Panzer aus», sagte Kappe.

Von amerikanischen, englischen und russischen Soldaten wurde alles gekauft, was es an Uhren, Kleidungsstücken, Ringen, Juwelen, Stiefeln, Ferngläsern, Fotoapparaten, Rasiermessern, Pelzmänteln und seidener Damenwäsche in den Berliner Haushalten noch gab. Ausgehungerte Menschen brachten ihr letztes Schmuckstück und tauschten dafür Essbares ein, Brot, Butter, Wurst, Speck und Zucker. Die Nikotinsüchtigen waren auf Zigaretten aus.

«Eine Stange mit zweihundert Zigaretten kostet den GI weniger als einen Dollar», wusste Hertha Börnicke zu berichten. «Und hier auf dem schwarzen Markt kriegt er für eine einzelne Zigarette unter Umständen fünf Reichsmark. So kann er aus einem Dollar tausend Reichsmark machen. Jeder Zigarettenschieber verdient sich eine goldene Nase.»

Kappe lachte. «Es lebe die Zigarettenwährung!»

Sie fädelten sich ein in den träge dahinfließenden Menschenstrom. Es war wie bei einer großen Prozession. Alle gaben sich furchtbar gleichgültig und taten so, als ob sie Selbstgespräche führten. Kappe brauchte ein paar Sekunden, um zu begreifen, dass die Leute kundtaten, was sie zu verkaufen oder zu tauschen hatten: «Brotmarken» – «Stopfnadeln» – «Eipulver» – «Schinken» – «Bohnenkaffee» – «Broschen, Ringe, Armbanduhren».

Hertha Börnicke fiel dabei ein, dass sie ja – es sollte eine Art Selbstversuch werden – einen Ring ihres verstorbenen Vaters mitgebracht hatte. Sie holte ihn aus ihrer Handtasche und steckte ihn auf den Daumen ihrer rechten Hand, denn für den Ringfinger war er viel zu groß. Dann ging sie mit etwas abgespreizter Hand weiter und sprach dabei leise, aber durchaus hörbar vor sich hin: «Weißgold mit Blautopas ... Weißgold mit Blautopas ...»

Kappe erinnerte sich an den eigentlichen Grund seines Hierseins: Er wollte sich nach dem ermordeten Schieber Peter Rembowski erkundigen. Aber wen sollte er fragen? Obwohl er fast vierzig Dienstjahre bei der Kripo auf dem Buckel hatte, kam er sich plump und unbeholfen vor. In der Welt des Schwarzmarkts war er nicht zu Hause.

In dieser Sekunde erblickte er seinen Sohn. Karl-Heinz stand neben einem untersetzten jungen Mann, der einem GI einen vergoldeten Sportpokal hinhielt, und spielte den Dolmetscher vom Deutschen in eine Sprache, die er für Englisch hielt. *«From ze German football ... Zis was for ze winner of ze Berlin Cupfinal ... Some years before ze war. To ze Nazizeit, do you know?»*

Der Handel kam nicht zustande, und als Karl-Heinz dem Jeep des Besatzungssoldaten hinterherblickte, erkannte er seinen Vater und seine Tante. Sehr begeistert schien er nicht zu sein. «Willste mich verhaften, und der RIAS ist dabei?»

Auch Kappe hätte diese Begegnung lieber vermieden, aber nun ließ es sich nicht ändern. «Du, ich bin immer noch bei der Mordkommission ... Und du hast hoffentlich niemanden auf dem Gewissen.»

«Doch. Und das ist mein erstes Opfer.» Er zeigte auf seinen Begleiter. «Helmut Trompale. Mein Sparringspartner beim Boxen.»

«Freut mich», sagte Kappe, drückte dem jungen Mann die Hand und stellte sich und seine Begleiterin vor.

Hertha Börnicke sah Karl-Heinz mit großen Augen an. «Was, du bist jetzt beim Boxen?»

«Ja, bei Karl Schwarz in seiner Boxschule.»

«Das hat er von mir gelernt», sagte Kappe. «Ich hab doch in den letzten Jahren nichts weiter getan, als mich so durchzuboxen durchs Leben.» Die Frage, die ihm noch auf der Zunge lag, stellte er lieber nicht: wie andere Menschen reagierten, wenn Karl-Heinz in den Ring stieg und zu sehen war, dass unter seiner linken Achsel seine Blutgruppe eintätowiert war – was ihn als ehemaligen SS-Mann entlarvte. Aber vielleicht boxte er in einem langärmligen Hemd ...

«Wann ist denn dein erster Kampf?», wollte Hertha Börnicke von Karl-Heinz Kappe wissen.

«Nächstes Jahr vielleicht.»

«Na, da komme ich hin!»

Kappe war schon immer ein Freund des Boxsports gewesen, aber einen Kampf seines Sohnes hätte er sich gern erspart. Klara und er hatten früher davon geträumt, dass ihr Jüngster etwas Akademisches würde, Diplom-Ingenieur, Arzt oder Staatsanwalt.

«Was macht ihr'n hier?», fragte sein Sohn.

Kappe kam direkt zur Sache. «Ich suche nach jemandem, der einen gewissen Peter Rembowski gekannt hat.»

Sein Sohn grinste. «Ah, Auftrag von meiner Atze!»

«Von wem?»

«Von meinem Bruder, von Hartmut. Der darf nicht mehr im Westsektor ermitteln, und da hat er dich gebeten … Nee, du, keene Ahnung, wer den Langen auf'm Gewissen haben könnte.»

«Du hast ihn also gekannt?»

Sein Sohn nickte. «Ja, der hat mit Tabak gehandelt, und ich hab ihm mal geholfen dabei. Nicht hier, sondern hinten am Schlesischen Tor.»

«Und – weißt du was über Rembowski, das Hartmut weiterhelfen könnte?»

«Nee …» Sein Sohn hatte jetzt den Ring an der Hand seiner Tante entdeckt. «Mensch, wenn du den verscheuern willst, dann helf ich dir dabei. Zehn Prozent!»

DREI

EIN FREIES FELD. Schneebedeckt. Je schneller er laufen wollte, desto tiefer sank er ein. Ringsum gab es kleine Anhöhen. Russische Soldaten standen dort und feuerten auf ihn. Wie auf einen Hasen. Und wie ein Hase suchte er sich dadurch zu retten, dass er wilde Haken schlug. Die Russen lachten nur höhnisch und machten sich einen Spaß daraus, so zu zielen, dass die Kugeln ganz dicht an seinem Kopf vorbeipfiffen, ohne ihn aber zu treffen. Noch nicht. «Du Mörder!», schrien sie. «Mörder, Mörder!» Da durchschlug eine Kugel seine Luftröhre. Er röchelte, er war am Ersticken.

Helmut Trompale fuhr schreiend auf und tastete nach der Nachttischlampe. «Scheiße!» Immer wieder derselbe Alptraum. Es ärgerte ihn, dass er ihn nicht besiegen konnte, nicht auslöschen ein für alle Mal. Er war schließlich Boxer und hart im Nehmen. Und in Wirklichkeit hatte die feindliche Kugel ihn nur seitlich am Hals getroffen, ohne Schlagader und Luftröhre zu zerfetzen. Am Dnjepr war es gewesen, am 4. Dezember 1943. Er war danach zum XXII. Festungs-Infanterie-Bataillon 999 gekommen und hatte das Kriegsende als Obergefreiter in der Schreibstube erlebt. Niemand war bisher gekommen, um ihn dafür anzuklagen, dass er mit seinem Kommando Hunderte von Partisanen erschossen hatte. Die Kameraden, mit denen er sprach, meinten auch, dass ihnen nichts passieren werde, es habe sich schließlich um einen Befehlsnotstand gehandelt.

Er wohnte in der Mariannenstraße, ein paar hundert Meter von der Kottbusser Brücke entfernt, also im Bezirk Kreuzberg, der wie Neukölln, Schöneberg, Tempelhof, Steglitz und Zehlendorf zum amerikanischen Sektor gehörte. Er selbst aber sprach nie von Kreuzberg, sondern immer nur von SO 36, dem Kiez zwischen dem zugeschütteten Luisenstädtischen Kanal und dem Landwehrkanal, der seinen Namen vom Postzustellbezirk Südost 36 herleitete. Man grenzte sich stets ab von jenen anderen Kreuzbergern, die im vornehmeren Zustellbezirk SW 61 zu Hause waren. Trompale war 25 Jahre alt, hatte den Beruf des Kalligraphen erlernt, arbeitete aber derzeit bei einer Schildermalerfirma in der Hobrechtstraße. Wenn er denn arbeitete. Der Handel auf dem schwarzen Markt war nämlich erheblich lukrativer.

Heute am Montag hatte er noch weniger Lust, zur Arbeit zu gehen, als sonst. Er brauche eine Frau, die ihm bei Bedarf in den Hintern treten würde, sagten seine Freunde schon seit langem, doch er hatte die Richtige erst letzten Herbst kennengelernt: Marianne. Die würde ihn schon an die Kandare nehmen und dafür sorgen, dass er regelmäßig zur Arbeit und zum Training ging.

Ein Blick auf seinen Wecker zeigte ihm, dass es bereits elf Uhr geworden war. Nun hatte es auch keinen Sinn mehr, in die Firma zu gehen. Sein Chef lag ohnehin im Krankenhaus. Er traf sich lieber wieder mit Karl-Heinz Kappe und half dem bei seinen Geschäften. Aber das hatte noch Zeit. So drehte er sich wieder zur Seite, um noch eine Runde zu schlafen.

Die Klingel im Flur ließ ihn zusammenfahren. Gott, die Polizei! Nein, es war die Chefin. Ihre Stimme war unverkennbar und nicht zu überhören. «Helmut, bitte kommen Sie in die Werkstatt, da ist ein dringender Auftrag zu erledigen!»

Was bei der dringend war, das wusste er. Aber mit ihr jetzt zu pimpern, das konnte er Marianne nicht antun. Die Zeiten waren vorüber. Endgültig. Also rief er ihr nur zu, dass ihm schlecht sei, er aber bis Mittag in der Hobrechtstraße sein würde. Grummelnd zog sie wieder ab.

Er ging in die Küche, um sich über dem Ausguss zu rasieren. Lange betrachtete er sein Gesicht im Spiegel. Sah so ein Mörder aus? Nein. Die Rasur verlief nicht ohne Verletzungen, denn die Seife war schlecht und die Rasierklinge stumpf. Einen Alaunstift hatte er nicht. Nun gut. Er röstete sich zum Frühstück zwei Scheiben klitschigen Brotes auf seiner Kochplatte und bestrich sie mit Melasse. Dann machte er sich auf den Weg zur Arbeit. Weit hatte er es nicht. Die Mariannenstraße mündete in den Kottbusser Damm. Die Notbrücke über den Landwehrkanal war zur überqueren, die alte war in den letzten Kriegstagen gesprengt worden und lag noch immer im Wasser. Ein paar hundert Meter ging es nun das Maybachufer entlang. Dort am Steg überwinterte der Ausflugsdampfer, mit dem er schon öfter zur Woltersdorfer Schleuse gefahren war. Wenn er wieder einmal an Bord ging, dann mit Marianne.

Mariandl-andl-andl,
aus dem Wachauer Landl-Landl.
Dein lieber Name klingt
schon wie ein liebes Wort.
Mariandl-andl-andl,
du hast mein Herz am Bandl-Bandl.
Du hältst es fest und lässt
es nie mehr wieder fort.

Diese Zeilen gingen ihm nicht mehr aus dem Kopf, obwohl er sonst lieber im AFN Amerikanisches hörte, Jazz, *Moonlight Serenade*, *In the Mood* oder *Chattanooga Choo Choo* von Glenn Miller zum Beispiel.

Die Chefin fiel ihm um den Hals, als er in der Werkstatt erschien. Ohne ihn hätte Hannelore Patschek ihren Laden zumachen können. Sie hatte zwar noch einen Lehrling, aber der war herzlich unbegabt, «zum Scheißen zu dämlich», wie Herbert Patschek es einmal ausgedrückt hatte.

Dringend zu malen war das Ladenschild für die Kleine Melodie, das Tanzcafé mit Barbetrieb und Weinstube in der Skalitzer Straße 95. Es war schon eine Kunst, die Buchstaben so schwungvoll hinzubekommen, dass es nach Lebensfreude und Genuss aussah. Doch er schaffte es bis zum Feierabend und konnte das Schild mit dem Lehrling zusammen rechtzeitig anliefern und an der Hauswand befestigen.

Dann musste er sich sputen, um sein Rendezvous mit Marianne nicht zu verpassen. Um achtzehn Uhr wollte sie auf dem U-Bahnhof Rathaus Neukölln stehen und auf ihn warten. Von der Kleinen Melodie war es nur ein kurzes Stück bis zur U-Bahnstation Görlitzer Bahnhof, immer an der Hochbahntrasse entlang und an der Emmaus-Kirche vorbei. Hallesches Tor musste er umsteigen von der Linie BII in die Linie CI Richtung Grenzallee. Pünktlich konnte er Marianne in die Arme schließen. So eng umschlungen, wie es gerade noch schicklich war, stiegen sie hinauf zur Karl-Marx-Straße. Vor der Ruine des Rathauses überquerten sie die Fahrbahn. Vom Kiehl'schen Bauwerk von 1908 waren zwar die Innenräume zum großen Teil ausgebrannt und der Dachstuhl völlig zerstört, aber die Außenmauern waren erhalten geblieben. Im Gegensatz dazu war das alte Amtshaus an der Ecke Erkstraße nur noch ein einziger Trümmerhaufen. Sie gingen in das Café, das gegenüber dem Kaufhaus Friedland aufgemacht hatte. Marken für zwei Stücken Kuchen hatte er. Doch die richtige Stimmung mochte nicht aufkommen, auch nicht, nachdem sie eine Art Grog getrunken hatten.

«Du bist ja so bedrückt heute», sagte er.

«Du aber auch», kam es zurück.

Er seufzte. «Ja, weil ... Bei der Razzia gestern haben sie mir alles abgenommen.»

«Du sollst doch endlich aufhören mit deinen Schiebereien!», zischte sie.

«Das mach ich doch nur deinetwegen. Damit du deinen Modesalon aufmachen kannst und ich mein Geschäft für Schilder, Stempel, Sportpokale und so. Das ist mein großer Traum, und du bist meine große Liebe.»

Theodor Trampe konnte mit Fug und Recht als sozialdemokratisches Urgestein bezeichnet werden. Er war gelernter Elektroinstallateur, hatte sich aber noch zu Zeiten von Kaiser Wilhelm II. der Politik und der Gewerkschaftsarbeit verschrieben und bald den Lötkolben gegen den Federhalter eingetauscht, das heißt sein Brot mit journalistischer Arbeit zu verdienen begonnen. Der Widerstand gegen Hitler hatte ihn ins KZ gebracht, er war aber mit dem Leben davongekommen. Wahrscheinlich hatte sein Freund Hermann Kappe mit seinen Beziehungen das Schlimmste verhindert. Nun war er Wirtschaftsdezernent im Bezirksamt Neukölln, also Stadtrat. Oft saß er in seinem kargen und schlecht geheizten Büro in den Resten des Rathauses und ließ an sich vorüberziehen, was seit April 1945 in Neukölln geschehen war ...

Am 28. April 1945 hatte die Rote Armee nach dreitägigen Kämpfen das letzte Aufgebot von Waffen-SS und Volkssturm niedergerungen und den Bezirk erobert, am 11. September hatte ihn die amerikanische Besatzungsmacht übernommen. Von den rund 18 000 Gebäuden waren 11 000 völlig oder zumindest so sehr zerstört, dass sie nicht wiederhergerichtet werden konnten, was aber im Vergleich zu einigen Innenstadtbezirken wenig war. Relativ schnell war das zivile Leben wieder in Gang gekommen, hatten die öffentlichen Betriebe und die Verwaltung wieder funktioniert: BVG, Post, BEWAG, Wasserwerke, Krankenhäuser, Meldestellen, Bezugsscheinstellen. Schon im August 1945 hatte man das Amt «Neues Leben» eingerichtet, das sich um Chorgruppen, Laienmusiker, Briefmarkensammler, Schachspieler und Laienspielgruppen kümmerte. Die Devise hatte gelautet: Ärmel aufkrempeln, zupacken, aufbauen! Die Trümmerfrauen hatten Heroisches geleistet. Steine, die noch zu gebrauchen waren, hatten sie mit ihren Werkzeugen vom Mörtel befreit und sauber aufgeschichtet. Die nicht mehr zu verwendenden Ziegelbrocken und der abgeschlagene Mörtel waren in Kipploren geschippt und auf eigens verlegten Gleisen mit kleinen Dampflokomotiven in den Jahnpark geschafft worden, wo ein gewaltiger Trümmerberg entstanden war. Der Kältewinter 1946/47 hatte viele Opfer gefordert. Wärmestuben waren eingerichtet worden, und wer ins Kino gegangen war, hatte sich heiße Ziegelsteine mitgenommen, damit ihm die Zehen nicht abfroren. 1947 hatte die Kinderlähmung Angst und Schrecken verbreitet. Mit der Wirtschaft hatte es nach Kriegsende ganz schlecht ausgesehen, denn viele Betriebe, auch mittlere und kleine, waren demontiert worden.

Theodor Trampe erinnerte sich noch ganz genau an seine ersten Tage in Neukölln im Juli 1945 in der Sonderabteilung «Entnazifizierung von Industrie und Handwerk». Alle sogenannten Mitläufer hatten mit nur geringen Einschränkungen eine neue Gewerbegenehmigung bekommen, was ihm sehr contre cœur gegangen war, nur bei Naziaktivisten waren Treuhänder eingesetzt worden. Die Nordkabel AG, Eternit, Hasse & Wrede, NCR, die kleine Schuhfabrik Reh & Predel und Gaubschat hatten ihre Arbeit wiederaufgenommen. Wenn er an Gaubschat dachte, bekam er noch immer Bauchschmerzen. Wenn es nach ihm gegangen wäre, hätte man diesen Namen für immer und ewig aus dem Handelsregister löschen müssen, denn Gaubschat hatte ab 1942 die berüchtigten Gaswagen hergestellt, Spezial-LKWs, in denen Häftlinge mit eingeleiteten Abgasen getötet worden waren. Sein Lieblingskind war dagegen die Kindl-Brauerei, in der nach ihrer Demontage im November 1947 endlich wieder das erste Bier gebraut werden konnte. Ein Biersiphon stand auf dem kühlen Fensterbrett und wartete auf Theodor Trampes Freund Hermann Kappe.

«*Den großen Autopreis von Argentinien gewann der Italiener Giuseppe Farina auf Maserati. Zweiter wurde sein Landsmann Achille Varzi auf Alfa Romeo. Den dritten Platz belegte der Franzose Jean-Pierre Wimille.*» Hermann Kappe hatte die Sportseite des *Telegraf* aufgeschlagen und wollte seinen Kollegen Gerhard Piossek, der als großer Freund des Autorennsports galt, mit dieser Nachricht erfreuen.

Doch der winkte nur ab. «Heute ist ganz was anderes wichtig.»

Kappe blätterte demonstrativ in der Zeitung. «Was denn? Etwa, dass Willy Brandt vom SPD-Vorstand in Hannover zu dessen neuem Berliner Vertreter bestimmt wurde?»

Ihr Gespräch wurde unterbrochen, als der Polizeireporter des RIAS in der Tür stand und fragte, ob es im Mordfall Peter Rembowski etwas Neues gäbe.

Kappe stöhnte auf. Seine Cousine musste also etwas ausgeplaudert haben. «Nein, nicht dass ich wüsste.»

Der Reporter ließ nicht locker. «Er soll viele Freundinnen gehabt haben, auch welche aus den Westsektoren.»

«Keine Ahnung. Ich führe die Ermittlungen nicht.» Kappe gab sich so abweisend wie möglich.

«Aber Ihr Sohn ...»

Der Journalist bekam aber keine weitere Antwort und zog wieder ab.

Kappe hatte keine Lust mehr, sich in die Akten mit den ungelösten Fällen zu vertiefen, und beschloss, Feierabend zu machen. Er verabschiedete sich von Piossek, hüllte sich in Schal und Mantel und lief zur Ecke Grunewaldstraße und Martin-Luther-Straße, von wo aus er mit der Straßenbahn zum Rathaus Neukölln fahren konnte.

Kappe und Theodor Trampe begrüßten sich mit alter Herzlichkeit und feierten den Umstand, dass Krieg und Naziherrschaft vorüber waren, mit ein paar Gläsern Kindl-Bier aus Neukölln.

«Kommst du noch mit ins Kino?», fragte Theodor Trampe, als der Siphon geleert war. «Ich habe durch meine Beziehungen zwei Karten für heute Abend bekommen.»

«Was gibt's denn?», wollte Kappe wissen.

«*Film ohne Titel.*»

«Wie?» Kappe fühlte sich veräppelt.

Theodor Trampe erklärte ihm die Sache. «Es geht um eine Liebesgeschichte, um Christine und Martin. Vor dem Krieg ist er ganz oben, nach dem Krieg sie. Der Regisseur, der Drehbuchautor und die Schauspieler können sich nicht einigen, was für eine Art

Film es werden soll, und einen Titel können sie auch nicht finden. Den sollen wir Zuschauer uns nun ausdenken. Nach der Vorstellung bekommen wir alle einen Zettel in die Hand gedrückt und sollen einen Titelvorschlag aufschreiben. Der Gewinner bekommt dreitausend Mark.»

«Nicht schlecht», sagte Kappe, ohne so recht begeistert zu sein. Erst als er hörte, dass Hildegard Knef eine der beiden Hauptrollen spielte, war er Feuer und Flamme.

VIER

DEN ANDEREN stockte der Atem, als Max Kallweit seine Sauer 38H aus der Hosentasche zog und zielte. «Das Schwein knall ich jetzt ab!»

Edeltraut Wollay fasste sich an den Kopf. «Bist du verrückt, den Knall hört man doch noch hinten in Brodowin. Nimm den Vorschlaghammer!»

Sekunden später hatte man Jolanthe getötet. Das Stichmesser fuhr ihr in den Hals und wurde in der Wunde gedreht. Das Blut quoll aus der Wunde. Der Metzger kniete auf dem Tier. Der Bauer, dem Jolanthe gehörte, kam mit der Blutschüssel und hielt sie unter die Einstichstelle.

Die beiden Berliner, Max Kallweit und Edeltraut Wollay, erlebten nicht zum ersten Mal ein solches Schauspiel. Schwarzschlachten war zwar streng verboten, aber in ganz Deutschland an der Tagesordnung.

Vor einem Jahr hatte Max Kallweit die Dreistigkeit gehabt, in Mecklenburg mit einer gefälschten Bescheinigung des Bezirksamtes Pankow unter Umgehung der geltenden Bestimmungen für lächerliches Geld Vieh aufzukaufen und es dann in abgelegenen Gehöften schwarz schlachten zu lassen. Auf dem Berliner Schwarzmarkt hatte er das Fleisch dann zu horrenden Preisen verkauft. Dieser Trick funktionierte 1948 nicht mehr, aber es gab genügend Bauern in Brandenburg und in Mecklenburg, die weiterhin mit ihm zusammenarbeiteten, obwohl der, den man beim Schwarzschlachten erwischte, eine hohe Geldstrafe zu zahlen hatte und mitunter auch im Gefängnis landete. Fleischbeschau und Trichinenuntersuchung entfielen natürlich. Allerdings gab es regelmäßige Kontrollen durch die Behörden, und illegal geschlachtete Tiere führten zu Fehlbeständen, wenn eine Viehzählung durchgeführt wurde.

«Was machst du denn, wenn morgen gezählt wird, und Jolanthe fehlt bei dir im Stall?», fragte Kallweit seinen Bauern.

Der lachte. «Dann borg ich mir bei meinem Bruder nebenan eine Sau aus, die so alt ist wie Jolanthe.»

Die Berliner sahen nun zu, wie das Tier gerüsselt wurde, das heißt, der Metzger schnitt ein Loch in den Rüssel, um das Schwein beim Brühen und Hären besser halten zu können. Beim Brühen wurden Borsten und Haut mit heißem Wasser gelöst, so dass sie abgekratzt werden konnten, das Hären war eine Art Rasieren, bei dem aufgepasst werden musste, dass die Schwarte nicht verletzt wurde. Es folgten das Lösen und Ausschneiden der Zunge und das Aufflechsen der Hinterfüße. Dann wurde das tote Tier an den Hinterbeinen aufgehängt, ausgeweidet und gespalten.

«Manchmal denke ich, dass ich auch nicht anders aussehen würde, wenn ich da hänge.» Max Kallweit hatte etwas von einem Komiker an sich, und manchmal ging der mit ihm durch, so wie vorhin, als er auf den Kopf des Schweins gezielt hatte.

«Wollen wir nicht nach Berlin zurück?», fragte Edeltraut Wollay. «Wir haben doch Fleisch genug zum Mitnehmen.»

«Ich will aber noch warten, bis sie mit der Leber- und der Blutwurst fertig sind, die bringen eine Menge Geld.»

Kurz nach Einbruch der Dämmerung saßen sie dann in ihrem dunkelblauen Kübelwagen und fuhren durch den Choriner Forst Richtung Eberswalde.

Der 11. Februar 1948 war ein Mittwoch, der Aschermittwoch. In den Schlagzeilen der Tageszeitungen ging es um den Nahen Osten: *Bedrohung des Friedens. Palästina braucht UN-Streitmacht – Feuergefecht in Jerusalem.* Im Lokalteil des *Telegraf* nahm der Bericht über den Kottbusser Damm den größten Raum ein. Der sei bei den Bombenangriffen relativ gut davongekommen und auch heute wieder eine belebte Geschäftsstraße, nur sei leider die gesprengte Kottbusser Brücke noch nicht wiederaufgebaut. Man war dabei, die Trümmer abzutragen, konnte aber wegen des darunterliegenden U-Bahn-Tunnels keine großen Sprengladungen anbringen. Des Weiteren ging es um die Städtische Oper, wo die Belegschaft gegen den neuen Intendanten Front machte. Im Rathaus Steglitz hatte man eine 41-jährige Frau niedergeschlagen und ihrer Handtasche beraubt. Das alles fand Hermann Kappe nur mäßig spannend, erst die Überschrift *Raabe schildert Bluttat* ließ ihn richtig wach werden.

Der zweite Tag des Prozesses gegen den 25jährigen Zahnarzt Dr. Werner Raabe, der sich wegen Tötung des amerikanischen Korporals Claycomb vor dem Oberen amerikanischen Militärgericht zu verantworten hat, war reich gefüllt mit dramatischen Momenten. Der Angeklagte, der bislang eine gleichgültige Miene zur Schau getragen und häufig sogar Zeugen angelächelt hatte, brach beim Anblick seiner Mutter, die von der Verteidigung in den Zeugenstand gerufen wurde, in bitteres Schluchzen aus und verbarg sein Gesicht in den Händen.

Frau Gertrud Raabe, die Mutter, sagte aus, sie habe den später getöteten Korporal Claycomb gekannt und auch gewußt, dass er mit ihrem Sohn umfangreiche Schwarzhandelsgeschäfte betrieb. «Werner war sehr jähzornig», erklärte sie auf Befragen des Verteidigers. «Einmal habe ich ihm am Telefon Vorhaltungen darüber gemacht, dass er in letzter Zeit soviel Alkohol trank. Später erfuhr ich, dass er nach dieser Unterhaltung das Telefon zertrümmert und aus dem Fenster geworfen habe.» Die unglückliche Mutter war infolge seelischer Erschütterung nicht in der Lage, weitere Aussagen zu machen, und brach zusammen.

Rechtsanwalt Zellner erklärte, der Angeklagte habe den Korporal in Notwehr nach vorausgegangenem Streit erschlagen. Dieser Streit sei anläßlich eines Schwarzhandelsgeschäftes um 312 Büchsen Schokoladensirup entstanden. Raabe schilderte eingehend die Vorgänge am 22. und 23. Dezember. «Längere Zeit vor Weihnachten hatte ich Claycomb, mit dem ich häufig Geschäfte betrieb, darum gebeten, mir einen Posten Schokoladenstreifen zu besorgen, die ich vor dem Fest günstig abzusetzen hoffte. Claycomb bestellte für 150 Dollar Schokolade aus den Vereinigten Staaten, die indessen nicht eintraf. Dafür brachte er eine Kiste mit 312 Büchsen Schokoladensirup, die für 140 RM je Büchse verkauft werden sollten. Der Preis erschien mir zu hoch und wir einigten uns für 100 RM je Büchse. Nachdem ich Claycomb bis zum 16. Dezember bereits 9000 RM für die Lieferung bezahlt hatte, holte er sich am 22. Dezember weitere 21000 RM ab. Am 23. Dezember war ich gerade dabei, mit dem Beil Holz klein zu machen, weil ich im Ofen Feuer anzünden wollte, als Claycomb kam. Er forderte ein Nachzahlung von 12000 RM. Ich lehnte ab, verharrte auch auf meiner Weigerung, als sich Claycomb mit der Hälfte dieser Summe einverstanden erklärte. Es entstand ein heftiger Wortwechsel. Als Claycomb eine Schnapsflasche ergriff, und ich glaubte, dass er sie als Waffe gegen mich gebrauchen wollte, sprang ich mit einem einzigen Satz auf den Sessel zu, aus dem er sich gerade erheben wollte, und schlug ihn nieder.»

So weit war Hermann Kappe gekommen, als die Bürotür aufgestoßen wurde und seine Kollegen eintraten, um ihm zum sechzigsten Geburtstag zu gratulieren, an der Spitze Bruno Bliemeister, der Sektorassistent für Neukölln, Kreuzberg, Tempelhof, Schöneberg, Steglitz und Zehlendorf. Er sprach ein paar hehre Worte und überreichte Kappe neben einem kleinen Blumenstrauß eine Urkunde. «Ihre Ernennung zum Kriminaloberkommissar. Sie haben es verdient!»

Es war ein wunderbares Geschenk, die Kollegen klatschten Beifall. Hermann Kappe bekam feuchte Augen.

«Besser eine Beförderung in ein höheres Amt als ins Jenseits», sagte Gustav Galgenberg, der Kappe umarmte. «Wachse, blühe und gedeihe, mein Lieber! Weiter so!»

Die Kollegen hatten gesammelt und schenkten Kappe einen neuen «Kronleuchter», das heißt eine Deckenlampe, denn seit sie zu Hause ausgebombt worden waren, hatten sie immer nur eine nackte Glühbirne über dem runden Esszimmertisch hängen gehabt.

Kappe befand sich in einem Zustand, «als wennste träumst», wie es bei den Berlinern hieß. Auch ging ihm als Preußenliebhaber durch den Kopf, was der Prinz von Homburg ausgerufen hatte: *Träum ich? Wach ich? Leb ich? Bin ich bei Sinnen?* Unfassbar, dass er schon sechzig war! Dabei war er doch gerade erst gestern nach Berlin gekommen ... Und was hatte er neulich bei Theodor Fontane gelesen?

Immer enger, leise, leise
Ziehen sich die Lebenskreise,
Schwindet hin, was prahlt und prunkt,
Schwindet Hoffen, Hassen, Lieben,
Und ist nichts in Sicht geblieben
Als der letzte dunkle Punkt.

Gustav Galgenberg fühlte, was ihn bedrückte, und versetzte ihm einen Stoß in die Rippen. «Mensch, Hermann, aufwachen!» Er solle sich nicht länger in seinem Elend suhlen, sondern froh und glücklich sein, dass er noch gesund und munter war. «Die Nazis haben ausgespielt, wat willste noch mehr? Alles geht aufwärts jetzt! Also Schluss mit Trübsal blasen!»

Das half, und Kappe fing sich wieder. In der Wartburgstraße gab es auch genug zu tun, denn sie hatten beschlossen, zu Hause zu feiern und nicht in einem teuren Etablissement, wo man Lebensmittelmarken, die für ein paar Monate gereicht hätten, abzuliefern hatte, wenn man einigermaßen gut essen und trinken wollte.

Die Einladungsliste war lang. Kappes Mischpoke war inzwischen so groß geworden, dass er manchmal witzelte, sie sollten sich endlich einen großen Stammbaum malen lassen und Fotos der Betreffenden an die Äste hängen, damit er in seinem hohen Alter noch wisse, wer wohin gehöre. Für siebzehn Familienmitglieder waren schließlich Tischkärtchen zu bemalen, und mit Theodor Trampe und Gustav Galgenberg kamen noch zwei alte Freunde dazu. Um die alle unterzubringen, musste man sich einen Tisch und ein Dutzend Stühle von den Nachbarn borgen. Klara wollte unbedingt, dass Kappe zur Feier des Tages noch den Korridor tapezierte und vor allem die Decke strich, die sähe ganz schwärzlich aus.

«Nicht mit mir.» Kappe wagte die Befehlsverweigerung.

«Dann such dir jemanden, der es macht!»

«Ja, Ludwig Latzke käme in Frage. Aber der ist leider tot.» Wie so viele andere galt sein alter Freund aus Wendisch Rietz seit März 1945 als vermisst.

Kappe hatte darauf bestanden, dass sein sechzigster Geburtstag auch wirklich am 11. Februar gefeiert wurde und nicht erst am Sonnabend danach, wie es so Sitte war, damit alle am nächsten Morgen länger ausschlafen konnten. Da alle 48 Stunden in der Woche arbeiteten, konnte man an einem Werktag allerdings erst um halb sieben abends mit dem Feiern beginnen, das Kaffeetrinken musste also ausfallen.

Als aufgetischt wurde, was Küche und Keller hergaben, riefen alle, dass sei ja fast so reichhaltig wie vor dem Kriege, und das war in diesen Jahren wohl das höchste Lob. Kein Wunder, Kappes Bruder Albert aus Wendisch Rietz hatte für die Fischsuppe am Anfang des Menüs gesorgt, sein Sohn Karl-Heinz für das Hauptgericht, einen wunderbaren Schweinebraten, sein Bruder Oskar für den Nachtisch und seine Schwester Pauline für den Wein. Wobei nur klar war, wie Albert an die Fische gekommen war – die anderen schwiegen lieber über ihre Quellen, schließlich waren drei Kripoleute in der Wohnung.

Nach der Suppe klopfte Bertha Kappe mit dem Rücken ihres Messers gegen ihr Glas und erhob sich, um das Festgedicht vorzutragen. Das war ein Ritual, das alle kannten und das ihnen sehr gefehlt hätte, sosehr sie auch über die Dichtkunst der alten Dame lästerten: «Reim mich, oder ich fress dich.» In Kurzform gab sie das ganze Leben ihres Sohnes wieder und endete schließlich mit den Worten:

Du bist ein Mann aus ganz besonderem Holz,
Von den Verbrechern gefürchtet, von uns allen geliebt,
Bist unser ganzer Stolz,
Sei weiterhin gesund und glücklich, wir beten dafür,
dass Dir unser Herrgott dies alles noch gibt.

Kappe dankte ihr mit einem Küsschen auf die Wange und umarmte sie. Er hatte in der Tat eine wunderbare Mutter.

Die obligatorische Rede zu halten war dem ältesten seiner
Kinder zugefallen, und Hartmut hatte seit Weihnachten fast jeden
Tag an seinem Text gesessen. Er war rhetorisch nicht sonderlich
begabt und hatte sich daher jedes Wort vorher aufgeschrieben.
Es war auch äußerste Vorsicht angebracht, denn er wollte seinen
Vater an dessen Ehrentag nicht kränken, auch liebte er ihn auf eine
stille und zurückgenommene Art und Weise, aber dennoch war er
nicht ganz zufrieden mit ihm. Gut, er hatte sich die ganzen Jahre
über seinen aufrechten Gang bewahrt und war nicht Mitglied der
NSDAP geworden, aber so richtig im Widerstand gegen Hitler, wie
Theodor Trampe etwa, war er auch nicht gewesen. Auch dass er
nun in die SPD eingetreten war, ging dem SED-Genossen gegen
den Strich. Zwischen Suppe und Braten war es an ihm, aufzuste-
hen und sein Manuskript aus dem Jackett zu ziehen. «Lieber Vater, blickst du auf dein Leben zurück, so kannst du laut ausrufen:
Welch Wandel der Epochen! Als du in Wendisch Rietz das Licht der
Welt erblickt hast, war Wilhelm I. an der Macht, dann folgten 1888
Friedrich III. und schließlich Wilhelm zwo, unser letzter Kaiser. Es
kamen die Weimarer Republik, die Herrschaft der Faschisten mit
ihren Verbrechen und der Zweite Weltkrieg. Und jetzt leben wir in
zwei Welten, die immer mehr auseinanderdriften.» Nach diesem
historischen Exkurs kam er auf die Familie zu sprechen und dankte
seinem Vater für seine Rolle als treusorgenden Familienvater, was
in der NS-Zeit unsagbar schwer gewesen sei. «Und damit komme
ich zu dem, was ich an dir so ganz besonders schätze: dass du nie
ein Nazi gewesen bist und in deinem Beruf immer darauf aus warst,

das Schlimmste zu verhindern. Viele Menschen hast du mit deiner aufrechten Haltung vor dem Tod im KZ und dem Fallbeil gerettet.» Theodor Trampe begann zu klatschen, und alle fielen ein. Kappe war gerührt. Er selbst fand seine Haltung während der Hitlerzeit alles andere als beispielhaft, da war es wunderschön, wenn andere ihn viel positiver sahen.

Die Rede seines Sohnes endete damit, dass alle ihn hochleben ließen.

«*Sto lat!*», rief Hertha Börnicke und übersetzte das aus dem Polnischen. Bald sangen dann alle mit ihr:

> *Hundert Jahre, Hundert Jahre,*
> *möge er leben, leben mit uns.*
> *Hundert Jahre, Hundert Jahre,*
> *möge er leben, leben mit uns.*
> *Noch einmal, noch einmal, möge er leben, möge er leben,*
> *Möge er für uns leben.*

Während des Festmahls hatte man sich eine Menge zu erzählen. Wie man sich so durchs Leben schlug, wie man sich aus einem alten Militärmantel ein schickes Kostüm schneiderte, wie man ohne ein Gramm Fett einen Kuchen backte. Kappes Schwiegertochter Ingeborg berichtete von ihren Erlebnissen als Straßenbahnschaffnerin und über die, die das Fahrgeld nicht bezahlen wollten. Sein Bruder Oskar referierte über das, was alles als Tabakersatz herhalten musste: «Die Blätter von Ahorn, Brombeere, Eiche oder Kirsche, manche schneiden auch ihre Matratze auf.» Kappes Schwägerin Friedel hatte als Trümmerfrau viel erlebt, seine Schwester Pauline mit ihrer gerade ausgeheilten Tbc und seine Cousine Hertha bei einer Reportage über die deutschen Frolleins, die mit ihrem GI in die Staaten gehen wollten. Seine Enkelin Marlies, sieben Jahre alt, wollte sich auch am Gespräch beteiligen und schwärmte von ihrer Schulspeisung: «Grießbrei mit Aprikosen, und Nachschlag hat es auch gegeben.»

Kappes Neffe Otto, als Kriminalkommissar beim englischen Sektorassistenten am Kaiserdamm angesiedelt, überraschte die Gesellschaft mit der Mitteilung: «Der Schuft ist tot!»

«Welcher?», kam die Frage. «Es sind doch noch viele übrig geblieben.»

Otto Kappe meinte Gustav Schuft, den Olympiasieger im Mannschaftsturnen von 1896 in Athen. «Das war noch mein Trainer bei der Turngemeinde in Berlin.»

«Wer hat ihn denn ermordet?», wollte Albert Kappe wissen.

«Wieso denkst du, dass er ermordet wurde?»

«Na, weil du doch bei der Mordkommission bist ...»

«Nein, er ist eines natürlichen Todes gestorben.»

Hermann Kappe sah zu Hartmut hinüber. «Dabei fällt mir ein unnatürlicher Tod ein: Hat sich denn im Fall Peter Rembowski was Neues ergeben?»

«Kinder, hört auf, von euren Morden zu sprechen!», rief Klara Kappe.

Doch Hartmut ließ sich von seiner Mutter nicht aus dem Konzept bringen. «Wir wissen noch immer nicht, wer seine Freundin aus den West-Sektoren war. Wenn wir etwas in Erfahrung bringen, sag ich dir gleich Bescheid.»

«Schluss jetzt, der Nachtisch kommt!»

Nach dem Festmahl bot Karl-Heinz Kappe allen Rauchern Zigaretten an. Doch plötzlich ging das Licht aus. «Stromsperre!»

«Quatsch!», stellte Galgenberg fest. «Gegenüber ist doch noch alles hell.»

Es hatte nur einen Kurzschluss gegeben, wie Arno, Kappes Schwiegersohn, schnell feststellte. «Du hast deinen neuen Kronleuchter nicht richtig angeschlossen.»

«Typisch!», rief Klara, während sie eine Kerze anzündete. «Und nun? Wir haben keine Sicherung mehr.»

«Macht nichts.» Arno wusste Rat. Erst ließ er sich die Stehleiter aus der Kammer holen und brachte die Drähte ordentlich in der Lüsterklemme unter, dann nahm er ein Stück Stanniolpapier und wickelte es um die kaputte Sicherung. Als er sie in die Fassung am Zähler gedreht hatte, flammte die Deckenleuchte wieder auf. Laute Oh- und Ah-Rufe dankten es ihm.

Es klingelte, und alle zuckten unwillkürlich zusammen.

«Keine Angst, es wird nur die Gestapo sein!», rief Gustav Galgenberg, dessen Humor manchmal etwas eigentümlich war.

«Eher mein Mann», sagte Kappes Schwester Pauline. Hans Achtow war Koch in einem großen Hotel und hatte nicht früher Feierabend machen können.

«Aber Max hat er hoffentlich zu Hause gelassen», brummte Kappe, denn der Sohn von Hans und Pauline hatte sich als strammer SS-Mann hervorgetan.

Klara war schon auf dem Korridor, um zu sehen, wer sich da noch blicken ließ. Als sie die Wohnungstür geöffnet hatte, schrie sie auf.

«Ein Toter!»

Als Kappe auf den Flur stürzte, prallte er zurück. Wer da stand, war ... Nein, das konnte nicht sein ...

«Ich bin es!», rief der späte Gast. «Ludwig, dein Freund, Ludwig Latzke.»

FÜNF

Max, du hast det Schieben raus, Schieben raus, Schieben raus,
allet schreit hurra: Schieber-Max is da!

DAS SANGEN SIE ALLE, wenn bei Max Kallweit gefeiert wurde, und es wurde oft bei ihm gefeiert am Schöneberger Viktoria-Luise-Platz. Sogar von Orgien war die Rede. Und wie das Schieben auf dem schwarzen Markt, so beherrschte er auch den Tanz, der sich Schieber nannte und bei dem es darauf ankam, die Tanzpartnerin eng an sich zu pressen und mit dem Becken vorwärts über das Parkett zu schieben. Kein Wunder, dass er überall als Schieber-Max bekannt war.

Max Kallweit war am 15. Juni 1903 in Küstrin als Sohn eines Gastwirts auf die Welt gekommen und hatte nach dem Volksschulabschluss Kellner gelernt. Er hatte schon in der Schule gern den Klassenclown gegeben und danach in einem Amateurtheater als Komiker geglänzt. Sein Talent war unübersehbar, aber seine Eltern ließen ihn nicht zur Schauspielschule gehen. Der frühe Tod seines Vaters zwang ihn, dessen Lokal zu übernehmen, um die Familie durchzubringen. Er war 1938 eingezogen worden, hatte es aber verstanden, sich bei seinen Vorgesetzten so beliebt zu machen, dass er nicht in den Schützengraben musste, sondern als Kurier und Marketender durch die besetzten Gebiete reisen konnte. Seine schönste Zeit verbrachte in Frankreich, als es galt, die Weinkeller der dortigen Winzer auszuräumen und die Flaschen waggonweise nach Deutschland zu schaffen. Das ging so lange, bis er bei einem Angriff der Résistance eine Kugel in den Unterleib bekam und schwer verletzt ins Lazarett eingeliefert wurde. Nach seiner Entlassung stand fest, dass er für immer impotent war. Um das zu kompensieren, stellte er sich nach dem Krieg als toller Hecht dar und hatte immer eine Reihe von Frauen um sich, die er als seine Geliebten ausgab. Doch wenn es zum Beischlaf kommen sollte, fand er immer eine Ausrede. Von seiner Ehefrau Edith war er 1946 geschieden worden. Sie lebte jetzt in München, und auch Edeltraut Wollay ließ ihn in Ruhe. Sie hatte erklärt, lesbisch zu sein.

Was das Geschäftliche betraf, galt Kallweit als Genie. Korpulent war er, massig, ein Typ wie Heinrich George oder Emil Jannings, immer freundlich und jovial, aber knallhart in der Sache. Man hätte sagen können, er habe sich amerikanische Gangster und Mafia-Bosse zum Vorbild genommen, doch er hatte keinen einzigen Film aus diesem Genre gesehen. Offiziell betrieb er einen Lebensmittelgroßhandel, aber der war nur Tarnung für seine Schwarzmarktgeschäfte. Gemietet hatte er eine große Wohnung am Viktoria-Luise-Platz, einem der sogenannten Schmuckplätze im Bayerischen Viertel, der um 1900 hochgezogen worden war. Obwohl auf dem Reißbrett entstanden, wurden die Fassaden ganz unterschiedlich gestaltet: Märkische Backsteingebäude standen neben sezessionistischen Bauten, Häuser mit Barockfassaden wie das Haus des Lette-Vereins neben einem modernen Prunkbau. Nun, im Krieg waren sechs der zwölf vorhandenen Gebäude zerstört worden, und 1948 war man froh und glücklich über das, was noch stand, wie das Haus mit der Nr. 3, in dem Max Kallweit zu finden war. Es lag zwischen Welserstraße und Motzstraße auf der nördlichen Seite des Platzes und war nicht zu verfehlen, weil Souterrain, Erdgeschoss, Simse und Balkone mit rotem Backstein verkleidet waren, was in Berlin nur selten vorkam.

Am Karfreitag gab es bei Kallweit eine kleine Konferenz. Anwesend waren aus seinem engsten Zirkel Edeltraut Wollay, seine Vertraute, Werner Lackner, sein Prokurist, Günther Kümmel, sein

Mann fürs Grobe, und als besondere Gäste Arthur Schlattke, der einer seiner wichtigsten Geschäftspartner war, und Helmut Trompale, der für ihn die Waren auf den Märkten am Schlesischen Tor und in der Brunnenstraße verteilte, den er aber auch dafür bezahlte, dass er Papiere fälschte.

Man war sich schnell einig geworden, Schlattke wollte Kallweit eine bestimmte Menge an Schokolade liefern und dafür nicht mit Reichsmark bezahlt werden, sondern mit Tabak.

«Hast du den Tabak denn schon?», wollte Schlattke wissen.

«Nein, noch nicht, aber bald», antwortete Kallweit.

Trompale war mit einem Fahrrad gekommen und bekam eine gewaltige Speckseite mit nach Hause, um sie zu zerteilen und am Ostersonnabend Stück für Stück einzutauschen – gegen Schmuck, Broschen, Ketten, Ringe, Armbänder und alles, was nach Gold aussah.

Als Schlattke und Trompale gegangen waren, kam Kallweit zum Eigentlichen. «Es ist Ostern, und da soll ein Lager in Weißensee nur notdürftig bewacht sein, nur von einem Mann. Die Waren sollen von Rasno stammen.»

Seit 1946 gab es in der SBZ, der Sowjetischen Besatzungszone, mehrere sowjetische Handelsgesellschaften, die vom Moskauer Außenhandelsministerium gesteuert wurden und eine genau umrissene Aufgabe hatten: Tabakwaren gegen Schwarzhandelspreise in den Berliner Markt einzuspeisen und im Gegenzug Wertsachen und Valuta abzuschöpfen. Das Verteilungssystem war einfach genug: Rasno führte Orient Tabake über Stettin nach Deutschland ein. Aus diesem Tabak wurden in Sachsen Zigaretten hergestellt, wobei Produktionskosten in Reichsmark anfielen. Dann verkauften Agenten von Rasno diese Zigaretten für harte Währung an polnische und andere ausländische Großhändler, die sie ihrerseits an deutsche Großhändler weitergaben. Von denen gelangten sie schließlich an kleine deutsche Schwarzmarkthändler.

Lackner hatte Bedenken. «Sich mit den Rasno-Leuten anzulegen, ist das nicht ein bisschen zu riskant?»

Kallweit winkte ab. «Nun mach dir bloß nicht vor Angst in die Hosen! Wir hauen ja gleich wieder ab, und hier im amerikanischen Sektor kann uns keiner was. Den Tommis, das weiß ich, ist Rasno sowieso ein Dorn im Auge, und bei den Amis wird das nicht anders sein.»

Günther Schwiedrowsky, Jahrgang 1908 und ein Gemütsathlet, war es gewohnt, etwas zu bewachen. Bis 1938 hatte er bei der Wach- und Schließgesellschaft gearbeitet und die Lagerhallen des Westhafens bewacht, von 1938 bis 1945 war er von der SS in Sachsenhausen zur Bewachung der KZ-Insassen eingesetzt worden. Jetzt verdiente er sein Geld damit, dass er auf die Berge von Zigarettenstangen aufpasste, die sein Bruder Richard in einer alten Baracke in Weißensee gehortet hatte und peu à peu auf dem Schwarzmarkt absetzen wollte.

Er wohnte noch mit seiner Frau zusammen in einer Zweizimmerwohnung in Friedrichshain, Ebertystraße, Hinterhaus, drei Treppen, doch sie hatten sich längst auseinandergelebt. Sie hatte sich in den letzten Kriegstagen von einem Landser ein Kind andrehen lassen, das später an Unterernährung gestorben war, er hatte sich mit einer Witwe eingelassen, die allerdings keinen Wert mehr auf ihn legte, seit sie von seiner Vergangenheit als KZ-Aufseher erfahren hatte, war ihr Mann doch 1944 als Widerstandskämpfer hingerichtet worden. «Hör auf, was geht mich die ganze Scheiße an?», hatte er bei ihrer Trennung geschrien. «Habe ich denn die Schuld an allem? Nein! Wir sind doch alle nur Marionetten gewesen, ohne eigenen Willen. Wenn ich nicht gehorcht hätte, wäre ich aufgehängt worden!»

Gern hätte sich Schwiedrowsky eine eigene Wohnung genommen, nur war die nirgendwo zu bekommen. Er hasste seine Frau ebenso, wie Vera ihn hasste. Freunde wie Verwandte fragten sich schon, ob er sie zuerst erschlagen oder sie ihn zuerst vergiften würde. Aus diesem Grund hatte sich Schwiedrowsky in seiner Baracke ein Feldbett hergerichtet und übernachtete in letzter Zeit fast immer draußen in Weißensee.

Und so holte er auch am Ostersonnabend sein verrostetes Fahrrad aus dem Keller und machte sich auf den Weg. Es waren rund sieben Kilometer zurückzulegen, was ein Klacks für ihn war, zumal an diesem Abend die Straßen besonders leer waren. Kraftwagen gab es ohnehin nur wenige im Nachkriegsberlin, allein auf die Straßenbahnen war Obacht zu geben. Von der Ebertystraße musste er links abbiegen in die Landsberger Allee, und auf der ging es ein Stückchen bis zur Elbinger Straße, in die er rechts einbog, um später über die Greifswalder Straße und die Berliner Allee nach Weißensee zu gelangen. Schwiedrowsky summte auf dem Weg sein Lieblingslied vor sich hin:

Vor der Kaserne,
Vor dem großen Tor,
Stand eine Laterne
Und steht sie noch davor.
So woll'n wir uns da wiederseh'n,
Bei der Laterne woll'n wir steh'n,
Wie einst, Lili Marleen.

Es war kurz vor zehn Uhr abends, als sie die Wohnung am Viktoria-Luise-Platz verließen und zur Welserstraße gingen, wo ihr dunkelblauer Kübelwagen geparkt war. Da Max Kallweit schon zu viel getrunken hatte und Günther Kümmel alles konnte, nur nicht Autofahren, musste sich Edeltraut Wollay ans Steuer setzen. Das passte ihr gar nicht ins Konzept, denn eine Frau am Steuer eines Wagens fiel zu leicht auf, zumal in einem alten Fahrzeug der Wehrmacht. Doch Kallweit wollte den großen Coup auf keinen Fall verschieben. Alles verlief unproblematisch. Hinter dem Nollendorfplatz wechselten sie vom amerikanischen in den britischen Sektor und am Potsdamer Platz vom britischen in den sowjetischen. Keiner kümmerte sich um sie, nirgendwo entdeckten sie einen Posten, der sie beachtet hätte.

«Gott, nichts als Trümmer!», stellte Kallweit fest.

Günther Kümmel sang daraufhin das Lied, das er als Landser immer hatte singen müssen:

> *Es zittern die morschen Knochen*
> *Der Welt vor dem roten Krieg,*
> *Wir haben den Schrecken gebrochen,*
> *Für uns war's ein großer Sieg.*
> *Wir werden weiter marschieren,*
> *Wenn alles in Scherben fällt,*
> *Denn heute da gehört uns Deutschland*
> *Und morgen die ganze Welt.*

«Bist du bescheuert!», rief Edeltraut Wollay.

«Mann, det is doch nüscht weita als Ironie.»

«Der Rotarmist, der es hört, weiß das aber nicht.»

«Kinder», ermahnte Kallweit sie, «zankt euch nicht und streitet euch nicht, spuckt euch lieber in't Jesicht.» Er war wunderbar überdreht. Das lag nicht allein am Alkohol, den er im Blut hatte, es war das Lampenfieber vor einem großen Auftritt. Sein Leben war ein Film, und er war der Hauptdarsteller. Gedreht wurde *Das große Ding* mit Max Kallweit, Regie Wolfgang Staudte. Die Kritik überschlug sich vor Begeisterung, Kallweit hörte schon die Besprechung im RIAS: «Wie schon in seinem großartigen Film *Die Mörder sind unter uns* realisierte Staudte auch seinen neuen Streifen in den Trümmern der Stadt. So entstanden eindrucksvolle Bilder, die Wirkung und Handlung des Filmes auf wunderbare Weise verstärken. Max Kallweit ist ein Schauspieler, der die alten Ufa-Heroen glatt in den Schatten stellt und jetzt schon von Hollywood mit Angeboten überschüttet wird. Man will sein Leben als Schieber-Max verfilmen, und kein Geringerer als Billy Wilder wird die Regie übernehmen.» Mit diesen Bildern schlief er ein.

Edeltraut Wollay und Günther Kümmel schwiegen. Alles war klar, alles war gesagt. Als sie über den Alex fuhren, steckte er erst ihr, dann sich eine Zigarette in den Mund, die er bis zum Ringbahnhof Greifswalder Straße mit Hilfe immer wieder abbrechender Streichhölzer auch tatsächlich angezündet hatte. Zehn Minuten später waren sie angekommen und weckten Kallweit.

Kümmel stieg als Erster aus und legte den Finger auf den Mund. «Leise! Da schräg gegenüber steh'n 'n paar Baracken, und ick jloobe, da wohn'n Polizisten drin.»

«Dann bloß keine Schießerei!», warnte Edeltraut Wollay, die gerade sah, wie sich Kallweit seine Pistole in den Hosenbund steckte.

«Da drüben schläft alles», sagte Max Kallweit leise, aber bestimmt. «Also los!»

Große Angst, entdeckt zu werden, mussten sie nicht haben, denn Straßenlaternen gab es nur in größeren Abständen, und die wenigen, die noch intakt waren, konnte man bestenfalls als Funzeln bezeichnen. Fußgänger waren hier draußen im Gewerbe- und Kleingartengelände um diese Zeit nicht zu befürchten. Wer in dieser Gegend in einer Laube wohnte, wagte sich so kurz vor Mitternacht nicht mehr heraus.

Im Schein von Kümmels Taschenlampe hielten sie auf ein flaches Gebäude zu, das einmal eine kleine Kfz-Werkstatt gewesen sein musste. Verblieben waren jedenfalls Reklameschilder für Reifen und Benzin. Das Büro war eingestürzt, die Garage ausgebrannt, übrig geblieben war nur eine kleine Halle. Deren Tür zu öffnen war für Kümmel kein Problem. In den Regalen waren Zigarettenstangen gestapelt.

Kallweit freute sich. «Na bitte, Volltreffer!»

Kümmel leuchtete mit seiner Taschenlampe alles ab und legte sie dann auf den Fußboden, um die Hände frei zu haben. Die Deckenbeleuchtung einzuschalten, wagten sie nicht.

«Jeder trägt was raus», bestimmte Kallweit.

Günther Schwiedrowsky wusste, dass er jetzt etwas unternehmen musste. Kein Mensch würde ihm abnehmen, dass er den Einbruch verschlafen habe, alle würden ihm unterstellen, dass er mit den Einbrechern unter einer Decke stecke. Sie hatten ihn in seiner Nische nicht entdeckt, und sie würden ihn auch nicht entdecken, bis sie die letzte Stange Zigaretten weggetragen hatten. Unschlüssig saß er auf der Bettkante. Sie waren zu dritt, er war allein. Aber es war eine Frau dabei, also stand es nur zwei zu eins. Er musste abwarten, bis einer sich allein in der Halle aufhielt und die anderen beiden draußen waren, dann hatte er eine Chance. Er stand auf und griff sich die schwere hölzerne Keule, die er neben dem Feldbett stehen hatte.

Schwiedrowsky lauschte. Die Frau und einer der Männer gingen gerade hinaus. Als er den Kopf um die Ecke steckte, sah er den anderen Mann allein vor der Regalwand stehen und nach den Stangen angeln, die ganz hinten lagen. Jetzt!

Kallweit kam allein zurück, denn Edeltraut Wollay hatte ein menschliches Bedürfnis verspürt und sich eben mal in die Büsche geschlagen. Als Kallweit wieder in die Halle trat, sah er einen Schatten nach vorne schnellen. Es war ein Mann mit einer Keule in der Hand. Kümmel merkte nichts. Die Keule krachte auf seinen Hinterkopf. Da hatte Kallweit auch schon seine Pistole aus dem Hosenbund gerissen. «Keine Bewegung, oder ich schieße! Und die Keule fallen lassen!»

Schwiedrowsky gehorchte. Was blieb ihm anderes übrig? Auch der Aufforderung, sich mit dem Gesicht an die Wand zu stellen, kam er nach.

Kallweit war heran und setzte ihm den Lauf der Waffe an die Schläfe. «Keine Mätzchen, sonst drücke ich ab!»

Edeltraut Wollay kam zurück und erfasste mit einem Blick, was passiert war. «Das ist ja eine schöne Bescherung!»

«Keine Bescherung. Wir haben Ostern und nicht Weihnachten.» Kallweit agierte so wie die Gangster in den Filmen, die er gesehen hatte. «Schaff Kümmel ins Auto – und dann weg von hier!»

Edeltraut Wollay beugte sich zu Kümmel hinunter, der regungslos auf dem Betonboden lag, und besah sich seine klaffende Wunde am Hinterkopf. «Ist der tot?»

«Weiß ich nicht!», brummte Kallweit. «Frag ihn doch selber.»

Als ihn Edeltraut Wollay hochzuheben versuchte, kam Günther Kümmel wieder zu sich und brabbelte etwas vor sich hin, das keiner verstand. Sie presste ein Taschentuch auf seine Wunde und riss sich ihren Schal vom Hals, um ihm einen notdürftigen Verband anzulegen. «Er muss zum Arzt.»

«Ja, in der Nacht zum Ostersonntag werden auch alle ihre Praxis aufhaben.»

Kümmel schleppte sich, auf Edeltraut Wollay gestützt, zum Kübelwagen, schaffte es noch bis auf den Beifahrersitz und brach dann zusammen. Sie schloss die Tür und ging zu Kallweit zurück.

«Und was ist mit dem da?»

«Soll ich ihn abknallen?», fragte Kallweit.

Schwiedrowsky wimmerte und flehte: «Nein, lasst mich leben! Ich mach auch alles, was ihr wollt.»

Kallweit überlegte. Der Wachmann hatte sie in der Hand, er kannte ihre Gesichter, er kannte ihre Stimmen. Andererseits: Mord war Mord, und in Deutschland gab es noch immer die Todesstrafe.

«Wir können ihn fesseln und ihm einen Knebel in den Mund stecken», schlug ihm Edeltraut Wollay vor.

«Und bei einem Prozess sagt er dann gegen uns aus», hielt ihr Kallweit entgegen.

«Nein, ich sage kein Wort!», schwor Schwiedrowsky. «Ich habe nichts gehört und nichts gesehen.»

Von irgendwo her kam lautes Gelächter. Möglicherweise von der Polizeibaracke schräg gegenüber. Kallweit geriet in Panik.

«Los, weg von hier!» Er trat Schwiedrowsky von hinten gegen den Fuß. «Du kommst mit, immer schön vor mir her, sonst ...»

Es glückte. Sie kamen ungesehen zum Kübelwagen, und

Schwiedrowsky nahm auf dem Rücksitz Platz, ohne einen Fluchtversuch zu wagen. Kallweit hielt ihn mit seiner Pistole in Schach.

Edeltraut Wollay setzte sich wieder ans Steuer und gab sich alle Mühe, so unauffällig wie möglich durch den sowjetischen Sektor zu fahren. Wurden sie hier hoppgenommen, verschwanden sie irgendwo hinter dem Ural, während die Amerikaner womöglich nur feixten, wenn herauskam, dass sie einem Rasno-Händler die Zigaretten abgenommen hatten.

Bis zur Leipziger Straße ging auch alles gut. Dann aber, genau an der Ecke Wilhelmstraße, sah Schwiedrowsky einen Polizisten stehen, klopfte an die Autoscheibe und schrie um Hilfe.

«Fröhliche Ostern, Opa!» Hermann Kappes Enkeltochter stand in der Tür, ihre Eltern hatte sie beim Aufstieg in den zweiten Stock weit hinter sich gelassen.

Kappe ging in die Knie, um die Kleine zu herzen. «Dann komm mal rein, Marlies, der Osterhase war schon da und hat was für dich versteckt.»

«Der kann doch gar nicht so hoch klettern!»

«Dann brauchen wir ja auch gar nicht zu suchen.» Klara war inzwischen auch auf den Korridor gekommen.

«Doch, Oma, es gibt doch auch Osterhasen mit Flügeln.»

«Wie kommst du denn darauf?»

«Na, weil es auch Mäuse mit Flügeln gibt. Hab ich selber im Zoo gesehen.»

Nun waren auch Margarete und ihr Mann oben angekommen. Man hatte sich verabredet, bei den Kappes in der Wartburgstraße zu frühstücken und sich danach mit einigen anderen Familienmitgliedern in ihrer eigenen Wohnung in der Blissestraße zum Kaffee zu treffen.

Marlies konnte es gar nicht erwarten. «Kann ich schon suchen?»

«Ja, Kind, kannst du», antwortete Kappe. «Wer sucht, der findet.»

Marlies begann zu suchen, immer gesteuert von den Zurufen ihrer Großeltern: «Wasser», wenn sie ganz weit von einer Fundstelle entfernt war, «Kohle», wenn sie in der Nähe angelangt war, und «Feuer», wenn sie das Versteckte fast schon berührte. Doch das Erste, was das Kind zutage förderte, war eine tote Maus, die ganz offenbar etwas von dem überall ausgelegten Rattengift gefressen hatte und dann unter Kappes Couch verendet war.

Marlies schrie zwar «Igitt!», war aber nicht sonderlich geschockt, während Klara die Sache furchtbar peinlich war und sie am liebsten vor Scham im Boden versunken wäre. «Hermann, hol die Müllschippe und bring das Tier runter in die Tonne!»

«Erst muss er mal sehen, ob sie nicht ermordet worden ist», fand Margarete.

«Giftmord in der Wartburgstraße!», titelte Arno.

«Ich find das gar nicht zum Lachen», sagte Klara. «Ungeziefer im Haus ...»

Arno lachte. «Mal sehen, was Marlies noch so alles an Leichen findet.»

«Feuer!», rief Kappe.

Seine Enkeltochter entdeckte eine wunderschöne Puppe. Klara hatte sie auf dem schwarzen Markt an der Schlüterstraße gegen drei Romane von Ina Seidel eingetauscht, nachdem Kappe erklärt hatte, er wolle von dieser «Nazijule» nichts mehr im Schrank stehen haben.

Nachdem Marlies noch ein Bilderbuch und ein paar Ostereier aus Schokoladenersatz gefunden hatte, setzte man sich an den schön gedeckten Frühstückstisch. Klara hatte sogar ein paar Osterglocken organisieren können.

Als Kappe sein gelbgefärbtes und mit Pistole und Handschellen kunstvoll bemaltes Osterei köpfte, klingelte es an der Wohnungstür.

Marlies jubelte. «Das ist der Osterhase, der hat noch was vergessen.»

Nein, es war der Kollege Gerhard Piossek, der Kappe abholen

wollte. «In der Speyerer Straße liegt ein Mann in einer Ruine. Kopf-schuss. Fußgänger haben ihn gefunden.»

«Die einen finden Ostereier, die anderen Leichen», stellte Arno fest.

«Tut mir leid.» Kappe stand auf.

Klara seufzte. «Ein immer helles Licht erleuchte deinen Weg: die Pflicht.»

Kappe verzichtete auf einen Kommentar. Nach so vielen Jah-ren Ehe prallte alles an ihm ab, was Klara ihm in dieser Hinsicht vorhielt. Während er sich seinen Wintermantel überstreifte, wink-te er schnell seinen Kindern zu. «Bis nachher bei euch.»

Piossek war zu Fuß gekommen. Das freute Kappe, denn so konnte er sich noch ein wenig die Beine vertreten. Der Fundort war keine fünf Minuten entfernt.

«Ruinen gibt's ja hier genug, um Leichen abzulegen», sagte Kappe.

Piossek zeigte auf die Gleise der Trümmerbahn, die am Win-terfeldtplatz begann und über die Hohenstaufenstraße, die Speye-rer Straße, den Bayrischen Platz und die Meraner Straße Richtung Schöneberger Südgelände führte. «Freuen wir uns über die schö-nen Trümmerberge, die wir nun bekommen.»

«Noch etwas, das wir Adolf zu verdanken haben», brummte Kappe.

«Das erinnert mich an Goethe und seinen Mephisto: *Ein Teil von jener Kraft, / Die stets das Böse will und stets das Gute schafft.*»

Kappe seufzte. «Das ist mir zu hoch. Und Goethe hat Hitler nicht gekannt, sonst hätte er so was nicht geschrieben. Ich halte mich lieber an die alte Weisheit: *Es geht alles vorüber, es geht alles vor-bei, / und nächsten Dezember gibt's wieder ein Ei.* Das passt auch zu Ostern.»

Damit hatten sie die Speyerer Straße erreicht. Die sollte an ihrem südlichen Ende ganz verschwinden, hatte Kappe gehört, da man hier alles neu bebauen und dabei auch das Straßennetz anders gestalten wollte. Zwei auf dem Fahrdamm stehende Schupos zeigten ihnen an, dass sie ihr Ziel erreicht hatten. Man kannte sich. Der Tote lag zwischen den Resten der Hauswand und einem Haufen von zerbrochenen Ziegelsteinen, die aufgehäuft worden waren, um mit der Trümmerbahn fortgeschafft zu werden. Die Spurensicherung war seit einer halben Stunde am Werke, und Bernhard Klingbeil hatte schon einiges herausgefunden. «Es handelt sich bei dem Toten um einen gewissen Günther Schwiedrowsky.»

«Hat er das noch sagen können?», fragte Piossek.

«Nein, er hatte Papiere bei sich. Wohnhaft in Friedrichshain, Ebertystraße.»

«O Gott», entfuhr es Kappe, «auch noch einer aus dem russischen Sektor!»

Piossek grinste. «Das kannst du doch gleich mit deinem Sohn abklären, wenn ihr heute Nachmittag Skat spielt.»

«Mensch, mit dem darf ich nichts Dienstliches mehr besprechen!»

«Kopfschuss», fuhr Klingbeil fort. «Die Kugel ist ihm rechts schräg über dem Ohr in den Schädel eingedrungen. Schmauch spuren sind erkennbar. Offenbar war der Lauf der Waffe aufgesetzt. Keine Austrittsöffnung»

«Danke.» Kappe sah sich um. «Gut, dann befragen wir mal alle Mieter hier.» Er drehte sich zu den beiden Schupos um und erkundigte sich bei ihnen, ob sich schon Zeugen gemeldet hätten.

«Nee, det Einzige, wat uns hier übern Weg geloofen is, det war'n 'n paar Ratten.»

Kappe sah sich um. Nirgendwo war Blut zu entdecken, Kampfspuren auch nicht. Also hatte man Schwiedrowsky woanders getötet und hierher gebracht. Obwohl er ausgehungert aussah, mochte er knapp achtzig Kilo wiegen. Da genügte kein Fahrrad, um jemanden hier abzulegen, und auf einem Handwagen wäre das auch in dieser Einöde zu riskant gewesen. Also musste der Täter ein Auto zur Verfügung gehabt haben. Er bat Piossek und Klingbeil, mit ihm nach Reifenabdrücken zu suchen. Aber sie fanden nichts, was sie weiterbrachte.

«Schaffen wir den Toten erst einmal in die Pathologie und sehen dann weiter», entschied Kappe nach einigen Sekunden des Nachdenkens. «Soll der sowjetische Sektorassistent nach Ostern sagen, was zu tun ist.»

Er verabschiedete sich damit von Piossek und den anderen Kollegen und lief wieder nach Hause. Dort setzte er sich mit Klara vor den Radioapparat und hörte abwechselnd, was der RIAS und der NWDR an Schönem zu bieten hatten. Irgendwann waren sie dann beide in ihren Sesseln eingeschlafen. Als sie wieder aufwachten, war es Zeit, sich in Schale zu werfen.

«Du kannst nicht schon wieder in deinem alten Anzug gehen!», rief Klara. «Den hast du dir doch schon vor dem Krieg gekauft, '37 oder '38.»

«Warum soll ich die Auferstehung Christi nicht in meinem alten Anzug feiern?», fragte Kappe.

«Weil es sich gehört, dass man zu Ostern seine guten Sachen trägt.»

Wieder fügte er sich, denn er hatte längst gelernt, dass ein gerüttelt Maß an Resignation zu einem glücklichen Leben gehörte, und so summte er nur: «*Glücklich ist, wer vergisst, / was nicht mehr zu ändern ist.*» Und die Ehe mit Klara war ebenso wenig zu ändern wie die Geschichte der Deutschen seit Hermann dem Cherusker. Ohne den hieße er nicht Hermann.

«Laufen wir in die Blissestraße?», fragte Klara.

«Ja, immer durch den Park durch.»

«Ich denke, du magst den Hindenburg-Park nicht?»

«Den Park schon, nur seinen Namensgeber nicht.» Hindenburg, dieser Steigbügelhalter Hitlers! «Das Ganze sollten sie bald mal in ‹Volkspark Wilmersdorf› umbenennen.»

«Du mit deiner SPD!»

In der Blissestraße, genauer gesagt in deren südlichem Teil zwischen Park und S-Bahn-Ring, hatte ihr Schwiegersohn seinen Laden eröffnet. *Elektro-Wilhelm* stand in großen roten Blechbuchstaben über dem Schaufenster.

Sein Sohn Hartmut und sein Neffe Otto hatten schon auf ihn gewartet, um noch vor dem Kaffeetrinken eine Runde Skat zu spielen.

«Pik!», rief Hartmut, als er nach dem Geben seine Karten aufgenommen hatte.

«*Pik isn't the key to success*», sagte Otto, der fleißig Englisch lernte, um bei sich im britischen Sektor besser mit der Besatzungsmacht kommunizieren zu können. «Contra!»

Als er *key* hörte, fielen Kappe die beiden Toten ein. «Nach dem Rembowski aus Pankow haben wir jetzt auch einen -ki aus Friedrichshain, der ermordet wurde, den Schwiedrowsky. Mit y allerdings.» Er legte seine Karten erst einmal wieder auf den Tisch und erzählte seinem Ost-Sohn vom Leichenfund in der Speyerer Straße. «Der Fall Schwiedrowsky wird also am Dienstag bei dir auf dem Schreibtisch liegen.»

«Das scheint ja ein Fluch zu sein, dass es dauernd welche trifft, die ein -ki oder -ky am Ende ihres Namens haben», stellte Otto fest. «Nur gut, dass wir Kappe heißen und nicht Kappski.»

«Müssten wir aber eigentlich», erklärte Kappe, «denn unsere Vorfahren haben alle ein Stück Land besessen, und in Polen durften sich alle mit einem eigenen Acker ein -ski an ihren Namen hängen.»

«Dann müsste man streng genommen allen, die keinen Acker mehr haben, ihr -ki oder -ky wieder wegnehmen», meinte Otto. «Es leben die Herren Tuchol, Ossiet und Ostrow!» Otto Ostrowski war der Berliner Oberbürgermeister, der im letzten Jahr wegen eines Streits mit Berliner SED-Funktionären seinen Rücktritt eingereicht hatte.

«Bitte zum Kaffeetrinken!», rief Margarete.

SECHS

HARTMUT KAPPE war ins Büro von Willi Schubert gerufen worden, der in den sowjetisch kontrollierten Bezirken Pankow, Weißensee, Prenzlauer Berg, Mitte, Friedrichshain, Lichtenberg, Köpenick und Treptow als Sektorassistent fungierte. Als er an die Tür klopfte und das knappe «Herein!» vernahm, kam er sich vor wie ein Schüler, der beim Direktor anzutreten hatte, weil er beim Lügen ertappt worden war. Dabei hatte er noch gar nicht gelogen, das würde er erst in den nächsten Minuten tun – tun müssen, und das auch noch einem Genossen gegenüber.

Willi Schubert begrüßte ihn mit markigem Handschlag und kam schnell zur Sache. «Ich habe eben einen Anruf aus Karlshorst bekommen ...»

Hartmut Kappe zuckte zusammen, denn Karlshorst stand für die Russen in Berlin. In einem beschlagnahmten Areal befand sich seit Juni 1945 das Hauptquartier der Sowjetischen Militäradministration (SMAD) für Deutschland.

«Ein Rasno-Lager oben in Weißensee ist nach einem Einbruch ausgeräumt worden», fuhr Schubert fort. «Alle Zigaretten sind verschwunden, und den Wachmann hat man am Ostersonntag erschossen in einer Ruine aufgefunden, im amerikanischen Sektor.»

Fast hätte Hartmut Kappe ausgerufen: Ja, ich weiß, der Mann heißt Günther Schwiedrowsky! Er biss sich auf die Zunge. «Oh», brachte er hervor, «das klingt ja alles weniger schön.»

«Du sagst es! Entdeckt hat den Einbruch der Bruder des Opfers, Richard Schwiedrowsky. Der betreibt eigentlich einen

Spirituosengroßhandel in der Schönhauser Allee, ist aber einer der deutschen Großhändler in der Rasno-Kette.»

«Ah ja, Karlshorst», murmelte Hartmut Kappe.

«Dass die Sowjetunion am schwarzen Markt verdient, ist völlig in Ordnung!», rief Willi Schubert. «Nach dem Schaden, den ihr Hitler-Deutschland zugefügt hat, ist dies – wie jede Reparationsleistung – nur eine Form der gerechten Wiedergutmachung.»

Hartmut Kappe nickte und sagte auf Russisch, dass Schubert ja recht habe. «*Вы правы.*»

Der Sektorassistent fuhr fort: «Wahrscheinlich war es eine Bande aus den Westsektoren, die da zugeschlagen hat. Dafür spricht nicht nur die Tatsache, dass Schwiedrowsky in der Speyerer Straße aufgefunden worden ist, sondern auch etwas anderes ...» Schubert wühlte in den Papieren, die er auf seinem Schreibtisch ausgebreitet hatte. «Hier ... Ein Schupo hat kurz vor Mitternacht in der Leipziger Straße einen dunkelblauen Kübelwagen entdeckt, mit dem offenbar ein Mann mittleren Alters entführt worden ist. Der Polizist war aber nicht mehr imstande, etwas zu unternehmen. Das könnte dieser Schwiedrowsky gewesen sein.»

«Das Kennzeichen hat er sich nicht gemerkt?»

«Nein, leider nicht.»

Hartmut Kappe zuckte mit den Schultern. «Ob da wirklich ein Zusammenhang besteht?» Da war bei Schubert wohl eher der Wunsch der Vater des Gedankens.

Der Sektorassistent überlegte einen Augenblick. «Ich werde den Verantwortlichen in den anderen drei Sektoren Mitteilung machen, was aber nichts daran ändert, dass Schwiedrowsky bei uns in Friedrichshain gewohnt hat und die Täter ihn in Weißensee überwältigt haben. Die dort gestohlenen Zigaretten werden sicherlich schon heute auf dem schwarzen Markt verhökert werden. Apropos schwarzer Markt, seid ihr denn im Fall des Schwarzmarkthändlers aus Pankow weitergekommen? Wie hieß der noch mal?»

«Rembowski, Peter Rembowski», half Hartmut Kappe seinem Gegenüber aus. «Nein, das sind wir nicht, leider ...»

«Menschenskind, das geht doch nicht!», fuhr Willi Schubert auf. «Was sollen die Leute von uns denken? Dass wir Laien sind, dass wir nichts in den Griff kriegen und dass uns die Schwarzmarkthändler auf der Nase rumtanzen? Dass sie sich gegenseitig reihenweise umbringen und wir gegen sie völlig machtlos sind? Walter Ulbricht scheißt mich zusammen, wenn er das hört!»

Hartmut Kappe hatte Mitleid mit seinem Vorgesetzten und gelobte Besserung. «Heinz Rösler und ich werden alles tun, um die Mordfälle Rembowski und Schwiedrowsky baldmöglichst aufzuklären.»

«Meinetwegen kannst du auch mit deinem Vater darüber sprechen», sagte Willi Schubert so leise, dass es niemand anderes hören konnte. «Aber nur unter vier Augen!»

Hartmut Kappe versprach es und ging in sein Büro zurück, um Heinz Rösler abzuholen. «Du, wir fahren gleich mal nach Weißensee raus und sehen uns die Lagerhalle an, die Schwiedrowsky bewachen sollte. Dann reden wir noch mit seinem Bruder und seiner Frau. Und Doktor Schulz soll mitkommen.» Das war ihr Kollege von der Spurensicherung.

«Geht nicht, den hat Schubert gerade rausgeschmissen.» Dr. Schulz war SPD-Mann und hatte im Reichsbanner gegen die Nationalsozialisten gekämpft – aber auch gegen die Kommunisten. Jetzt warf man ihm vor, er habe in der Haft mit den Nazis kollaboriert und Spitzeldienste gegen Kommunisten geleistet, wahrscheinlich sei er auch Gestapo-Agent gewesen.

Hartmut Kappe kommentierte das nicht weiter, denn es war an der Tagesordnung, dass man im sowjetischen Sektor SPD-Leute eliminierte, manche sogar liquidierte, und in den drei Westsektoren Kommunisten aus dem Dienst entfernte. «Ruf du mal den Bruder an! Richard Schwiedrowsky, Spirituosengroßhandel in der Schönhauser Allee. Er soll nach Weißensee kommen, sofort!»

Als das erledigt war, machten sie sich auf den Weg. Ein Auto hatten sie nicht zur Verfügung, aber mit der Straßenbahn, der Linie 73, kamen sie schnell vom Alex nach Weißensee.

Richard Schwiedrowsky stieg gerade aus seinem Lieferwagen. Man begrüßte sich mit knappen Worten. Die beiden Kriminalbeamten murmelten etwas, das wie «Unser herzliches Beileid» klang. Der Händler bedankte sich und führte sie zur Lagerhalle, die er inzwischen mit drei neuen Vorhängeschlössern gesichert hatte, wie er ihnen berichtete. «Die alten waren alle durchgetrennt. Ich hab sie alle noch drinnen liegen.»

Sie waren mit einem Bolzenschneider geknackt worden, wie sich unschwer feststellen ließ. Da mussten also Könner am Werk gewesen sein. Nach Fingerabdrücken zu suchen war sinnlos, denn sie hatten weder Rußpulver noch eine Lupe zur Hand.

«Macht nichts», sagte Hartmut Kappe. «Die Täter hatten sicherlich sowieso Handschuhe an.»

Mit bloßem Auge ließ sich nichts erkennen, was sie weitergebracht hätte. Auch ihr Kollege Kommissar Zufall ließ sie im Stich, denn niemand von den Einbrechern hatte etwas verloren, weder einen Briefumschlag mit seiner Adresse noch einen Fahrschein oder eine Quittung, anhand derer Rückschlüsse auf seine Wohngegend möglich gewesen wären. Blieb noch, Richard Schwiedrowsky ein paar Fragen zu stellen.

«Hat Ihr Bruder einmal Andeutungen gemacht, dass jemand das Objekt hier beobachtet hat?»

«Nein, kann ich mich nicht dran erinnern.»

Hartmut Kappe nickte. «Haben Sie eine Vermutung, was sich hier abgespielt hat?»

Für Richard Schwiedrowsky war die Sache klar. «Das wird eine Bande gewesen sein, die ihre Verteiler hat.»

«Sind denn Ihre Zigarettenstangen irgendwie gekennzeichnet gewesen?», wollte Rösler wissen.

«Nein.»

Hartmut Kappe sah Rösler an und seufzte. «Legen wir Günther Schwiedrowsky in die Schublade ‹Nasse Fische›?»

Richard Schwiedrowsky konnte ihm nicht folgen. «Was hat denn das mit Fischen zu tun?»

«Ein nasser Fisch ist ein ungelöster Fall.»

Nach dieser Belehrung machten sie sich auf zu Vera Schwiedrowsky. Ihrem Schwager zufolge arbeitete sie als Verkäuferin in einer Konsumfiliale in der Warschauer Straße. Mit Straßen-, Stadt- und Ringbahn fuhren sie dorthin.

Als sie im Laden nach Vera Schwiedrowsky fragten, zeigte man auf eine reichlich verhärmt aussehende Verkäuferin, die hinten am Obst- und Gemüsestand gerade heftig mit einer Kundin stritt. Die sollte ein Kilogramm Kartoffeln bekommen und zeterte gewaltig, weil man Erde und Steine mitgewogen hatte. «Damit gehe ich bis zur höchsten Stelle! Das ist doch eine Sauerei! Mein Mann ist Schwerstarbeiter und braucht jedes Gramm Fett.»

Es war Hartmut Kappe neu, dass Kartoffeln Fett enthielten, zumindest bevor man sie zu Bratkartoffeln verarbeitet hatte, er guckte aber so vorwurfsvoll, dass Vera Schwiedrowsky der protestierenden Kundin zwei zusätzliche Kartoffeln in die Tasche warf. Sie stellten sich vor, baten um ein paar Minuten Zeit für einige Fragen und murmelten abermals etwas von Beileid.

Vera Schwiedrowsky lachte bitter. «Na ja, an sich waren wir ja schon längst geschiedene Leute. Aber finden Sie heute mal 'ne Wohnung. Ich muss da mal ganz weit ausholen ...»

«Nee, lassen Sie ruhig.» Heinz Rösler hatte keine Lust und keine Kraft, sich das ganze Elend anzuhören. Er war kein Seelsorger. «Wir möchten nur wissen, ob ihr Mann am Ostersonnabend pünktlich nach Weißensee rausgefahren ist.»

«Weiß ich nicht, interessiert mich auch nicht.»

Hartmut Kappe merkte, dass man sich einfühlsamer zeigen musste. «Es spricht vieles dafür, dass Ihr Mann aus der Lagerhalle Ihres Schwagers verschleppt und später getötet worden ist, von einer Schieberbande – aber es kann auch ganz anders gewesen sein. Hatte er denn viele persönliche Feinde?»

Ihr Lachen wurde noch verbitterter. «Das will ich wohl meinen!»

«Wieso?»

Vera Schwiedrowsky staunte. «Das wissen Sie nicht?»

«Nein – worum geht es denn da?»

Daraufhin erzählte Vera Schwiedrowsky ihnen, dass ihr Mann zur Wachmannschaft des Konzentrationslagers Sachsenhausen gehört habe.

«Dann sollte man seinem Mörder einen Orden verleihen», brummte Heinz Rösler.

«Ihr Mann war ein KZ-Aufseher?» Hartmut Kappe konnte es nicht fassen. «Und das hat keiner bei uns in der Verwaltung gemerkt?»

«Ich dachte immer, dass alle das ohnehin schon wussten. Er hat ja auch nirgendwo Arbeit gefunden, außer bei Richard, seinem Bruder.»

«Ja, das Chaos 1945. Nun denn ...» Hartmut Kappe beschloss, sich bei der Jagd nach dem Mörder von Günther Schwiedrowsky nicht übermäßig anzustrengen.

«*Ist der Mai warm und trocken, / kann man schon im Freien bocken*», sagte Hermann Kappe, als er mit Theodor Trampe zum S-Bahnhof Schöneberg ging.

Der Freund lachte. «Bitte nicht mit mir. Und außerdem ist es eher kühl und regnerisch.» Er hatte Kappe abgeholt, um ihn zur Mai-Kundgebung mitzunehmen.

Kappe hatte zuerst gemault. «Ob ich nun mitgehe oder nicht, am Montag steht sowieso in der Zeitung, dass es ein ‹machtvolles Bekenntnis zur Freiheit› gewesen ist.»

Sie fuhren mit der Nord-Süd-Bahn bis zur Station Unter den Linden, und obwohl man den Tunnel schon am 2. Juni 1946 wieder in Betrieb genommen hatte, war ihnen noch immer ein wenig gruselig, denn sie hatten deutlich die Bilder vor Augen, wie nach der Sprengung am Landwehrkanal alles unter Wasser gestanden hatte und ein Reichsbahner in einem Ruderkahn unterwegs war, um alles zu inspizieren. Eröffnet zu den Olympischen Spielen 1936, erschien ihnen der Bahnhof als ein übriggebliebenes Denkmal der Nationalsozialisten, und Theodor Trampe wollte sich dafür einsetzen, dass wenigstens die nationalsozialistische Fraktur auf den Stationsschildern abgeschlagen wurde.

Kappe winkte ab. «Dann müsstest du ja auch alles abreißen, was sie am Flughafen Tempelhof oder am Fehrbelliner Platz gebaut haben.»

Als sie ihr Ziel erreicht hatten, schallte über den weiten Platz zwischen dem neuen Sowjetischen Ehrenmal und den gesprengten Bunkeranlagen nahe der Spree die kraftvoll-schöne Stimme Hans Söhnkers:

Nicht betteln, nicht bitten,
nur mutig gestritten,
nie kämpft es sich schlecht
für Freiheit und Recht.

Und nimmer verzaget,
von neuem gewaget,
und mutig voran,
so zeigt sich der Mann.

Wir wollen belachen
die Feigen und Schwachen,
wer steht wie ein Held,
dem bleibet das Feld.

Einst wird es sich wenden,
einst muss es sich enden
zu unserem Glück,
drum nimmer zurück.

Kappe klang das doch ein wenig nach dem, was er in den letzten Kriegstagen gehört hatte: nach Durchhalteparolen.

Theodor Trampe konnte ihn beruhigen. «Das ist von Hoffmann von Fallersleben und stand schon im alten *Sozialdemokratischen Liederbuch* von 1896.»

Über die Mai-Kundgebung, die sie in den nächsten Stunden erlebten, schrieb der *Telegraf* später:

«Drum nimmer zurück!» Verheißung zu Beginn der großartigen Kundgebung der freiheitsliebenden Berliner am 1. Mai auf dem Platz der Republik, die zur gewaltigsten, freien Willensäußerung der Bevölkerung seit dem Zusammenbruch wurde ... Am 18. März 1948 demonstrierten an dieser Stätte in strömendem Regen Zehntausende für Freiheit und Recht. Am 1. Mai waren es 150 000, die gekommen waren. Der zerschundene Platz hat seine Bedeutung wiedererlangt. «Platz der Republik» – er verdient diesen Namen.

Da der 1. Mai 1948 auf einen Sonnabend fiel, konnten sich die Berliner eines verlängerten Wochenendes erfreuen. Die Familie Kappe hatte sich für den Sonntag einiges vorgenommen. Die Frauen gingen in den Zoo, während die Männer – Kappe und seine beiden Söhne – es vorzogen, in die Wuhlheide zum Stadion an der Alten Försterei zu pilgern, um das Berliner Spitzenspiel SG Oberschöneweide gegen SG Charlottenburg zu verfolgen. Dahinter verbarg sich das ewige Duell Union gegen Tennis Borussia, doch den Vereinen war es noch immer von den Alliierten verboten, unter ihren Traditionsnamen aufzulaufen.

Kappe und sein Jüngster trafen sich auf dem Bahnhof Zoo, um mit der S-Bahn nach Köpenick zu fahren, Hartmut wollte am Alexanderplatz zu ihnen stoßen.

Kappe nutzte die Zeit, als sie auf den Zug aus Richtung Westkreuz warteten, um Karl-Heinz auf den Mordfall Schwiedrowsky anzusprechen. «Hast du in deinen Kreisen etwas von einem Mord an einem gewissen Schwiedrowsky flüstern hören?»

«Vater!», rief Karl-Heinz und verdrehte die Augen. «Nein! Und wenn, dann würde ich dir das auch nicht auf die Nase binden, weil ...» Er brach ab.

Kappe vollendete den Satz: «Weil du Angst hast, dass sie dich aus dem Verkehr ziehen würden – wie Rembowski ...»

Sein Sohn reagierte unwirsch. «Quatsch!» Dann wechselte er abrupt das Thema. «Hast du schon gelesen, dass in England Arsenal wieder Meister geworden ist?»

«Ja, durch einen 8 : 0-Sieg gegen Grimsby Town. Und mein Lieblingsverein Blackpool hat fast genauso hoch gewonnen – mit 7 : 0 gegen Preston Northend. Stanley Matthews von Blackpool ist für mich der größte Fußballer aller Zeiten.»

«Nicht Hermann Kappe von Viktoria 89?»

Kappe seufzte. «Ach ja, das waren noch Zeiten!»

Als sie in Köpenick aus der S-Bahn stiegen, fielen Kappe die Lästereien ein, die es im April 1945 bei der Schlacht um Berlin gegeben hatte. «Meldung des Reichssenders Berlin: Nachdem die Rote Armee den Bahnsteig erobert hat, wird das Fahrkartenknipserhäuschen auf dem Bahnhof Köpenick von den deutschen Soldaten noch heldenhaft verteidigt.»

«Wer hier gefallen ist, wird das nicht als so lächerlich empfunden haben», sagte Hartmut Kappe, der viel ernsthafter war als sein Vater.

Im Stadion erlebten sie ein packendes Spiel. Kappe schrie für die Charlottenburger, Hartmut für die Männer von der Oberspree und Karl-Heinz für beide Teams. Die Lila-Weißen aus dem britischen Sektor kamen besser ins Spiel. Hanne Graf köpfte zu Hanne Berndt, und der drosch den Ball ins Tor der Männer aus dem sowjetischen Sektor. Die hatten Glück, dass sie nicht noch weitere Treffer einstecken mussten, drehten dann aber in der zweiten Halbzeit das Spiel. Erwin Wax, ihr stadtbekannter Rechtsaußen, erzielte den Ausgleich, und eine Viertelstunde vor dem Abpfiff war es dann Werner Fiedler, der eine Flanke von Wax zum Siegtreffer für die SG Oberschöneweide verwandeln konnte.

Hartmut Kappe strahlte und kommentierte das Spiel: «Wenn das kein Omen ist für die politische Entwicklung in Deutschland!»

«Davor bewahre uns Gott», murmelte sein Vater. Die Niederlage der Charlottenburger hatte seine gute Laune erheblich eingetrübt, und seine Stimmung wurde von Stunde zu Stunde schlechter, denn am Abend sollte es auf Klaras Wunsch ins Konzert gehen. «Otto Klemperer dirigiert nach fünfzehn Jahren wieder die Berliner Philharmoniker. Da möchte ich unbedingt hin! Mit dir und deiner Mutter, damit die auch mal wieder was vom Leben hat.» Kappe hatte geseufzt: «Dein Wunsch sei mir Befehl!» Leider hatten sie auch noch Karten bekommen.

So musste er sich am Abend des 2. Mai seinen besten über den Krieg geretteten dunklen Anzug anziehen und sich mit den beiden Damen nach Steglitz in den Titania-Palast begeben.

Kappe konnte dem «ganzen Gefiedel» nichts abgewinnen, aber da die Sessel recht bequem waren und die Musik eine bestimmte Lautstärke nie überschritt, war er nach einer Viertelstunde sanft entschlafen.

Ein Rippenstoß seiner Mutter weckte ihn. «Du, mir ist nicht gut, ich muss mal raus.»

Er dachte sich nichts dabei und zog die Knie an, um sie durchzulassen. Die empörten Blicke der in ihrer Andacht gestörten Zuhörer registrierte er mit Schadenfreude, ließ sich aber von ihnen immerhin so weit einschüchtern, dass er seiner Mutter nicht nach ein paar Minuten folgte, sondern die Pause abwartete, um nach ihr zu sehen.

Doch als sie im Foyer nach ihr suchten, war seine Mutter nirgends zu entdecken. Auch auf der Damentoilette war sie nicht, wie Klara feststellte. «Sie wird schon nach Hause gegangen sein», meinte sie.

«Aber ich habe doch ihre Garderobenmarke.»

Erst nach geraumer Zeit hatten sie herausgefunden, dass Bertha Kappe einen Herzanfall erlitten hatte und von der Feuerwehr ins Auguste-Viktoria-Krankenhaus gebracht worden war.

SIEBEN

MARIANNE MIGOLA kam am 21. Mai, das war ein Freitag, am Nachmittag von einer Kundin in der Provinzstraße, der sie ein fertig genähtes Kleid nach Hause gebracht hatte, und wollte vom Bahnhof Schönholz mit der S-Bahn nach Hause fahren. Sie hatte sich schon an einem der grünen Automaten eine Fahrkarte gekauft und war auf dem Weg zum Knipserhäuschen, um sie dem wachsamen Beamten hinzuhalten, als ihr einfiel, dass jenseits des Bahndamms der Friedhof am Pankower Bürgerpark lag, auf dem sie im Januar Peter Rembowski begraben hatten. Sie blieb stehen. Irgendeine Kraft trieb sie, an dessen Grab zu treten und mit ihm zu sprechen. Sie kam nicht an gegen diese Kraft, und ohne es eigentlich zu wollen, schlug sie den Weg zum Friedhof ein. Weit war es nicht und dunkel auch nicht, aber irgendwie fröstelte ihr, und sie kam sich vor wie eine, die auszog, das Fürchten zu lernen. Rechts von ihr dehnte sich der Güterbahnhof Schönholz, links lag das Friedhofsgelände. Richtig einsam war es nicht in dieser Gegend, denn ab und zu kamen ihr Fußgänger, Radfahrer und Autos entgegen, und dennoch ... Erst dachte sie, dass ihre gelinde Panik von der Tatsache herrührte, dass sie vom französischen in den sowjetischen Sektor gewechselt war und nun hinter jedem Busch ein russischer Soldat lauern konnte. Doch das war es nicht allein, da war noch etwas anderes, sie meinte, eine Stimme wispern zu hören: Pass nur auf, der Mörder von Peter Rembowski wartet hier auf dich! Das war natürlich Unsinn, aber ... Sie riss sich zusammen und fragte am Eingang den Friedhofswächter nach dem Grab von Peter Rembowski.

«Ah, is det nich der, den se ermordet ham?»

«Ja.»

Der Mann guckte komisch, und als er ihr Auskunft erteilt hatte, sah sie ihn in sein Häuschen eilen. Rief er jetzt die Kripo an? Wie auch immer, sie ging weiter. Bald hatte sie das Grab gefunden. Einen Stein gab es nicht, und der Hügel war von niemandem bepflanzt worden. Inmitten von Giersch, Melde und anderen Unkräutern steckte eine ovale Blechmarke mit seinem Namen und den Daten von Geburts- und Sterbetag. Sie war christlich erzogen worden, und so faltete sie die Hände, als sie mit ihm sprach. «Leider warst du nie mein Geliebter», flüsterte sie. «Aber meine große Liebe. Wenn sie dich nicht umgebracht hätten, wären wir ganz sicher ein Paar geworden. Und ich hätte dich schon auf den richtigen Weg gebracht. Der Herr möge dir ...»

Weiter kam sie nicht, denn hinter ihr raschelte es im Laub. Sie fuhr herum. Ein Mann. Sie schrie auf. Es war nur ein Rentner, der sie fragte, ob sie eine Gießkanne habe.

«Nein!» Sie ergriff die Flucht und lief, so schnell sie konnte, zur S-Bahn. Der Zug aus Oranienburg fuhr gerade ein, als sie zum Bahnsteig hinaufgelaufen war. Mit S- und Straßenbahn fuhr sie bis zur Fuldastraße.

«Brennholz für Kartoffelschalen!» Ein Bauer aus Rudow, vielleicht auch nur der Gehilfe des Schweinezüchters von nebenan in der Weichselstraße, ging mit einer großen Messingglocke auf die Hinterhöfe, um die Leute zum Tausch auf die Straße zu locken. Sie kamen dann auch in Scharen mit ihren abgestoßenen Emaille-Eimern, zur einen Hälfte Hausfrauen aller Altersgruppen, allesamt mit ihren Kittelschürzen, zur anderen Schulkinder.

Bei Marianne Migola waren in dieser Woche keine Kartoffelschalen angefallen, sie hatte nur Nudeln gegessen, Makkaroni, von denen Trompale eine große Partie aufgetrieben hatte.

An der Ecke von Fulda- und Weserstraße traf sie Margot Matuschewski, eine ihrer Kundinnen, die ein Stückchen weiter in der Ossastraße wohnte und bei der AOK am Oranienplatz arbeitete.

Ihr Mann war letzten Sommer aus russischer Kriegsgefangenschaft nach Hause gekommen, konnte aber wegen seiner Hüftgelenks-Tbc noch nicht wieder arbeiten und ging am Stock. Sie hatte ihren Sohn Manfred an ihrer Seite, der zehn Jahre alt war und viel Dummheiten machte. «Aber heute hat er mich von der U-Bahn abgeholt», erklärte sie und strich Manfred über die blonden Haare, die kurz geschnitten waren, damit er nicht so leicht Läuse bekam. «Er kann ja auch ein lieber Junge sein. Ich bin nämlich schwer bepackt.»

Manfred Matuschewski lachte. «Macht doch nichts: Besser schwer bepackt als leicht bekackt.»

Rums, schon hatte der liebe Junge ein paar hinter die Ohren bekommen, rechts auf die Backe, und als er sich damit verteidigte, dass er diesen Spruch von seinem Vater habe, bekam er die nächste Ohrfeige, diesmal auf die linke Seite.

«Musst du mich denn so blamieren! Immer muss man sich schämen mit dir!»

Marianne Migola feixte innerlich. Manchmal war das, was man auf der Straße erlebte, schöner als im Film. Sie fand Manfred Matuschewski prima und wünschte sich einen Sohn wie ihn.

Margot Matuschewski zeigte auf das schwerste ihrer Einkaufnetze. «Das ist für meine Mutter in Schmöckwitz, ein Ersatzteil für ihre Pumpe. Was meinen Sie, was ich dafür gegeben habe? Zwei Pfund Butter! Die habe ich aus Groß Pankow bekommen, vom Bauern, bei dem wir im Krieg evakuiert waren.»

Marianne Migola war müde und wollte nach Hause, so dass sie den Redestrom ihrer Kundin unterbrach und sich verabschiedete. Sie wohnte in der Weserstraße, genauer gesagt zwischen der Weichsel- und der Fuldastraße, im Hinterhaus. Ihre Wohnung umfasste nicht mehr als Korridor, Stube und Küche, verfügte aber über eine Innentoilette. Das war ein kleiner Raum ohne Dusche, Badewanne oder Waschbecken, ausgestattet nur mit Kloschüssel und einem winzigen Fenster, aber ein unvorstellbarer Luxus, wenn Marianne Migola an die vielen Berliner dachte, die ihre Toilette auf halber Treppe hatten oder gar unten auf dem Hof. Sie hatte sich gerade etwas frisch gemacht, als es klingelte. Sie ging zur Wohnungstür und guckte durch den Spion – sicher ist sicher. Draußen im Treppenhaus stand eine fremde Frau. Marianne Migola zögerte, die Tür auch nur einen Spaltbreit zu öffnen. Sie war auch so draußen zu hören.

«Ja bitte, was ist?»

«Mein Name ist Edeltraut Wollay. Ich komme auf Empfehlung von Herrn Trompale.»

«Gut, dann ...» Marianne Migola konnte sich erinnern, dass Helmut ihr gesagt hatte, er würde ihr eine Dame vorbeischicken, die in der Firma Arthur Schlattke «die Seele vons Buttergeschäft» sei. Sie zog die Kette ab und öffnete die Wohnungstür. «Treten Sie doch bitte ein, Fräulein Wollay.»

Edeltraut Wollay bedankte sich, reichte Marianne Migola die Hand und zog einen in Zeitungspapier eingewickelten Stoffballen aus ihrem Einkaufsnetz. «Ich brauche noch dringend einen Sommermantel, hier ist der Stoff.»

«Kommen Sie doch ins Zimmer, da habe ich einige Modezeitschriften liegen. Und Schnittmuster auch.» Marianne Migola begann zu reden, schnell und viel, denn die Frau war ihr irgendwie unheimlich. «Sie wissen ja, Pariser Chic ist wieder mächtig gefragt, und mit Christian Diors New Look liegen wir immer noch richtig. Aber es wird sich ja auch herumgesprochen haben, womit sich eine Schneiderin heute ihr Brot verdienen muss: Aus Soldatenhosen macht sie Knickerbocker, aus Wolldecken, die in den Carepaketen liegen, zaubert sie Wintermäntel, gestreifte Lazarettbettwäsche ergibt Stoff für Dirndlkleider, aus Fallschirmseide nähe ich Ihnen die schönsten Blusen, und die Bänder von Gasmasken arbeite ich um zu Hosenträgern oder Strumpfhaltern.»

Doch was sie auch sagte, die Wollay hörte gar nicht zu. Sie schien mit ihren Gedanken ganz woanders zu, ihr Gesicht war so starr, als würde sie eine Maske tragen, ihre Blicke gingen zur Standuhr, die Marianne Migola von ihrer Großmutter geerbt hatte, und verfolgten den Gang des Perpendikels. Links, rechts, links, rechts ...

Wieder, wie schon vor Stunden auf dem Friedhof in Pankow, wurde Marianne Migola von einer Panikwelle erfasst, und wieder hörte sie es wispern: Deine Mörderin ist gekommen, pass nur auf! Sie sah sich nach einem Fluchtweg um. Einen Balkon, auf den sie treten und um Hilfe rufen konnte, hatte sie nicht. Ob sie rechtzeitig die Schere greifen konnte, die drüben auf der Nähmaschine lag? Erst haben sie Rembowski getötet – und jetzt werden sie dich ermorden ...

ACHT

HERMANN KAPPE kannte kaum etwas Schöneres, als am Sonntagmorgen mit seiner Frau zusammen am Frühstückstisch zu sitzen, in eine einigermaßen gut belegte Schrippe zu beißen und dabei seinen *Telegraf* zu lesen. Klara las nichts, sie hörte im RIAS die evangelische Morgenfeier und anschließend im Berliner Rundfunk *Es singt und klingt zur Sommerszeit*.

Die beiden Schlagzeilen des 23. Mai 1948 waren nicht gerade berauschend: *Anglo-amerikanische Beratungen – Die beiden Großmächte suchen gemeinsamen Ausweg im Palästina-Konflikt und Schwierigkeiten in London – Noch keine Einigung über die Verwaltung des Ruhrgebiets.*

Im ersten Artikel war zu lesen, dass Einheiten der Arabischen Legion die Stadt Jerusalem vom Rest Palästinas abgeschnitten hatten.

In den Katakomben der Altstadt Jerusalems setzt das letzte Aufgebot der jüdischen Verteidiger den aussichtslosen Kampf gegen übermächtige Verbände fort. Arabisches Artilleriefeuer liegt auf den Gebäuden der Altstadt. Die modernen Teile Jerusalems werden durch 100 000 Juden verteidigt, die wiederum von einem äußeren Ring eingeschlossen werden, der aus Einheiten der Arabischen Legion besteht.

«O Gott!», rief Kappe aus, «wenn das nun dieselben Juden sind, die in Deutschland das KZ überlebt haben und nur knapp den Gaskammern entgangen sind!»

Die zweite Schlagzeile bezog sich auf die Verhandlungen in London, wo die westlichen Siegermächte und die drei Benelux-

Staaten berieten. Am 1. Januar 1947 hatten sich die amerikanische und die britische Besatzungszone zu einer Wirtschaftseinheit zusammengeschlossen, zur Bizone, im März 1948 war die französische Zone dazugekommen. Offiziell sprach man nun von einer Trizone, die scherzhaft auch Trizonesien genannt wurde.

«Das kann doch nur auf die endgültige Spaltung Deutschlands hinauslaufen», sagte Kappe. «Hier Westdeutschland, da Ostdeutschland. Und wir Berliner mittendrin.»

Klara, die jetzt öfter in die Kirche ging, konnte das nur mit einem Vers aus dem Römerbrief kommentieren: *«Seid fröhlich in Hoffnung, geduldig in Trübsal, beharrlich im Gebet.»*

Kappe konterte mit Zarah Leander: *«Davon geht die Welt nicht unter.»*

Das regte seine Frau zu der Frage an, was es denn in Oper, Theater und Kino gebe.

Kappe blätterte im *Telegraf* und überflog, als er fündig geworden war, die Ankündigungen, wobei er alles überging, was die Befürchtung zuließ, Klara könnte anbeißen. «In der Staatsoper *Die Zauberflöte*. Im Deutschen Theater *Der Hauptmann von Köpenick*. Im Metropol-Theater *Die schöne Helena*, Premiere ist aber erst am 26. Im Astor *Zwischen Gestern und Morgen* mit Hildegard Knef, Willy Birgel, Winnie Markus und Victor de Kowa.»

«Das habe ich doch schon alles gesehen», maulte Klara.

«Schade, ich wäre gern mitgekommen, aber ich bin ja sowieso mit Hartmut verabredet.»

«Dann gehe ich zu Margarete und Marlies.»

Schon wollte er die Zeitung beiseitelegen, da entdeckte er auf Seite sechs unten links noch einen Bericht, der seinen Blutdruck hochschnellen ließ:

Am 20. Mai parkte gegen 7.30 Uhr ein brauner PKW mit kyrillischen Schriftzeichen gegenüber dem Hause Elsässer Straße 92 (sowjetischer Sektor). Die Insassen – zwei Russen in Zivil und eine Dolmetscherin –

*beobachteten das Zigarrengeschäft im Hause Nr. 92. Das Geschäft gehört
einer Frau Jaro, das sie zusammen mit einem Herrn Schiebel aus Tegel-
Konradshöhe, Sandhauser Straße 31 (französischer Sektor), teilt. Gegen
9.30 Uhr betraten die Russen den Laden und fragten nach Schiebel, der
gegen 10 Uhr kam. Nach einer Rücksprache mit ihm in dem anschließenden
Wohnraum wollten sie den Laden verlassen, um den vorgefahrenen PKW
zu besteigen. Hierbei machte Schiebel einen Fluchtversuch, wurde aber von
den Russen zu Boden geworfen und gewürgt, wobei er laut um Hilfe rief.
Da inzwischen Polizeibeamte aus dem wenige Häuser entfernten Polizeipräsidium hinzugekommen waren, übergaben die Russen Schiebel an diese.
Er wurde zum Polizeipräsidium gebracht, wo ein Protokoll aufgenommen
wurde. Gegen 14 Uhr wurde er von dort durch die Russen abgeholt und ist
seitdem verschwunden.*

Sie lachten ihn aus, wenn er bei Fahrten in den sowjetischen Sektor immer sagte, er fürchte sich dort, aber das hier bestärkte ihn in seiner Sicht der Dinge. «Den Kommunisten ist nicht zu trauen», erklärte er Klara, als er ihr alles vorgelesen hatte.

«Und wie ist das mit deinem Sohn?», fragte Klara.

Kappe seufzte. «Ach ja, unser Sohn Hartmut ...»

Kaum hatte er seinen Namen ausgesprochen, stand er vor der Wohnungstür und klingelte. Wenn man vom Teufel spricht ...

«Du?», fragte Kappe, als er seinen Ost-Sohn vor sich sah.

Hartmut grinste. «Ja, ich. Wir wollten doch Oma im Krankenhaus besuchen und dann zusammen zum Radrennen gehen.»

«Mensch, ja, das hatte ich ganz vergessen. Dein Vater wird langsam alt. Komm rein!»

Als Hartmut dann mit am Kaffeetisch saß, nannte er noch einen dritten Grund für seinen Ausflug in den amerikanischen Sektor. «Es geht um den Mord an Peter Rembowski. Da ist jetzt ein Brief an ihn aufgetaucht, eine Art Liebesbrief, von einer gewissen ... von einer gewissen ...» Er hatte den Namen vergessen und musste erst in seinen vielen Taschen nach dem Zettel suchen, auf dem alles aufgeschrieben war.

«Ein Brief ist aufgetaucht?» Kappe verstand das nicht ganz. «War das eine Flaschenpost, die in der Panke untergegangen war und erst jetzt wieder an die Wasseroberfläche gekommen ist?»

«Irgendeine Schlamperei bei der Post. Als Rembowski tot war, hat der Briefträger alles, was an ihn gerichtet war, wieder mit ins Amt genommen, und da hat es dann gelegen, fünf Monate lang, bis es einem Lehrling in die Hände gefallen ist.» Jetzt hatte er das Gesuchte gefunden. «Hier ... Marianne Migola, Neukölln, Weserstraße 42. Wenn du die mal befragen könntest.»

Kappe nickte. «Ja klar. Am besten gleich nachher, wenn wir wegen des Radrennens sowieso in Newkölln sind.»

Zuerst aber ging es nach Friedenau, und die rund drei Kilometer bis zum Auguste-Viktoria-Krankenhaus schafften sie zu Fuß, ohne sich sonderlich verausgaben zu müssen.

Sie fanden Bertha Kappe im Aufenthaltsraum, wo sie frisch und munter mit drei anderen Frauen Rommé spielte. «Dienstag werde ich wieder entlassen. Mit meinem Herzen ist alles nicht so schlimm, nur mein Blutdruck fällt immer ab, aber dafür bekomme ich jetzt meine Medikamente.»

Erleichtert, dass es der alten Dame wieder so gut ging, machten sie sich auf den Weg nach Neukölln. Sie setzten sich Innsbrucker Platz in die Ringbahn und fuhren bis zum Bahnhof Sonnenallee. Kappe wusste, da brauchte er gar nicht erst auf den Stadtplan schauen, dass dort am Gaswerk die Weserstraße ihren Anfang nahm. Leider hatte er sich bei deren Länge etwas vertan, denn von hier bis zum Hermannplatz, wo sie ihr Ende hatte, waren es gut und gerne zwei Kilometer, und die Hausnummer 42 lag eher im hinteren Drittel.

Kappe schimpfte vor sich hin. «Wir sind doch heute schon weit genug gelatscht.»

Sein Ost-Sohn, der als Soldat das Marschieren gelernt hatte, feixte. «Da merkt man, dass du nie gedient hast.»

«Als Beamter habe ich mein Leben lang gedient.»

Als sie das Mietshaus Weserstraße 42 erreicht hatten, überlegten sie einen Augenblick, ob sie beide nach oben gehen und bei Fräulein Migola klingeln sollten.

«Lieber nicht», befand Kappe schließlich. «Wenn meine Oberen mitkriegen, dass du aus dem sowjetischen Sektor bist und noch dazu in der SED, dann gibt es Ärger, und wenn deine Vorgesetzten erfahren, dass du mit einem Agenten der Amerikaner gemeinsame Sache gemacht hast, wirst du noch aus dem Bund der Kommunisten ausgeschlossen.»

Hartmut verzichtete auf eine polemische Entgegnung. «Gut, ich warte hier unten. Und was soll ich machen, wenn du nicht spätestens in einer halben Stunde zurück bist?»

«Warten, bis ich – gut portioniert – auf dem schwarzen Markt auftauche. Karl-Heinz wird mich dann an meinen Einzelteilen erkennen und dir den Weg zu meinem Mörder weisen.»

«Wo hast du denn deinen schwarzen Humor her – du wohnst doch gar nicht im britischen Sektor?»

«Zum schwarzen Markt passt nun mal schwarzer Humor.»

Kappe trat damit ins Treppenhaus und machte sich mit einem Blick auf den Stillen Portier schnell kundig, in welchem Gebäudeteil er diese Marianne Migola zu suchen hatte. Langsam stieg er die Treppen hinauf. Er war nicht langsamer als vor vierzig Jahren, aber damals hatte er noch nicht so gewaltig geschnauft. Als er vor dem Messingschild mit dem Namen *M. Migola* stand, musste er erst einmal gut eine halbe Minute warten, bis er wieder normal atmete. Nachdem er sich mit dem Taschentuch den Schweiß von der Stirn gewischt hatte, drückte er endlich auf den Klingelknopf. Einmal, zweimal, dreimal – nichts. Dabei hatte er Galgenbergs Stimme im Ohr: Wie soll sie denn aufmachen, wenn sie schon seit drei Wochen in Verwesung übergegangen ist?

Nebenan wurde eine Tür aufgeschlossen, und eine Nachbarin, etwa Jahrgang 1900, ließ sich blicken. «Sind Sie ein Kunde von Fräulein Migola?»

Aha, dachte Kappe, so eine ist die Migola also. Schnell entschlossen bejahte er die Frage, denn aus ermittlungstaktischen Gründen war das sicherlich das Beste.

Die Blicke der Nachbarin wurden noch um einige Grade misstrauischer. «Sind Sie Künstler oder was?»

Kappe senkte unwillkürlich den Blick. «Ich bin ein ganz normaler Mann», brachte er schließlich hervor.

«Und warum wollen Sie sich dann ein Kleid nähen lassen?»

Kappe staunte. «Ein Kleid?»

«Ja, ein Kleid! Fräulein Migola ist doch Damenschneiderin.»

Er verstand endlich die Zusammenhänge und hatte viel zu lachen. «Nein, ich will Fräulein Migola nur etwas fragen.»

«Ah, Kriminalpolizei.» Die Nachbarin strahlte.

«Wieso?»

«Mir können Sie doch kein X für ein U machen, ich rieche jeden Kriminalbeamten auf drei Meter Entfernung. Mein Vater war selber bei der Kripo.» Und sie nannte einen Namen, der Kappe durchaus geläufig war. «Was wollen Sie denn von der Migola wissen?»

Kappe sah keinen Grund, mit der Wahrheit hinterm Berg zu halten. «Sie war mit diesem Peter Rembowski bekannt, der in Pankow ermordet worden ist. Das war im Januar, und da wir den Täter noch immer nicht haben, könnte auch der kleinste Hinweis nützlich sein.»

«Na klar. Wollen Sie einen Augenblick reinkommen zu mir?»

«Ja, gerne, Frau ...», Kappe sah auf das Namensschild, «... Frau Meinecke, aber unten auf der Straße wartet mein Sohn. Wir wollen zum Radrennen.»

«Haben Sie Angst vor mir, junger Mann?», fragte Frau Meinecke mit einem Augenaufschlag, der kokett sein sollte.

«Wieso sollte ich Angst haben?» Kappe gab den Mann von Welt. «Eher unbändigen Appetit. Aber ich bin im Dienst. Wenn es hier im Treppenhaus geht, dann ...»

Frau Meinecke grinste. «Klar geht es auch hier im Treppenhaus, ich muss mir nur 'n Kissen unterlegen, die Stufen sind doch ziemlich hart.»

Kappe konnte nicht anders, als dienstlich zu werden. «Lassen Sie bitte diese Albernheiten! Sonst ordne ich an, dass Sie uns in der Dienststelle aufzusuchen haben.»

Frau Meinecke seufzte. «Gut, wenn Sie nicht wollen, dann bitte!»

«Ist Ihnen an Fräulein Migola etwas aufgefallen?»

«Nein, mir ist an Fräulein Migola nichts aufgefallen.»

Kappe sah ein, dass hier nichts zu holen war. Er bedankte sich und kehrte zu Hartmut zurück.

Der sah ihn erwartungsvoll an. «Na?»

«Nichts.»

Sie machten sich auf den Weg zur Werner-Seelenbinder-Kampfbahn am Flughafen Tempelhof. Auf dem Bahnhof Leine-straße liefen sie Theodor Trampe in die Arme.

Kappe staunte. «Was machst du denn hier?»

«Ich wollte mir mal wieder die Radrennbahn ansehen, die wir vor zwei Jahren gebaut haben. Was meinst du, was das Nerven ge-kostet hat, so kurz nach Kriegsende eine 500-Meter-Betonbahn zu bauen!» Trampe staunte, dass sich Kappe für den Radrennsport interessierte.

«Ich kenne sie alle, unsere Helden: Benno Funda, das kleine Wunder, Georg Voggenreiter, Otto Ziege, Harry Saager, ‹Wüste› Hoffmann ...»

Hartmut verdrehte die Augen. «Vater, du solltest dich lieber für Peter Rembowski und Günther Schwiedrowsky interessieren!»

«Wo fahren die denn?», wollte Theodor Trampe wissen.

Hartmut Kappe zeigte zum Himmel hinauf. «Da oben ... von Wolke 7 zur Wolke 8. Die sind ermordet worden, und wir finden die Täter nicht.»

Theodor Trampe lachte bitter. «Kein Wunder – wie sollen die denn auffallen inmitten dieses Volks der Täter?»

Als sich Hermann Kappe am nächsten Nachmittag in die Straßenbahn setzte, um noch einmal nach Neukölln zu fahren, tat er das mit einem mulmigen Gefühl, denn eigentlich gingen ihn die Fälle Peter Rembowski und Günther Schwiedrowsky nichts an, sie waren Sache des sowjetischen Sektorassistenten. Obwohl es niemand klar formuliert hatte, war seinem Ost-Sohn eigentlich untersagt, Amtshilfe aus den Westsektoren in Anspruch zu nehmen, und auch seine Vorgesetzten im westlichen Teil Berlins hatten es am liebsten, wenn jeder das Seine machte, und sie witterten in jedem Kontakt zwischen Kollegen aus Ost und West Infiltrationsversuche der anderen Seite. Wenn er diese Marianne Migola aufsuchte, dann konnte er das nur damit rechtfertigen, dass der Wachmann Schwiedrowsky im amerikanischen Sektor aufgefunden und aller Wahrscheinlichkeit nach auch hier erschossen worden war. Damit, dass die Leiche mit der Begründung, es handelte sich um einen Einwohner des sowjetischen Sektors, in die Pathologie der Charité geschafft worden war, hatte man sich die Sache ein bisschen einfach gemacht.

Als Kappe bei der Migola klingelte, schaute er ein wenig ängstlich zur Tür der offenbar nymphomanen Nachbarin und hoffte, dass die nicht plötzlich auf der Schwelle stand und ihn in ihre Wohnung zerrte. Obwohl ...

«Ja bitte, wer ist da?» Marianne Migola war an die Wohnungstür gekommen, und er hörte deutlich, wie sie die Abdeckung ihres Gucklochs beiseitezog.

Er hielt ihr seine Marke hin und sagte leise, dass er von der Kripo käme und ihr als Zeugin ein paar Fragen stellen möchte.

«Gut, aber mein Freund kann jeden Augenblick da sein.»

Er wusste, dass sie das sagte, weil sie Angst hatte, von ihm belästigt zu werden. Sie öffnete die Tür, sie gaben sich die Hand.

«Kommen Sie herein! Im Zimmer ist nicht viel Platz ...»

Das sah er. Nähmaschine und Plättbrett ließen kaum Raum für Stühle, Tisch, Sofa und Sessel. Wie eine Puppenstube kam ihm alles vor. Der Tisch war mit zugeschnittenen Stoffstücken bedeckt. Alles machte einen sehr soliden Eindruck.

Kappe setzte sich. «Sie ahnen, warum ich Sie aufgesucht habe?» Das war eine gemeine, aber stets wirkungsvolle Eröffnung eines Gesprächs.

Marianne Migola schien zu merken, wie gefährlich diese Frage war, denn sie versuchte, Zeit zu gewinnen, indem sie prüfte, ob ihr Bügeleisen noch heiß war. Sie spuckte sich auf die Fingerkuppen der rechten Hand und tippte auf die Unterseite. Es zischte leise. «Warum Sie hier sind? Weil ich was mit Schwarzmarktgeschäften zu tun haben soll?»

«Nein, ich bin übrigens von der Mordkommission.»

«Oh, dann sind Sie wegen dem Peter Rembowski hier?»

Kappe nickte. «So ist es. Sie sind mit ihm gegangen?»

Marianne Migola lachte. «Ja, aber nur … Nein, eigentlich nicht. Ich war einmal bei ihm in der Wohnung, da oben in Pankow, aber da hat er mir nur Fotos von sich gezeigt. Aus Vierraden war er, und mit Tabak hatte er zu tun.»

«Und Rembowski hat keine Andeutungen dahingehend gemacht, dass ihm jemand nach dem Leben trachtete?»

«Nein, ich kann mich jedenfalls an nichts erinnern.»

Kappe hakte nach. «Mit wem hat er denn auf dem schwarzen Markt Geschäfte gemacht? Können Sie sich da an Namen erinnern?»

«Nein.»

In diesem Augenblick wurde an der Wohnungstür geklingelt, und sie lief auf den Korridor, um zu öffnen. Kappe konnte genau hören, was gesprochen wurde.

«Helmut, schön, dass du da bist!»

«Ja, und gleich ab ins Bett! Ich bin ganz verrückt nach dir!»

«Nicht doch, da ist jemand im Zimmer. Einer von der Kripo.»

«Weswegen denn?»

«Wegen Rembowski.»

«Auch das noch!»

Mit dem Ende dieses Dialoges traten beide ins Zimmer, und Kappe konnte sich des Ausrufs «So sieht man sich wieder!» nicht enthalten, denn den Liebhaber der Migola kannte er gut: Es war der Freund und Sparringspartner seines jüngeren Sohnes, der Kalligraph und Schildermaler Helmut Trompale. Zum ersten Mal waren sie sich im Januar am Brandenburger Tor begegnet, als er sich mit Hertha Börnicke zusammen die schwarzen Märkte Berlins angesehen hatte.

Trompale setzte sich, und Kappe informierte ihn kurz über den Grund seines Besuchs, ohne dabei Marianne Migola bloßzustellen. «Ihre Braut ist bei einer Razzia aktenkundig geworden, als sie mit Peter Rembowski Geschäfte auf dem schwarzen Markt am Schlesischen Tor gemacht hat.»

«Ja, da habe ich Stoff, den ich von Edda Damaschke bekommen habe, gegen was zu essen eingetauscht.»

Kappe nickte und bemühte sich um einen höchst amtlichen Ton. «Wir ziehen bei allen, die mit Rembowski zu tun hatten, Erkundigungen ein, ob sie uns zweckdienliche Hinweise zur Ergreifung seines Mörders liefern können. Aber Fräulein Migola kann uns leider auch nicht weiterhelfen.»

«Ich weiß auch nichts Genaues», sagte Trompale. «Aber es gibt da einen bestimmten Verdacht, den keiner laut aussprechen will ...»

Kappe wurde neugierig. «Und der wäre?»

Trompale wurde ein wenig leiser. «Sie erinnern sich an den Zigarrenladen in der Elsässer Straße, wo die Russen den Schiebel verschleppt haben?»

«Ja.»

«Es spricht einiges dafür, dass Rembowski den Russen gefährlich geworden ist und sie ihn aus dem Verkehr gezogen haben, bevor er größeren Schaden anrichten konnte.»

Mit dem Gefühl, sich in vermintem Gelände zu bewegen, fuhr Kappe dann am frühen Abend zur Boxschule von Karl Schwarz, die im Bezirk Weißensee in einer primitiven Turnhalle untergebracht war. Hier war er mit Hartmut verabredet, wollte aber auch Karl-Heinz beim Training zusehen.

An Ort und Stelle angekommen, sah er Karl-Heinz im Ring

stehen und auf seinen Sparringspartner warten. Vor dem Ring saß ein Mann im Rollstuhl, den er als alter Liebhaber des Boxsports sofort erkannte: Es war Richard Vogt, der Olympia-Zweite von 1936. Mit ihm unterhielt sich ein anderer Großer des deutschen Boxsports: Heinz Seidler, ein Halbschwer- und Schwergewichtler, der es zu zwei Deutschen Meisterschaften gebracht hatte. Kappe hielt sich ehrfürchtig im Hintergrund, konnte aber jedes Wort verstehen, das die beiden miteinander sprachen.

«Was hältst du von diesem Kappe?», fragte Seidler.

«Ein guter Mann», antwortete Vogt. «Immerhin die Silbermedaille im Weltergewicht 1932 in Los Angeles.»

Seidler lachte. «Kappe, nicht Campe, Erich Campe. Kappe hat noch keinen einzigen Kampf bestritten, ist aber gar nicht mal so unbegabt. Im Gegensatz zu dem Jungen da, der gerade in den Ring klettert. Der wollte Berufsboxer werden, hat aber keine Lizenz bekommen.»

«Wie heißt der denn?»

«Gustav Scholz. Bubi wird er genannt. Und so sieht er auch aus.»

Da mochte Seidler recht haben, aber Bubi Scholz war so gut, dass er Karl-Heinz Kappe mehr als schlecht aussehen ließ.

Jemand tippte Kappe von hinten auf die Schulter. «Na Vater, willst du nicht in den Ring steigen, um deinen Sohn zu retten? Der wird ja geradezu verprügelt.»

«Was anderes hat er auch nicht verdient», brummte Kappe.

«Hast du bei der Migola was herausgebracht?», wollte Hartmut wissen.

«Nein, leider nichts.» Den Hinweis, dass es die Russen gewesen sein könnten, verschwieg er lieber.

Da erwischte Karl-Heinz Kappe Bubi Scholz, der leichtsinnig geworden war, mit einem krachenden rechten Aufwärtshaken.

«Manchmal gibt es im Leben überraschende Wendungen», murmelte Kappe. «Da bin ich ja mal gespannt, was noch so alles kommt.»

NEUN

DER MAI war gegangen, der Juni gekommen, ohne dass es bis zum 16. schon richtig Sommer geworden wäre. Das Thermometer zeigte zwar zwanzig Grad, aber es war stark bewölkt und konnte jeden Augenblick anfangen zu regnen.

Karl-Heinz Kappe hatte von Arthur Schlattke ein Päckchen mit Pervitin und Morphium bekommen und stand nun am Bahnhof Zoo, auf der Suche nach Kunden, die den Stoff zum Aufputschen brauchten oder zur Schmerzlinderung. Ihm war das schlechte Wetter ganz lieb, denn je trüber das Wetter, desto trüber war die Stimmung der Leute und desto größer der Bedarf nach Rauschmitteln.

Ein Kriegsveteran kam angehumpelt, zwei mächtige Krücken unter die Achseln geklemmt. Sein rechtes Hosenbein war unter dem Knie zusammengefaltet und oben am Hosenbund mit zwei Sicherheitsnadeln befestigt.

Karl-Heinz Kappe ging wie zufällig an ihm vorbei und flüsterte: «Zwei Gramm für 25 Mark ...»

Er hatte seine Ware bald verkauft und machte sich auf den Weg zu den Kant-Garagen, wo er mit Arthur Schlattke verabredet war.

Hermann Kappe saß im Büro und studierte den *Telegraf* vom 16. Juni 1948. Erst heute fiel ihm auf, dass unter dem Signet der Zeitung, das die Form eines Briketts hatte, noch etwas stand. *Herausgeber: Arno Scholz, Paul Löbe, Annedore Leber* und *Mit Zulassung Nr. 18 der Britischen Militärregierung*. Die Schlagzeilen langweilten ihn eher. Die französische Regierung verlangte kleine Änderungen bei den «Sechsmächteempfehlungen für Westdeutschland», die drei Generale der Westmächte – Robertson, Clay und Koenig – trafen sich in Frankfurt am Main, um über Wirtschaftsfragen zu beraten. Die Währungsreform würde mit Sicherheit kommen. Amüsanter war da schon der sogenannte Markenkalender. Er las seinem Kollegen Gerhard Piossek vor, was alles zu erhoffen war: *«US- und britischer Sektor (ausgenommen Falkensee): Für Haushalte bis zu vier Personen ein Briefchen, für Haushalte mit fünf und mehr Personen zwei Briefchen Süßstoff. – Kreuzberg: Auf Abschnitt 14 des 6. Berliner Bezugsausweises ein Backpulver. – Schöneberg: Auf Abschnitt 17 des Berliner Bezugsausweises, 6. Ausgabe, eine halbe Flasche Essig.»* Kappe seufzte. «Das sind wirklich herrliche Zeiten, die wir deinem Führer zu verdanken haben.»

«Es war ein Irrtum», murmelte Piossek. «Und ich war ja nicht der Einzige in der Polizei. Ich dachte, jeder muss in die NSDAP eintreten.»

Kappe ließ das unkommentiert, weil er einen Bericht entdeckt hatte, der ebenso zum Schmunzeln wie zum Fluchen einlud.

Der Kreuzberger Kaffeehausbesitzer und Großschieber Walter Schmidt hat Polizei, Staatsanwaltschaft und Gerichten schon manches Schnippchen geschlagen. Sein Meisterstück legte er jedoch am Montag ab, als er den Polizeibeamten, der ihn vom Amtsgericht Kreuzberg ins Untersuchungsgefängnis Moabit zurückbringen sollte, am hellen Nachmittag überlistete und entfloh. Wenn man den recht fragwürdig klingenden Angaben des Polizisten glaubt, so ereignete sich folgendes: Schmidt klagte über heftige Durchfälle und behauptete, unbedingt sofort austreten zu müssen. In der Möckernstraße führte ihn der Beamte in eine Hausruine und löste die Handfesseln. Im gleichen Augenblick sei Schmidt dann mit einem einzigen großen Satz entsprungen und entkommen, da der Polizeibeamte bei der Verfolgung gestolpert und gefallen sei. Sch. war wegen einer großen Tabakschiebung zu zwei Jahren und neun Monaten Gefängnis verurteilt worden ...

So weit war Kappe gekommen, als das Telefon klingelte.

«Das wird er sein, der Schmidt», sagte Piossek. «Er hat sowohl Rembowski als auch Schwiedrowsky umgebracht und will sich nun stellen.»

«Unsinn!»

«Kein Unsinn. Jeder hatte mit Tabak zu tun.»

Kappe nahm den Hörer ab und meldete sich.

Am Apparat war ein Kollege von der Schutzpolizei, der Interessantes zu berichten hatte. «Hier in den Kant-Garagen ist ein dunkelblauer Kübelwagen von einem anderen Kraftfahrzeug gerammt worden. Dabei ist die Tür aufgegangen, und Schieberware ist zum Vorschein gekommen. Zigaretten und anderes. Da habe ich mich daran erinnert, dass bei dem Raubmord in der Weißenseer Rasno-Filiale ein dunkelblauer Kübelwagen im Spiel gewesen sein soll. Die Leiche von dem Wachmann ist doch in der Gegend um den Bayerischen Platz gefunden worden?»

«Der Schwiedrowsky, ganz recht. Und herzlichen Dank auch, wir kümmern uns um die Spurensicherung.»

Kappe rief die zuständigen Kollegen an und fuhr dann mit der Straßenbahn zur Kantstraße. Die Kant-Garagen waren ihm ein Begriff. Bei ihrer Eröffnung 1930 waren sie als Sensation gefeiert worden, denn fünfstöckige Hochgaragen mit Rampen für die Autos waren bis dato unbekannt gewesen. Die Kant-Garagen lagen an der südlichen Seite der Kantstraße, zwischen Krumme Straße und Leibnizstraße.

An Ort und Stelle angekommen, fand er die Kriminaltechniker schon bei der Arbeit. Ja, man habe bereits Fingerabdrücke finden können. Kappe ging ins Büro der Garagenverwalter, um mit dem Straßenverkehrsamt zu telefonieren und sich zu erkundigen, wer der Halter des dunkelblauen Kübelwagens sei.

«Ein Doktor-Ingenieur Habedank aus Lichtenrade», verriet ihm die zuständige Sachbearbeiterin.

«Hm ...»

«Aber der Wagen ist seit März als gestohlen gemeldet.»

«Mist!», rief Kappe, bedankte sich, legte den Telefonhörer auf und überlegte. Sollte er hier in der Garage auf denjenigen warten, der den Kübelwagen gestohlen und möglicherweise den Wachmann Schwiedrowsky erschossen hatte? Das erforderte möglicherweise viel Geduld. Aber was Besseres fiel ihm nicht ein. Also telefonierte er noch einmal und sagte Piossek Bescheid, dann besorgte er sich aus dem Büro des Garagenverwalters einen alten Stuhl und postierte sich hinter einem Pfeiler. Wie hieß es immer auf den Abreißkalendern? Wer warten kann, zu dem kommt alles.

Bis zum Feierabend kam aber nichts, und unverrichteter Dinge musste er sich auf den Heimweg machen. Als er in der Wartburgstraße die Wohnungstür aufgeschlossen hatte, kam ihm Klara mit verweinten Augen entgegen und schluchzte. «Eben ist der Anruf aus dem Krankenhaus gekommen ... Deine Mutter ist verstorben.»

ZEHN

DIE DÄMONEN tanzten um sie herum und verhöhnten sie. Dein Leben ist verpfuscht! Edeltraut Wollay spuckte der Frau ins Gesicht, die sie aus dem Badezimmerspiegel mit leeren Augen anstarrte. «Ich hasse dich!»

Erst als sie ein halbes Glas Wodka getrunken hatte, echten russischen aus Kallweits Beständen, ging es ihr ein wenig besser. Um elf Uhr war sie zum zweiten Frühstück bei Max Kallweit verabredet, was es ihr ersparte, in ihrer Speisekammer nach etwas Essbarem zu suchen. Sie wohnte in der Kreuznacher Straße, nur ein paar hundert Meter vom Breitenbachplatz entfernt, in den Neubaublöcken der ehemaligen Künstlerkolonie Laubenheimer Platz. Als Tänzerin gehöre sie dorthin, behauptete sie, wenn sie gefragt wurde, wie sie denn in diese Gegend käme.

Sie brauchte lange, um sich schick zu machen. Ein Blick auf die Kaminuhr zeigte ihr, dass sie es bequem mit der U-Bahn zum Viktoria-Luise-Platz schaffen würde, doch sie hatte Angst davor, von so vielen Menschen angestarrt zu werden, wenn sie einen Waggon betrat. Also telefonierte sie nach einer Taxe. Nach zehn Minuten hatte sie Glück, und nach einer weiteren Viertelstunde stand ein klappriger Maybach vor der Tür. Sie stieg ein und nannte ihr Ziel.

«Viktoria 89 is ma zwar lieba als Viktoria Luise», sagte der Fahrer, der seine Fahrgäste offenbar gern mit seinen Monologen beglückte. «Aba nu jut. Dann will ick Ihnen mal über Viktoria 89 erzähl'n. Dreimal war'n se Deutscha Meista: 1894, 1908 und 1911.»

Edeltraut Wollay verzog das Gesicht. «Ich interessiere mich nicht für Fußball.»

Der Fahrer wechselte das Thema und fragte sie, ob sie schon das Neueste vom Funkturm wüsste. Als sie verneinte, erzählte er ihr, dass die britische Militärregierung diesen für deutsche Besucher wieder freigegeben habe. «Nüscht wie ruff, wa!»

«Ja, aber höchstens, um runterzuspringen.»

«Jeht nich, da is 'n Jitta vor.»

Vom Breitenbachplatz ging es den Südwestkorso hinauf, dann die Kaiserallee in Richtung Bahnhof Zoo. An der Trautenaustraße bogen sie rechts ab zum Prager Platz. Waren zu Beginn ihrer Fahrt nur wenige Häuser zerbombt gewesen, so lag hier fast alles in Schutt und Asche. Edeltraut Wollay schloss die Augen. Sie konnte den Anblick der Berliner Trümmerlandschaften nicht mehr ertragen.

Der Taxifahrer legte nach einer kleinen Pause wieder los. «War'n Se denn schon in't Theater am Schiffbauerdamm, da jibt et een Stück mit Brigitte Mira. *Hunderttausend Taler.* Und da isse schon fuffzig Mal uffjetreten.»

Edeltraut Wollay bedauerte nun doch, nicht die U-Bahn genommen zu haben. Dort hätten ihre Beklemmungen auch nicht stärker sein können als in dieser Taxe. Zumal von dem Fahrer auch ein unangenehmer Geruch ausging. Die Wäsche schien er seit Weihnachten nicht mehr gewechselt zu haben.

Endlich hatten sie den Viktoria-Luise-Platz erreicht. Da ihr der Kerl derart auf die Nerven gegangen war, gab sie keinen Pfennig Trinkgeld. Als sie ausgestiegen war und auf das Haus zuging, in dem Kallweit wohnte, kam ihr die Hauswartsfrau entgegengestürzt. «Nicht klingeln, sonst fliegt allet inne Luft! Durch den Funken. Da hat wieda eena 'n Jashahn uffjedreht.»

«Ach so …» Dass sich jemand mit dem giftigen Stadtgas das Leben zu nehmen versuchte, war in diesen Jahren nichts Ungewöhnliches, und Edeltraut Wollay nahm es so gleichmütig auf, als hätte ihr jemand gesagt, dass am 21. Juni offiziell der Sommer anfinge. «Wer denn?»

«Na, der Kallweit.»

Hermann Kappe saß am Schreibtisch und starrte ins Leere. Über das, was ihn so niederdrückte, mochte er nicht sprechen, denn er wusste, dass viele in seinem Umfeld nur lästern würden: Gott, wenn einer mit sechzig seine Mutter verliert, dann soll er sich nicht so haben – er ist doch schließlich keine sechs mehr. Kaum einer, der kondolierte, verzichtete darauf, sich ein wenig lustig zu machen über seine Trauer. Gustav Galgenberg zum Beispiel hatte ausgerufen: «Mensch, nu biste ooch schon Vollwaise!» Kappe war schon klar, dass er irgendwie Opfer des Mutterkults der Nazis war, aber dennoch ... Immer wieder tönte es ihn ihm: *Wenn du noch eine Mutter hast, / So danke Gott und sei zufrieden.* Er hatte keine Mutter mehr, er fühlte sich unendlich verloren. Er war selbstkritisch genug, um sich selber zu tadeln: Mensch, reiß dich mal zusammen! Wenn das mal so einfach gewesen wäre. Immer wieder hatte er das Bild vor sich, wie seine Mutter ins Krematorium kam und ihr Sarg in den Verbrennungsofen geschoben wurde.

Als das Telefon jetzt klingelte, war er froh, aus seinen Gedanken gerissen zu werden. Es war die Kriminaltechnik, Bernhard Klingbeil. «Es geht um den dunkelblauen Kübelwagen in den Kant-Garagen. Wir wissen jetzt, wem die Fingerabdrücke, die wir dort gefunden haben, zuzurechnen sind.»

«Na, machen Sie es nicht so spannend ...»

«Dem Max Kallweit.»

«Ach nee!», rief Kappe. Der Name Kallweit war schon oft in den Zeitungen aufgetaucht. Man vermutete, dass er ein mindestens so hochkarätiger Großschieber war wie der flüchtige Kreuzberger Kaffeehausbesitzers Walter Schmidt.

Kaum hatte Kappe aufgelegt, kam Piossek ins Zimmer gestürzt. «Du, weißte schon das Neueste?» Er setzte sich und fischte einen Zettel aus der Brusttasche seines Jacketts. «Der Max Kallweit hat Selbstmord begangen und einen Abschiedsbrief hinterlassen. Der wird noch überprüft, aber niemand zweifelt daran, dass er echt ist. Ich hab ihn schnell mal abgeschrieben ... Hier ...» Er reichte Kappe einen Zettel.

Meine geliebte Edeltraut!

Ich weiß, dass ich Dir und allen Freunden tiefen Schmerz zufüge, wenn ich freiwillig aus dem Leben scheide. Aber ich kann nicht mehr, und ich will nicht mehr. Mein Gewissen lässt mir keine Ruhe. Ich habe zwei Menschen umgebracht. Ich habe erst in Pankow den Rembowski erschlagen, aus Wut darüber, dass er mich reingelegt hat, dann den Wachmann Schwiedrowsky erschossen, als der abhauen wollte. Nun bin ich ein zweifacher Mörder, und das Fallbeil wartet auf mich. Aber ehe ich geköpft werde, drehe ich lieber den Gashahn auf und mache selber Schluss. Es tut mir alles so leid. Bete für mich und meine Seele! Dein Max

«Damit ist ja alles klar», sagte Kappe.

ELF

HARTMUT KAPPE hatte im Umfeld der SED genug mit-
bekommen, um zu wissen, dass alles auf die Teilung Deutschlands
in zwei Staaten hinauslief: das kapitalistische Westdeutschland,
das gerade aus Trizonesien entstand und als Kolonie Washingtons
anzusehen war, und das freie sozialistische Deutschland, das sich
in der Sowjetischen Besatzungszone herausbildete.

Auch den Tod seiner Großmutter sah er im politischen Zusammenhang. Mit ihrem «Kulturfimmel», wie er immer gespottet
hatte, war sie, so hatte er es in der Parteihochschule gelernt, eine
typische Vertreterin des dekadenten Burgertums gewesen. Zugute-
halten musste man ihr aber, dass sie nie die NSDAP gewählt und
sehr bald erkannt hatte, dass Hitler ein Verbrecher war. Sie hatte
sich viel um ihren Enkel Hartmut gekümmert, wofür er ihr sehr
dankbar war, und er hing an ihr – auch wenn ihm eine Großmutter vom Format einer Rosa Luxemburg, Käthe Kollwitz oder Clara
Zetkin lieber gewesen wäre.

Auch Hartmut Kappe begann seinen Arbeitstag mit dem Studium der Morgenzeitung, das musste er von seinem Vater geerbt
haben. Die *Berliner Zeitung* von Freitag, dem 18. Juni 1948, machte
damit auf, dass es in den drei westlichen Besatzungszonen am
kommenden Sonntag zur lange geplanten Währungsreform kommen würde, was die Spaltung Deutschlands zementierte. Der Westen habe *Deutschlands Einheit und Viermächte-Verwaltung planmäßig
zerstört*. Die Westsektoren Berlins sollten von der Umstellung des
Geldes nicht betroffen sein, und einige Politiker phantasierten von
einer eigenen Berliner Währung.

Was gab es sonst noch? Er überflog die kleineren Artikel. Es gab immer neue Waldbrände im Bezirk Köpenick, in den Betrieben des sowjetischen Sektors wurden weiterhin warme Mahlzeiten ausgegeben, das sogenannte Kotikow-Essen, Rentner über 75 Jahre erhielten auf Anordnung der Zentralkommandantur Textilien. Das war alles nur mäßig interessant, erst eine Überschrift unten links ließ ihn aufmerken, weil er, las er etwas vom schwarzen Markt, immer an seinen Bruder denken musste: *Berlin vom Westen angesteckt – Schwarzmarktpreise als Barometer.* In dem dazugehörigen Artikel hieß es:

Die in den letzten Tagen veröffentlichten Pressemeldungen über die unmittelbar bevorstehende Währungsreform in der Bizone haben die Preise auf dem Berliner schwarzen Markt in den letzten 24 Stunden abermals kometenhaft ansteigen lassen. Das Angebot steht in keinem Verhältnis mehr zur Nachfrage. Sämtliche Sammelpunkte der Berliner Schwarzmarkthändler waren am Donnerstag stärker besucht als je zuvor, obwohl nur noch wenige Artikel angeboten wurden. Die bevorstehende Währungsreform war der einzige Gesprächsstoff.

Für Kaffee wurden 380 bis 400 RM pro Pfund verlangt und auch bezahlt, deutsche Zigaretten kosteten 2 RM und mehr. 100-g-Tafel Schokolade 150 RM, Butter 300 bis 350 RM. Mehl 40 bis 50 RM je Pfund. Dies bedeutet eine Steigerung der Schwarzmarktpreise um teilweise hundert Prozent.

Auch im «Hackepeter» am Schlesischen Tor war die bevorstehende Währungsreform das große Thema. Man war sich einig, dass die Schwarzmarktpreise mit ihrem Inkrafttreten wieder schlagartig fallen würden. An einem der Tische wurde aber noch etwas anderes diskutiert. Dort ging es um den Freitod Max Kallweits und die Frage, was nun aus allem werden sollte.

Arthur Schlattke kam mit einem Vergleich aus der Welt des Skatspiels. «Der Schieber-Max hat doch einen Grand mit Vieren auf der Hand gehabt, und den kann man doch nicht so einfach sausenlassen, da muss jetzt einer kommen, die Karten aufnehmen und weiterspielen.» Dabei sah er Edeltraut Wollay an.

Die winkte ab. «Er hat kein Testament gemacht, ich habe keinerlei rechtliche Ansprüche auf irgendetwas.»

«Aber du weißt, wo er überall seine Finger im Spiel hatte, du kennst alle, mit denen er Geschäfte gemacht hat, du kannst weitermachen, wo er aufgehört hat!», beschwor sie Schlattke.

«Und wenn ich dann in Moabit auf der Anklagebank sitze, weil sie mir Mittäterschaft vorwerfen, was diesen Schwiedrowsky betrifft, dann ...»

Trompale suchte sie zu beruhigen. «Die Kripo hier in den Westsektoren interessiert das doch 'n feuchten Kehricht. Schwiedrowsky hat im sowjetischen Sektoren gewohnt, und die können dir in Wilmersdorf gar nichts.»

Schlattke wollte die Verhandlungen schnell zu Ende bringen. «Edeltraut, es gibt doch da eine ganz einfache Lösung: Ich trete an Maxens Stelle, und du spielst bei mir dieselbe Rolle, die du bei ihm gespielt hast.»

Trompale grinste. «Das lass mal nicht deine Frau hören, lieber Arthur!»

Edeltraut Wollay reagierte böse. «Hört auf mit diesen blöden Anspielungen!»

Sie hätten sich noch weiter gestritten, wenn nicht in diesem Augenblick Karl-Heinz Kappe ins Restaurant gekommen wäre. Er trat erst einmal an die Theke, um sich ein Helles zu bestellen, entdeckte sie dann und winkte ihnen zu.

Schlattke senkte seine Stimme. «Vorsicht mit dem!»

«Wieso'n das?», wollte Trompale wissen.

«Sein Vater ist bei der Kripo, sein Bruder ist bei der Kripo ... Und als ich vorgestern mit ihm in den Kant-Garagen verabredet war, da sind wir zufällig auch an dem dunkelblauen Kübelwagen von Schieber-Max vorbeigekommen. Er hat nichts gesagt, aber so komisch geguckt. Und eine halbe Stunde später ist ganz zufällig jemand in den Kübelwagen reingekracht ... Wie es dann weitergegangen ist, das wisst ihr ja: Kallweit hat den Gashahn aufgedreht.»

«Wenn es stimmt, dass ihn seine Sippe bei uns eingeschleust hat, müsste man ihm mal einen kleinen Denkzettel verpassen», sagte Edeltraut Wollay.

Hermann Kappe hatte ein ungutes Gefühl, als er den *Telegraf* vom 19. Juni vor sich ausbreitete. Die neue Währung, die Deutsche Mark, sollte am morgigen Sonntag per Gesetz in den Westzonen eingeführt werden. Für Berlin und insbesondere die drei Westsektoren versprach das nichts Gutes. Schon die Überschrift *Marschall Sokolowski ordnet an* ließ Kappe zusammenzucken. Die Anordnung des sowjetischen Oberbefehlshabers in Deutschland klang in der Tat bedrohlich: *Die in den westlichen Besatzungszonen herausgegebenen Geldscheine sind für den Umlauf in der sowjetischen Besatzungszone Deutschlands und im Gebiet Groß-Berlins, das sich in der sowjetischen Besatzungszone Deutschlands befindet und wirtschaftlich einen Teil der sowjetischen Besatzungszone Deutschlands darstellt, nicht zugelassen.*

Gleichzeitig wurden von der sowjetischen Militärverwaltung neue Sperrmaßnahmen im Interzonenverkehr verkündet. Es schien so, als wollte man die Menschen in den Westsektoren aushungern, auf dass sie dann zu Walter Ulbricht überliefen. Ein schrecklicher Gedanke, und sofort tönte es in Kappe: Lieber tot als rot!

Er blätterte weiter zum Regionalteil. Es gab in Zehlendorf auf Abschnitt 47 des Haushaltsausweises Stopftwist, in Heiligensee nach Vorlage der Bezugsmarken und der letzten Rechnung der Bewag eine Glühbirne und in Friedrichshain auf Abschnitt 12 des Berliner Bezugsausweises, VI. Ausgabe, demnächst eine halbe Flasche Essig. Bei einer Notiz unter dem *Markenkalender* fiel ihm ein, was sein alter Kollege Gustav Galgenberg am Ende des Krieges immer gesagt hatte: Dass die Menschen bei diesen Zuständen langsam eine Macke bekamen, sei kein Wunder. Dort war nämlich zu lesen:

112

Am 18. Juni, gegen 3 Uhr, bemerkten Hausbewohner Brandgeruch, der aus der Wohnung des 55jährigen Rentners Otto Schmidt im zweiten Stock des Hauses Neukölln, Zietenstraße 21, drang. Die Feuerwehr und Polizei wurden alarmiert und der Brand nach kurzer Zeit gelöscht. Der Wohnungsinhaber hatte den Brand selbst gelegt. Bei den Löscharbeiten griff Sch. den im gleichen Haus wohnenden 54jährigen Erich R. mit einem Messer an und verletzte ihn. Zwei Polizeiwachtmeister wurden von Sch. ebenfalls erheblich verletzt. Danach lief der Täter zum vierten Stockwerk und stürzte sich aus dem Treppenfenster auf den Hof. Er war sofort tot.

«Friede seiner Asche», murmelte Kappe und wandte sich dem Sportteil zu. Auf der Galopprennbahn in Hoppegarten gab es ein Jagdrennen. Wie zu Kaisers Zeiten, dachte Kappe, und hörte die Stimme von Wilhelm Bendow: «Ja, wo laufen sie denn?» Bei den Radfahrern stand die Fahrt «Rund um Berlin» auf dem Programm und bei den Boxern der Kampf um die Deutsche Meisterschaft im Mittelgewicht zwischen Carl Schmidt und Fritz Gahrmeister im Olympiastadion. Den hatte er sich mit seinen beiden Söhnen ansehen wollen, doch Klara hatte ihr Veto eingelegt. «Das ist doch pietätlos, dass ihr euch amüsieren wollt, wo deine Mutter noch nicht mal unter der Erde ist.»

Stattdessen wollten sie an diesem Sonnabend zu Hartmut und Ingeborg zum Kaffee in die Fruchtstraße fahren. Als Kappe kurz nach vierzehn Uhr vom Dienst nach Hause kam, machten sie sich sofort auf den Weg, ohne dass er sich noch umzog. Am Schlesischen Bahnhof angekommen, ging es die Fruchtstraße entlang in Richtung Norden. Da waren sie wieder in ihrem alten Kiez, doch hier erinnerte kaum noch etwas an früher.

«Berlin, wie haste dir verändert», sagte Kappe. «Ich war zwar noch nie in Pompeji, aber da kann es auch nicht anders aussehen.»

Nach ein paar hundert Metern weitete sich die Fruchtstraße zum Küstriner Platz, und sie erblickten auf der rechten Seite die Ruine der «Plaza», die einst mit ihren dreitausend Plätzen neben der «Scala» und dem «Wintergarten» zu den größten Varietés der Stadt gezählt hatte.

«Eigentlich ist es der alte Ostbahnhof gewesen, den sie umgebaut haben», sagte Kappe.

«Was wir da alles gesehen und gehört haben!», rief Klara. «Vor allem deine Mutter und ich, du hattest ja nie Zeit. Max Reinhardt hat da *Kabale und Liebe* inszeniert – ich kann mich noch gut daran erinnern, was für ein Skandal das war. Und zuletzt waren wir Mitte 1944 in der Plaza, da haben Erich Arnold und Brigitte Mira Lieder aus der *Lustigen Witwe* gesungen.»

«Gibt's auch lustige Witwer?», fragte Kappe, und da fiel ihm sofort ein Vers von Wilhelm Busch ein. «*Heißa!! – rufet Sauerbrod – Heißa! meine Frau ist tot!!*» Die Pointe verschwieg er lieber: Die Dame war nämlich nur scheintot, aber Sauerbrod segnete bei ihrem Wiedererscheinen wirklich das Zeitliche.

Sie erreichten die wenigen stehengebliebenen Mietshäuser an der Ecke Fruchtstraße und der Großen Frankfurter Straße. «Unsere Wohnoase in der Trümmerwüste», sagte ihr Sohn immer. Der Kaffeetisch war schon gedeckt. Statt Bohnenkaffee oder wenigstens Muckefuck gab es Früchtetee.

«Schließlich leben wir in der Fruchtstraße», erklärte ihnen ihre Schwiegertochter beim Eingießen.

«Hast du die Hagebutten gesammelt, als die Uferbahn mal besonders langsam gefahren ist?», fragte Kappe. «Du als Straßenbahnschaffnerin.»

«Ich hatte noch nie Dienst auf der 86.»

«Dann bist du zu bedauern, denn das ist doch die schönste Linie weit und breit. Und zwischen Grünau und Schmöckwitz gibt es keine einzige Ruine.»

Ingeborg hatte sogar eine Kaffeetorte gebacken. Und die schmeckte herrlich, wie alle laut verkündeten. Stolz erklärte sie ihrer Schwiegermutter nachher das Rezept: «Du sammelst getrockneten Kaffeegrund vom Ersatzkaffee, nimmst etwas Mehl oder Grieß und tust alles in Wasser oder, falls du welche haben solltest, in Milch und verrührst das mit Eipulver und Süßstoff. Die Füllung machst du aus Marzipan-Ersatz. Dann kochst du den Grieß mit angerührtem Milchpulver auf und gibst künstliches Mandelaroma und Süßstoff hinzu. Als Decke nimmst du Haferflocken, die du in der Pfanne röstest. Die schmecken wie Mandeln.»

Während die beiden Frauen noch darüber diskutierten, was sich in diesen Zeiten backen und kochen ließ, ohne dass sich sofort Brechreiz einstellte, redete Kappe mit seinem ältesten Sohn über Berufliches.

«Meinen herzlichen Glückwunsch, lieber Hartmut!», sagte Kappe. «Nämlich dafür, dass *wir* die Fälle Rembowski und Schwiedrowsky für dich aufgeklärt haben. Und wie bedankt sich da der sowjetische Sektor?»

Hartmut lachte. «Mit einem einfachen *Спасибо, дорогой отец*.»

«Wie?»

«Danke, lieber Vater! Dabei hattet ihr nicht allzu viel Mühe, den Abschiedsbrief von Kallweit zu lesen, wenn ich richtig unterrichtet worden bin.»

«Aber dass euer Schwiedrowsky in Kallweits dunkelblauem Kübelwagen erschossen worden ist, haben unsere Kriminaltechniker herausgefunden. So lässt sich auch alles ganz logisch konstruieren: Kallweit räumt das Lager in Weißensee aus, wird dabei von Schwiedrowsky überrascht, nimmt ihn als Geisel und erschießt ihn dann bei einem Fluchtversuch.»

«Das kann er doch nicht allein gemacht haben!», rief Hartmut.

«Wir suchen noch nach seinen Komplizen, keine Bange. Wie man neuerdings sagt: *Further research is needed*.» Das hatte er bei einem amerikanischen Verbindungsoffizier aufgeschnappt, und nun war es sein Sohn, der dumm aus der Wäsche guckte.

ZWÖLF

«WIR SIND TRAURIG, Herr, denn wir müssen für immer Abschied nehmen von einem Menschen, der uns so vertraut war wie niemand sonst, von Bertha Kappe. Mit ihrem Tod geben wir auch einen Teil von uns selbst dahin. Und dennoch wollen wir jetzt nicht nur auf all das blicken, was der Tod uns nahm, sondern wollen auch dankbar erkennen, was du, Herr, uns durch die Verstorbene gabst an Fürsorge, Liebe und Trost.»

Nachdem in Preußen 1911 die Feuerbestattung eingeführt worden war, hatten im selben Jahr die Bauarbeiten für ein Krematorium auf dem Gelände des Friedhofs Baumschulenweg begonnen. Der neoklassische Zentralbau, 1913 fertiggestellt, war im Krieg stark beschädigt worden, konnte aber noch genutzt werden, so auch für die Trauerfeier Bertha Kappe. Sie hatte sich gewünscht, dass die Urne mit ihrer Asche hier in die Erde gesenkt wurde, weil es bis zum Friedhof an der Kiefholzstraße nicht ganz so weit war wie nach Wendisch Rietz. Dorthin wollte sie auf keinen Fall zurück. «Ich bin echte Berlinerin geworden, und in Berlin will ich auch bleiben, bis zum Jüngsten Gericht.»

Als sie sich alle – Verwandte, Freundinnen, Bekannte und Nachbarinnen – vor der Trauerhalle versammelt hatten, war es zu einem kleinen Eklat gekommen, denn einige hatten sich über eine saloppe Bemerkung von Gustav Galgenberg ziemlich empört. «Immer ran an'n Sarg und mitjeweent», hatte er zu Hertha Börnicke gesagt, als die gezögert hatte, auf die große Gruppe der Wartenden zuzugehen.

«Fürsorge, Liebe und Trost – Herr, lass uns alles dies gerade in diesen Minuten und Stunden nicht vergessen, denn wie du der Herr über unser aller Leben warst und bleibst, so bist du auch der Herr über den Tod. Auf die Macht deiner Liebe wollen wir deshalb nicht nur in unserem Leben, sondern auch im Angesicht des Todes vertrauen. Dazu ermutige du uns, Herr.»

Sonderlich erbaulich fand Kappe nicht, was der Geistliche ihnen da erzählte, und er hätte lieber einen weltlichen Redner gehabt, der mit Hilfe schöner Anekdoten auf das Leben seiner Mutter eingegangen wäre. Doch die war in ihren letzten Lebensjahren sehr fromm geworden und hatte sich in ihrem Testament einen Pfarrer gewünscht.

Nachdem am Grab die letzten Trauergäste Hermann Kappe die Hand gedrückt und «mein herzliches Beileid» gemurmelt hatten, ging es mit zwanzig Angehörigen und den vier auserwählten alten Freunden Theodor Trampe, Gustav Galgenberg, Ludwig Latzke und Gottlieb Lubosch zum sogenannten Leichenschmaus in ein Café in der Kiefholzstraße. Es gab sogar für jeden eine Tasse echten Bohnenkaffee und ein Stück Buttercremetorte.

«Das ist ja wie vor dem Krieg!», rief man und schaute in Richtung Hermann Kappe. «Wie hast du denn das gemacht?»

«Das wird nicht verraten!», kam seine Antwort, aber die meisten wussten, dass Karl-Heinz all die guten Gaben auf dem Schwarzmarkt organisiert hatte.

Der Kalender zeigte zwar den längsten Tag des Jahres an, aber auch in dieser Nacht hatte sich die Stadt in tiefe Finsternis gehüllt, denn eine dichte Wolkendecke verhinderte, dass Mondlicht auf Straßen und Ruinen fiel, und funktionierende Gaslaternen gab es nur noch wenige. Wer da um Mitternacht allein zu Fuß unterwegs war, der musste entweder hartgesotten sein oder einiges an Alkohol im Blut haben. Auf Karl-Heinz Kappe traf beides zu. Er hatte in einer Bar in der Augsburger Straße mit einigen Freunden gefeiert und beschlossen, nach Hause zu laufen, um ein bisschen Bewegung zu haben. Bis zur Hildegardstraße, wo er eine kleine Wohnung gemietet hatte, waren es keine drei Kilometer. Für jemanden, der vor nicht allzu langer Zeit das Marschieren gelernt hatte, war das ein Klacks. Er ging immer schnurgerade die Kaiserallee hinunter. Die Straßenbahn fuhr schon lange nicht mehr, und Kraftwagen kamen auch nur alle Jubeljahre vorbei, so dass er ohne jedes Risiko auf der Fahrbahn laufen konnte, wenn ihm der Bürgersteig wegen herumliegender Trümmer zu schmal wurde. Um sich die Zeit zu verkürzen, sang er hin und wieder.

Gib mir deine Hand, deine weiße Hand,
Leb wohl, mein Schatz, leb wohl
Denn wir fahren gegen Engeland.
Unsre Flagge und die wehet auf dem Maste,
Sie verkündet unsres Reiches Macht,
Denn wir wollen es nicht länger leiden,
dass der Englischmann darüber lacht.

Er fühlte sich sauwohl. Seine Geschäfte liefen blendend, und eines Tages würde er Geld genug zusammenhaben, um seine eigene Firma zu gründen. Das war sein Ziel, denn eines war ihm klargeworden, obwohl er noch jung war: Reich konnte man nur werden, wenn man andere für sich arbeiten ließ und möglichst geringe Löhne zahlte. Über die Branche war er sich noch nicht im Klaren, vielleicht stieg er ins Geschäft mit Busreisen ein. Denn wenn die Leute erst wieder richtiges Geld hatten, dann wollten sie ganz sicher wieder verreisen. Vielleicht kam aber alles ganz anders, und er wurde Deutscher Meister im Mittelgewicht. Auch mit Boxen konnte man Geld scheffeln. Zudem war man noch ein berühmter Mann, dem die Frauen hinterherliefen. In dieser Hinsicht hatte er noch einen erheblichen Nachholbedarf.

Er lief derart in Gedanken versunken über die Kreuzung der Kaiserallee mit der Badenschen Straße und sah hinter der einmündenden Wilhelmsaue das dunkle Band des Hindenburgparks vor sich liegen. Dahinter kam schon die Hildegardstraße. Er fand es unheimlich, links und rechts ins dunkle Nichts zu starren, archaische Ängste wurden da wach, zumal er immer wieder stolperte. Da heulte hinter ihm ein Motor auf. Mit ausgeschalteten Lichtern raste ein Pkw auf ihn zu. Er sprang zur Seite. Zwei Schüsse fielen. Er warf sich aufs Straßenpflaster. Das Auto verschwand in Richtung S-Bahn-Ring. Ihm gelang es, sich ein wenig aufzurichten. Schmerzen verspürte er keine, und offenbar blutete er auch nicht. Glück gehabt! Er stand auf und rannte nun nach Hause.

In seiner Wohnung angekommen, fand er im Korridor einen Zettel, den jemand durch den Briefschlitz gesteckt haben musste: *Das ist die erste Warnung! Die nächste Kugel sitzt, wenn Du Deinem Vater oder Deinem Bruder noch mal einen Tip wie mit dem Kübelwagen gibst!*

Hermann Kappe saß allein im Büro und wartete darauf, dass die Zeit verging. Gerhard Piossek, sein Gegenüber, hatte ein paar Tage Urlaub genommen, um mit seiner Angetrauten in den Harz zu fahren. Nachdem die Fälle Rembowski und Schwiedrowsky nach dem Geständnis von Max Kallweit mit dem Vermerk *Aufgeklärt* in der Ablage verschwunden waren, konnte Kappe sich ein wenig auf seinen Lorbeeren ausruhen, das heißt den Kopf zu einem kleinen Mittagsschläfchen auf den Schreibtisch legen. Dabei gab er sich seinen Tagträumen hin: Einmal war er Stürmer beim 1. FC Nürnberg. Max Morlock traf nur den Pfosten, und er lenkte den Abpraller ins Tor. Dann saß er mit Winnie Markus in einem Separee und schob ihren Rock in die Höhe ...

In diesem Augenblick schlug jemand mit der Faust gegen seine Tür. «Aufmachen! Kriminalpolizei!» Es war Gustav Galgenberg, der sich zu Hause wieder einmal gelangweilt hatte und deswegen einen kleinen Ausflug in die Gothaer Straße unternahm.

«Mann, hast du mir einen Schreck eingejagt», sagte Kappe. «Gerade mal drei Jahre nach der Gestapo sollte man solche Scherze lieber lassen.»

Galgenberg fiel auf den Besucherstuhl. «Mann, tun mir die Beene weh! Jestern war ick nämlich wieder oben uff mir druff.»

«Auf welchem Galgenberg denn?», fragte Kappe. «Auf dem bei Werder an der Havel, dem im Fläming bei Lütte oder dem in Lebus?»

«Weder noch, sondern den bei Ziesar. Da kennt eene von meenen Töchtern 'n Bauern, und da war'n wa hamstern.»

Kappe lachte. «Ah, daher hast du heute deine dicken Backen!»

«*Attention, monsieur!*» Galgenberg sprach Französisch, weil er seit kurzem in Tegel wohnte, also im Sektor der Grande Nation. «Da passe ick mir langsam an. Weeßte doch: Man wird alt wie die Kuh und lernt immer noch dazu. Ach Jott, nächstet Jahr werd' ick nu schon siebzig.»

Sie kamen auf das Thema Fußball zu sprechen und die Frage, wer denn Deutscher Fußballmeister 1947/48 werden würde. Jede Besatzungszone hatte ihre beste Mannschaft schon ermittelt. In der amerikanischen Besatzungszone war das der 1. FC Nürnberg, in der britischen der Hamburger SV, in der französischen die SpVgg Neuendorf und in der sowjetischen die SG Planitz. Dazu kam als Berliner Meister die SG Oberschöneweide.

«Ick bin für Oberschweineöde», sagte Galgenberg. «Weil ick Berliner bin.»

Kappe war anderer Meinung. «Ich tippe eher auf den 1. FC Nürnberg.»

Nachdem Sport abgehakt war, kam der Programmpunkt «Was macht heute wer?». Kappe hatte gehört, dass Dr. Brettschieß, einer ihrer früheren Vorgesetzten und begeisterter Nazi, in die Wirtschaft gegangen war und bei einer der Nachfolgefirmen der IG Farben als Personalchef fungierte.

«Fett schwimmt eben immer oben», sagte Galgenberg mit einer zu diesen Zeiten sehr gängigen Wendung.

Kappe nickte und zählte Ärzte, Juristen und Journalisten auf, die er als Nazis kennengelernt hatte und die heute so weitermachten, als wäre nichts gewesen. «Die Franzosen haben sich 1789 in einer Revolution selbst befreit. Aber wir? Bei uns haben zwar auch ein paar in den Sack niesen müssen – Kaltenbrunner, Rosenberg,

Ribbentrop und die paar anderen –, aber zigtausend Verbrecher in den deutsche Gauen sind unbehelligt geblieben.»

Galgenberg lachte. «Det kommt allet erst beim Jüngsten Gericht.»

«Mir reichen schon meine Auftritte beim Kriminalgericht», sagte Kappe in Anspielung auf den Prozess gegen den Arbeiter Paul Sendsitzky.

«Na, bei Schieber-Max wird's ja in Moabit nüscht mehr jeben», beruhigte ihn Galgenberg. «Oder meinst du, die setzen ihn ooch noch als Leiche uff de Anklagebank?» Damit erhob er sich. «So, nu werd' ick mal andre Kollejen mit meina Anwesenheit beglücken.»

Als Galgenberg wieder gegangen war, wusste Kappe nicht, was er nun tun sollte. Wieder ein kleines Nickerchen machen, die Aktenordner mit den ungelösten Fällen durchgehen oder zu den Kollegen schlendern und fragen, ob er ihnen bei dringenden Sachen helfen könne? Ein schlechtes Gewissen, weil er im Moment fürs Nichtstun bezahlt wurde, hatte er nicht. Wie oft hatte er sich die Nächte um die Ohren geschlagen und auch am Sonntag Mörder gejagt, ohne dafür bezahlt zu werden! Das glich sich also wieder aus. Außerdem war das bei der Mordkommission so wie bei der Feuerwehr: Auch das Warten auf den nächsten Ernstfall gehörte zum Dienst.

Wieder machte sich jemand an der Tür bemerkbar, diesmal aber wurde gesittet, wenn auch energisch angeklopft. Auf sein «Ja bitte! Herein!» erschien eine Dame der höheren Stände, die bei Kappe in die Kategorie «aufgetakelte Fregatte» fiel.

«Mein Name ist Magda Braun», sagte sie mit spitzem Mündchen.

Kappe erhob sich. «Angenehm, Kappe.» Er vermutete, dass man sich in ihren Kreisen bei einer Begrüßung so verhielt. Aber seine Worte waren glatt gelogen, denn sie war ihm mehr als unangenehm, was auch an ihrem Namen liegen mochte. Magda erinnerte an ihn Goebbels' Frau und braun an die Farbe der Nazis.

«Nehmen Sie bitte Platz!» Fast hätte er noch «gnädige Frau» hinzugefügt. Er berauschte sich geradezu an seinem formvollendeten Verhalten. Klara wäre entzückt gewesen. «Was führt Sie zu uns?»

Magda Braun setzte sich und schlug die Beine übereinander. «Es geht um den Freitod meines Nachbarn, des Kaufmanns Max Kallweit.»

Obwohl seine Besucherin eher noch etwas älter war als er, hatte sie eine unerhört erotische Ausstrahlung, die Kappe irritierte. Er rettete sich dadurch, dass er den Blick von ihr abwandte und aus dem Fenster schaute. «Wenn Sie mir das bitte näher erläutern würden ...»

«Herr Kallweit war ein Gentleman und wäre niemals zu einer Bluttat fähig gewesen», erklärte Magda Braun mit einer Dominanz, die sie Adele Sandrock abgeschaut haben mochte. «Ich bin seit Jahrzehnten Lehrerin, leite jetzt ein Gymnasium und kenne mich mit Menschen aus.»

Kappe überlegte, ob er bei ihr gern Schüler gewesen wäre. «Nun, Max Kallweit hat einen Abschiedsbrief hinterlassen, und in dem gibt er zu, zwei Morde begangen zu haben.»

«Dieser Abschiedsbrief dürfte gefälscht sein.»

«Tut mir leid, gnädige Frau, aber unser Graphologe hält ihn absolut für echt.»

Sie wischte seine Erklärung mit einer ungnädigen Handbewegung hinweg. «Nun denn, Herr Kallweit wird ihn geschrieben haben, nachdem man ihm einen geladenen Revolver an die Schläfe gesetzt hatte.»

Fast hätte er gefragt, in welchem Film sie das gesehen habe, konnte sich aber gerade noch auf die Zunge beißen. «Wer sollte das denn Ihrer Meinung nach getan haben?»

«Der Mann, den ich kurz nach Mitternacht im Treppenhaus gesehen habe. Ich habe gehört, wie er aus Herrn Kallweits Wohnung gekommen ist.»

Kappe lächelte. «Kallweit ist an einer Gasvergiftung gestorben. Wie hätte ihn jemand mit vorgehaltener Waffe zwingen können, den Gashahn aufzudrehen, ohne sich selbst zu gefährden?»

«Ganz einfach, er hat sich eine Gasmaske aufgesetzt.»

Nun konnte sich Kappe doch nicht länger zurückhalten. «Nicht doch! So viel Phantasie ist wirklich nicht angebracht. Und in diesem Falle hätte sich Kallweit sicher gewehrt. Bei einem fingierten Selbstmord wäre es viel wahrscheinlicher, dass ihn der mögliche Täter vorher betäubt hätte, ehe er den Gashahn aufdreht und dann die Wohnung verlässt. Aber bei Kallweit sind vom Gerichtsmediziner weder Spuren körperlicher Gewaltanwendung noch die eines vorher beigebrachten Giftes gefunden worden. Auch haben sich keinerlei Spuren eines vorherigen Einbruchs entdecken lassen.»

Magda Braun ließ sich nicht beirren. «Dann war sein Mörder ein Bekannter, den er vorher selbst eingelassen hat, oder der hatte sich einen Nachschlüssel beschafft.»

Kappe gab sich überlegen. «Im Roman oder im Film wäre das denkbar, aber die Wirklichkeit ist anders.»

In ihrem Schlusswort berief sich Magda Braun auf Shakespeare: *«Es gibt mehr Dinge zwischen Himmel und Erde, als Eure Schulweisheit sich träumen lässt.»*

DREIZEHN

HERMANN KAPPE hatte gedacht, mit Ende des Krieges und der Herrschaft der Nationalsozialisten würde er nun keine größeren Sorgen mehr haben – aber denkste! Ende Juni kam es knüppeldicke. Zum einen wurde die politische Großwetterlage immer bedrohlicher, denn die Sowjets blockierten die Autobahn Berlin—Helmstedt und bedrohten die Stromversorgung der Westsektoren, seit dort ebenfalls die Deutsche Mark gelten sollte, wenn auch mit dem Aufdruck B versehen. Zum anderen rief Karl-Heinz an und berichtete, dass man auf ihn geschossen habe und eine Schieberbande ihn bedrohe. Man würde ihn für einen Spitzel seines Vaters, seines Bruders und seines Onkels halten. Offiziell wolle er aber nicht zur Polizei gehen.

«Warum denn das?»

«Weil ich gestern in Schlachtensee dabei gewesen bin.»

Kappe hatte von dem Vorfall schon gehört. Bei der Bekämpfung des Schwarzmarktes war es in der Kurstraße im Lager der Internationalen Flüchtlingsorganisation IRO zu Krawallen gekommen. Die Polizei war mit zwei Einsatzwagen vorgefahren und hatte eine Razzia durchgeführt. Dabei waren die Polizisten von etwa dreihundert Schwarzmarkthändlern mit Latten und Steinen angegriffen worden und hatten Schusswaffen einsetzen müssen.

Wenig amüsiert beendete Hermann Kappe das Gespräch mit seinem etwas missratenen Sohn und wandte sich wieder seiner Lektüre zu. Der *Telegraf* von Donnerstag, dem 24. Juni 1948, brachte auf der ersten Seite einen großen Aufruf, der den Ernst der Lage deutlich widerspiegelte:

Berlin frei – nie kommunistisch!
Über dieses Thema sprechen heute, 17.30 Uhr, der gewählte Oberbürger-
meister von Groß-Berlin, Ernst Reuter, und der zweite Vorsitzende der
Sozialdemokratischen Partei Deutschlands, Erich Ollenhauer, bei der Groß-
kundgebung der SPD auf dem Hertha-Spielplatz am Bahnhof Gesund-
brunnen.
Berliner, verteidigt eure Freiheit, nehmt an der Kundgebung teil!

Kappe war seit Ewigkeiten nicht mehr auf dem Hertha-Spielplatz
gewesen. Er dachte nach und rechnete. Es musste 1912 gewesen
sein, als er dort mit Viktoria 89 gegen Hertha BSC gespielt und
gewonnen hatte. Zu Zeiten von Kaiser Wilhelm II.

Da es im Augenblick bei der Berliner Polizei ein wenig drun-
ter und drüber ging, gab er sich seine Befehle selbst. «Kappe, Sie
kümmern sich um den Mordanschlag auf Ihren Sohn Karl-Heinz!
Hören Sie sich im Milieu der Schieber und der Schwarzmarkthändler um, ob es da Hinweise auf den Schützen gibt! Und
suchen Sie am Hindenburgpark nach Patronenhülsen! – Jawoll,
Herr Kriminaldirektor!»

Kappe sagte den Kollegen Bescheid, dass er zu Nachermitt-
lungen im Fall Kallweit unterwegs sei. Nach zehn Minuten war
er am Stadtpark Schöneberg angelangt, der Fortsetzung des Hindenburgparks nach Osten. An einem schönen Sommertag im Park
bei voller Bezahlung spazieren zu gehen, konnte man als Privileg
ansehen. Er genoss diesen Vormittag.

Als er die Kaiserallee erreicht hatte, machte er sich auf der
westlichen Straßenseite auf die Suche nach den beiden Patronenhülsen. Wenn man von einem Pkw aus auf Karl-Heinz gefeuert
hatte, mussten sie im Rinnstein liegen. Es sei denn, sie waren von
ein paar Knaben gefunden und als Spielzeug mitgenommen worden. Oder ein Straßenfeger hatte sie achtlos auf die Schippe gefegt
und in seine Schubkarre befördert.

Tief nach unten gebeugt und mit angewinkelten Knien setzte
Kappe behutsam, Zentimeter für Zentimeter einen Fuß vor den

anderen und fixierte Asphalt und Kantsteine, vor allem die Fugen, Rillen und Ritzen.

Ein vorbeikommender Rentner missdeutete seine Bemühungen. «Mensch, Männeken, da brauchen Se keene Kippen suchen, da liegen keene mehr!»

Kappe bedankte sich für den Hinweis. «Nein, ich suche ja auch nur nach der verlorenen Zeit.» Diese Wendung hatte er sich behalten, als ihm bei Hertha Börnickes Umzug die dicken Proust-Bände auf den Fuß gefallen waren.

«Noch eena mit'm Koppschuss!»

Nach zehn Minuten hatte Kappe Glück und konnte eine Patronenhülse aus einem Riss im Asphalt klauben. Karl-Heinz hatte also die Wahrheit gesagt. Er hätte sich nun gern auf eine Parkbank gesetzt und nachgedacht, doch da Parkbänke zum Großteil aus Holz bestanden, das man vorzüglich verfeuern konnte, gab es keine. So ging er langsam in Richtung Ringbahn. Das Einzige, was er im Falle seines Sohnes tun konnte, war, Flagge zu zeigen und den Großschieberbanden zu signalisieren, dass die Mordkommission sie im Visier hatte und ein Mord an Karl-Heinz Kappe nicht ungesühnt bleiben konnte. In der Nähe der Hildegardstraße gab es einige Ruinen, und vor denen fanden sich Steine, auf die er sich setzen konnte, um sich Notizen zu machen. Er nutzte dazu die Ränder seines *Telegraf*, denn Schreibblöcke gab es keine. Was die Zeitung betraf, musste er aufpassen, dass Klara nicht schneller war als er, denn sie zerschnitt jede ausgelesene Zeitung in handliche Stücke und hängte sie als Klopapier auf die Toilette.

Kappe konzentrierte sich. Wem aus dem Schiebermilieu war er schon einmal persönlich begegnet? Er schrieb die Namen untereinander:

1. *Marianne Migola, Bekannte des ermordeten Rembowski*
2. *Helmut Trompale, Freund der Migola und Geschäftspartner von Karl-Heinz*
3. *Arthur Schlattke, Geschäftspartner von Karl-Heinz*

Er nahm sich vor, sie nacheinander aufzusuchen und ungewisse Warnungen auszustoßen. Ganz legal war das nicht, aber da im Augenblick bei der Berliner Polizei alles unter der Überschrift «Irrungen, Wirrungen» ablief, wusste er nicht, an welchen Vorgesetzten er sich wenden sollte. Außerdem empfand er es als peinlich, anderen zu offenbaren, dass sein Sohn auf die schiefe Bahn geraten war. Im Grunde traf das sogar auf beide Söhne zu. Karl-Heinz war Schieber und möglicherweise Mitglied einer Bande, die vor einem Mord nicht zurückschreckte, und Hartmut war eingefleischter Kommunist geworden. O Gott! Wenigstens war am Lebenswandel seiner Tochter nichts zu beanstanden.

Aber Kappe war klar, dass er sein Tun rechtfertigen musste. Und da fiel ihm glücklicherweise der Besuch dieser blöden Zicke wieder ein, dieser Magda Braun, der Nachbarin Kallweits. Er hatte das, was sie ihm am 21. Juni über ihre Zweifel am Selbstmord des Großschiebers berichtet hatte, für absoluten Stuss gehalten, aber immerhin eine Protokollnotiz über ihren Besuch gefertigt. Mit der als Rechtfertigung konnte er nun losziehen und den Schiebern verklickern, dass es sie den Kopf kosten konnte, wenn sie seinen Sohn nicht in Ruhe ließen. Aber wie immer war er etwas zögerlich, und so wurde es Sonnabend, ehe er beschloss, die drei Kontaktpersonen auf seiner Liste abzuklappern.

Vorher aber trank er noch eine Tasse Malzkaffee und warf einen Blick in die Zeitung. Der *Telegraf* vom 26. Juni machte mit einer Schlagzeile auf, die einem Bewohner der Westsektoren die Stimmung gründlich verderben konnte: *Verschärfte Sowjet-Sanktionen*». Das Haupternährungsamt von Groß-Berlin hatte von der sowjetischen Zentralkommandantur den Befehl erhalten, keine Lebensmittel an die drei Westsektoren auszuliefern, auch keine Frischmilch mehr. Hier sprach man deswegen von einem *Krieg gegen Kinder und Kranke*. In London wollte man dem Druck der Sowjets nicht nachgeben und hatte gesagt, *Abzug wäre Verrat*. Die amerikanische Militärregierung kündigte an, alle Güter auf dem Luftwege ins westliche Berlin zu bringen, wenn die Russen die Landwege abriegeln sollten. Damit war noch etwas Hoffnung, und mit dem alten Spruch «Noch ist Polen nicht verloren» verließ Kappe das Dienstgebäude.

Das innerstädtische Reisen und auch das Umsteigen machte ihm Spaß wie immer. Stand er auf einem Bahnhof oder an einer Haltestelle, dann beobachtete er die Menschen und ließ sich treiben. Schon sein Vater hatte stundenlang regungslos in seinem Kahn gesessen und den verborgenen Klängen des Scharmützelsees gelauscht.

Er fuhr bis zum Bahnhof Schöneberg, stieg dort dann von der Straßen- in die Ringbahn um und wechselte Sonnenallee wieder zur Elektrischen. Die brachte ihn zur Fuldastraße. Marianne Migola war über seinen Besuch nicht sonderlich erstaunt, hatte sie doch in der Zeitung gelesen, dass Max Kallweit den Mord an Peter Rembowski gestanden hatte.

«Hat Rembowski Ihnen gegenüber einmal den Name Kallweit fallenlassen?» war seine Einstiegsfrage.

«Ja, ich glaube schon.»

Nach einigem belanglosen Hin und Her kam Kappe dann auf seinen Sohn zu sprechen. Ob sie davon gehört habe, dass man auf einen gewissen Karl-Heinz Kappe geschossen habe und ihn bedrohen würde.

«Nein, aber ...» Sie musterte ihn. «Ist das Ihr Sohn?»

Er wich ihr aus. «So selten ist der Name Kappe nun auch wieder nicht. Aber wie auch immer, wir werden die nicht aus den Augen lassen, die ihm nach dem Leben trachten.» Er machte eine kleine Pause, damit das, was er eben gesagt hatte, bei ihr auch sacken konnte. «Dann hätte ich gerne noch von Ihnen gewusst, wo ich Ihren ... wo ich den Herrn Trompale finden kann.»

«Wahrscheinlich bei Schilder-Patschek in der Hobrechtstraße. Da arbeitet er.»

Kappe bedankte sich und verließ das Mietshaus in der Weserstraße wieder. Bis zur Hobrechtstraße war es ein kleiner Spaziergang, immer am Neuköllner Schifffahrtskanal entlang. Da gab es stets etwas zu sehen. Hinter der Lohmühlenbrücke begann der Zweigkanal zur Spree, und schräg gegenüber auf der Kreuzberger Seite tummelten sich die Menschen im «Studentenbad» an der Ratiborstraße. Kappe schüttelte sich. Ihm wäre das Wasser zu dreckig gewesen. Links lag der Sportplatz am Maybachufer, und dort konnte man auf der Hälfte der Fläche schon wieder Fußball spielen, während die andere noch in Parzellen aufgeteilt war, auf denen die Leute ihr Gemüse anbauten. Tore waren allerdings auf dem Spielfeld keine zu sehen, denn Pfosten und Latten wurden in einem Vereinslokal in der Pannierstraße sicher aufbewahrt und immer erst zum Anpfiff von den Spielern auf den Platz getragen und dort montiert – ansonsten wären sie schon längst zersägt und verfeuert worden. Vor der Pannierstraße kam noch der große Gebäudekomplex der Pfaff-Nähmaschinenfabrik, der nur zum Teil zerstört worden war. Dann wurde es auf der anderen Seite des Kanals spannender. Vor der Hobrechtbrücke war der Backsteinkoloss des Umspannwerks zu bewundern, und schaute man die Grünauer Straße hinunter, dann war am Ende die Teilruine des Görlitzer Bahnhofs zu erkennen. Viel zu schnell war er am Ziel angekommen.

Helmut Trompale pinselte mit Hingabe am Ladenschild für die Florida-Bar in der Mainzer Straße 17 in Neukölln und ließ sich nur ungern stören.

Kappe begann scheinbar gelangweilt. «Das ist alles Routine, ich muss Sie aber fragen, ob Ihnen am Freitod von Max Kallweit irgendwas merkwürdig vorkommt?»

Trompale setzte den Pinsel ab und ließ das schön geschwungene *B* von *Bar* unvollendet. «Nee, warum denn? Das ist doch alles ganz logisch, oder?»

«Nun», Kappe ließ seiner Phantasie freien Lauf, «es wird da geflüstert, dass ihn irgendwer in den Selbstmord getrieben habe, so wie man es jetzt bei Karl-Heinz Kappe versucht: Man schießt auf jemanden und bedroht ihn ...»

«Damit will ich nichts zu tun haben!», rief Trompale und machte sich an die Vollendung des *B*.

Kappe ging wieder. Andere Reaktionen als die von Marianne Migola und Helmut Trompale hatte er nicht erwartet, und der Zweck seiner Besuche war es auch nur, einen Warnschuss abzufeuern und die zu bremsen, die seinen Sohn möglicherweise auf der Abschussliste hatten.

So versprach er sich auch wenig von seinem Besuch bei Arthur Schlattke in dessen Geschäftsräumen in der Rheinstraße unweit der Kaisereiche. Er fuhr mit der U-Bahn vom Kottbusser Tor zum Innsbrucker Platz und lief dann die Hauptstraße hinunter. Schlattke war gerade beim Diktat, und Kappe musste einige Minuten warten, bis er seine einleitende Frage an den Mann bringen konnte, ob er den Freitod von Max Kallweit vorausgesehen habe.

Schlattke sah ihn verständnislos an. «Na, hören Sie mal! Als ich den Mann zum letzten Mal bei einer geschäftlichen Besprechung gesehen habe, war er bei bester Laune – wie immer eigentlich, der geborene Komiker. Nun gut, dass solche Spaßmacher bisweilen privat eher Kotzbrocken sind und Trübsal blasen, ist ja bekannt. Dass er aber über Leichen geht, unser Schieber-Max, wie ihn alle genannt haben, hätte ich für völlig unmöglich gehalten. Erst der Rembowski, dann der Schwiedrowsky ...»

«Haben Sie davon gehört, dass er die beiden vorher schon einmal bedroht hat? Vielleicht mit einer Kugel, die dicht an ihren Köpfen vorbeigegangen ist?»

«Nein, aber seinen Revolver hat er mir mal gezeigt.» Schlattke schloss die Augen. «Ich glaube, das hat er schon getan, um mich einzuschüchtern. Damit ich ihm bei seinen Geschäften nicht in die Quere komme.»

«Aber nun ist er tot, am 17. Juni hat er den Gashahn aufgedreht. Vier Tage später hat man auf einen jungen Mann geschossen, der sich sein Geld auf dem schwarzen Markt verdient, auf einen gewissen Karl-Heinz Kappe, der zufällig noch mein Sohn ist.»

«Oh», rief Schlattke, «tut mir leid, davon weiß ich aber nichts.»

«Wer könnte es denn auf ihn abgesehen haben?»

Schlattke dachte nach. «Es kann doch nur jemand sein, der

Angst hat, dass Karl-Heinz etwas weiß, das ihm gefährlich werden könnte. Aber alle Morde, die es in letzter Zeit in Schwarzmarktkreisen gegeben hat, sind doch aufgeklärt worden.»

Kappe nickte. «Aber vielleicht sollte das nur eine Warnung sein, und jemand plant einen großen Coup, von dem mein Sohn etwas weiß ...»

«Das klingt plausibel.»

Es wurde kurz angeklopft, dann stand seine Sekretärin in der Tür. «Herr Direktor, Ihr Wagen steht bereit, Herr Stadtrat Füllsack erwartet sie um fünfzehn Uhr.»

Kappe war beeindruckt, denn Paul Füllsack, SPD-Genosse wie er, war vom ehemaligen Oberbürgermeister Otto Ostrowski zum Stadtrat für Ernährung beim Magistrat von Groß-Berlin berufen worden. Er verabschiedete sich von Schlattke und beschloss, für heute Feierabend zu machen.

In den nächsten Wochen geriet das kriminalistische Alltagsgeschäft immer mehr in den Hintergrund, denn es begannen nicht nur die heroischen Zeiten der alliierten Luftbrücke, auch die Spaltung der Berliner Polizei nahm ihren Lauf.

Der amerikanische Militärgouverneur General Lucius D. Clay hatte deutlich gemacht, dass die USA Berlin nie im Stich lassen würden. Die Amerikaner könnten nur durch einen Krieg aus der Stadt vertrieben werden. Stalin zog die Daumenschrauben an, West-Berlin wurde systematisch abgeriegelt. Um Strom zu sparen, fuhren in den Westsektoren die U- und Straßenbahnen ab achtzehn Uhr nicht mehr. In den Haushalten gab es Gas nur noch dreimal am Tag. Amerikaner und Briten verlegten alle verfügbaren Transportmaschinen nach Deutschland, und in Tempelhof landete bald alle acht Minuten ein Flugzeug. Am 7. Juli wurde erstmals auch Kohle nach West-Berlin geflogen. Trotzdem war der Energiemangel das größte Problem. Über 2400 Unternehmen mussten schließen, fast 36 000 Menschen wurden arbeitslos. Die SED lockte die West-Berliner damit, dass jeder genügend zu essen bekam, der sich in die Versorgungslisten im Ostteil der Stadt eintragen würde. Nur wenige aber taten das. Die Tuberkulose breitete sich schlagartig aus.

Hatte man bis dahin noch von einem latenten Konflikt zwischen der Polizei im Ostsektor und der in den Westsektoren sprechen können, einem Schwelbrand sozusagen, so waren es seit dem 23. Juni lodernde Flammen, über die berichtet werden musste. Im Berliner Stadthaus, das im sowjetischen Sektor stand, war es zu Tumulten gekommen, und die Ost-Berliner Polizei hatte nicht nur tatenlos zugesehen, wie kommunistische Demonstranten eingedrungen waren und das Gesamt-Berliner Parlament gesprengt hatten, sie hatte es auch zugelassen, dass nach der Sitzung der Bürgermeister Ferdinand Friedensburg, der namhafte Sozialdemokrat Otto Bach, die jüdische Stadtverordnete Jeanette Wolff und andere tätlich angegriffen und ihre Autos mit Steinen beworfen worden waren. Der Leiter der Organisationsabteilung im Kommando der Schutzpolizei, Oberkommissar Dahler, SPD, hatte sich schützend vor die Bedrohten gestellt und ihnen sicheres Geleit verschaffen wollen – und war dafür von Hans Seidel, dem stellvertretenden Sektorassistenten im sowjetischen Sektor, scharf gerügt worden. Diese Auseinandersetzung vor dem Stadthaus, die Währungsreform und die Blockade lösten nun eine Welle von Massenentlassungen aus, das heißt, jede Seite entfernte die Anhänger der anderen aus dem Polizeidienst. Im Osten war «antisowjetische Hetze» das zentrale Entlassungsmotiv, im Westen die Mitgliedschaft in der SED. Bald gab es zwei Polizeipräsidenten: Dr. Johannes Stumm in den Westsektoren und Paul Markgraf im sowjetischen Sektor. Zwischen der Markgraf- und der Stumm-Polizei, die ihr Hauptquartier in einer leerstehenden Kaserne in der Kreuzberger Friesenstraße aufgeschlagen hatte, entbrannte nun ein heftiger Kleinkrieg.

Als Hermann Kappe am Morgen des 27. Juli sein Büro betreten wollte, traute er seinen Augen nicht, denn auf seinem und Piosseks zusammengerückten Schreibtischen lag ein bekleideter Mann von etwa dreißig Jahren und schlief. Ein Einbrecher, ein

Landstreicher, ein Rechtsbrecher, den die Kollegen festgenommen und hier deponiert hatten, ein Betrunkener, ein Irrer? Kappe wusste nicht recht, wie er reagieren sollte. So blieb er erst einmal in der Tür stehen und hustete laut.

Der Mann fuhr hoch und machte einen etwas verwirrten Eindruck. «Entschuldigung, aber ...» Er richtete sich auf. «Wenn ich mich vorstellen darf, Jürgen Rückert.»

«Ah, der Urenkel von Friedrich Rückert!» Dessen Sonette hatte Kappes Mutter teilweise auswendig gekonnt.

«Nein. Wieso?»

Kappe hatte keine Lust auf längere Diskussionen. «Wenn Sie mir bitte einmal sagen könnten, warum Sie meinen Schreibtisch mit einem Hotelbett verwechselt haben ...»

«Ich sollte mich gestern Abend bei Ihnen melden, und da Sie nicht mehr da waren, hat mir der Pförtner gesagt, dass ich hier bei Ihnen im Zimmer übernachten soll.»

Langsam dämmerte es Kappe. «Dann sind Sie also ein Kollege aus dem sowjetischen Sektor, der für die Friesenstraße optiert hat und Angst hatte, hoppgenommen zu werden?»

«Genau! Ich habe alles, was ich nicht wegtragen konnte, in Weißensee gelassen. Viel war es ohnehin nicht, weil ich in Untermiete gewohnt habe.»

«Na, dann herzlich willkommen bei uns!» Kappe schüttelte dem neuen Kollegen die Hand.

Rückert ließ sich vom Schreibtisch herab. «Na, mal sehen, ob ich für die nächste Nacht ein weicheres Lager finde. Vielleicht haben meine künftigen Schwiegereltern Mitleid mit mir. Meine Verlobte wohnt in Siemensstadt, aber sie ist gerade mit ihren Eltern im Harz.»

«Dann hat Sie die Liebe in den Westen gehen lassen?»

«Die Liebe – und weil ich mit den Kommunisten nichts am Hut habe. Ich bin in der SPD und wollte die Zwangsvereinigung mit der KPD nicht mitmachen.»

Margarete Wilhelm träumte von der guten alten Zeit, als es in den besseren Ständen zum guten Ton gehört hatte, im Sommer an die Ostsee zu reisen, die sprichwörtliche «Badewanne der Berliner». Heutzutage machte man Ferien auf dem Balkon, sofern man noch einen hatte, und sprach davon, man würde «nach Balkonien» verreisen.

«Mutti, gehen wir heute baden?», drängelte Marlies.

«Nein, Kind, das geht nicht, das hat die Polizei verboten.»

«Opa?»

«Man wird nämlich krank, wenn man ins Wasser geht.» Weil die Abwasserpumpen wegen der ständigen Stromabschaltungen nicht mehr funktionierten, waren die Havelseen total verschmutzt. «Aber wir können dafür in den Botanischen Garten gehen. Da kannst du dir mal angucken, wie richtige Bananen aussehen.»

«Nee, ich will lieber zu Onkel Albert und Tante Doris in den Garten.»

Margarete strich ihr über die blonden Haare. «Wir fahren am Sonnabend nach Wendisch Rietz.»

«Und heute? Können wir nicht zu Onkel Kalle gehen?»

Margarete zögerte. «Ach, weißt du ...» Ihr jüngerer Bruder war ihr wegen seiner Schiebergeschäfte nicht ganz geheuer, und wenn sie zu oft mit ihm gesehen wurden, gab es womöglich eine Hausdurchsuchung bei ihnen, was für ihr Geschäft schlimm wäre. Im Augenblick war aufgrund der dauernden Stromsperren für einen Elektriker wie ihren Arno ohnehin nicht viel zu verdienen.

Marlies bat sie jedoch flehentlich, einmal bei Karl-Heinz Kappe vorbeizuschauen. «Der schenkt mir immer Schokolade.»

«Wo er die wohl her hat?», murmelte Margarete.

«Na, vom Schwarzmarkt!»

Margarete ließ sich breitschlagen, schließlich waren es von ihrem Elektro-Laden in der Blissestraße bis zu Karl-Heinz in der Hildegardstraße nur wenige hundert Meter. Marlies freute sich schon auf die große Tafel Schokolade, die sie gleich in den Händen halten würde, doch als sie vor der Wohnungstür ihres Onkel standen und klingelten – erst kurz, dann heftig –, rührte sich drinnen nichts. «Pech gehabt, Onkel Kalle ist wieder mal ausgeflogen.»

Als sie enttäuscht von dannen ziehen wollten, kam eine der Nachbarinnen die Treppe hinauf, eine Frau, die Margarete aus dem Laden kannte. «Da werden Sie kein Glück haben, Frau Wilhelm, Ihr Herr Bruder ist seit ein paar Tagen nicht mehr aufgetaucht. Keine Ahnung, wo er steckt.»

Man schrieb Donnerstag, den 19. August 1948, und es sollte für Hermann Kappe ein Tag werden, der sich in sein Gedächtnis einbrannte.

«Was mach ich denn nur? Mein Sohn ist und bleibt verschwunden!» Verzweifelt schaute er erst zu Gerhard Piossek und dann zu Jürgen Rückert hinüber. «Es ist das Schlimmste zu befürchten: Entweder einer aus den Großschieberbanden hat ihn erschossen, oder es hat ihn jemand in den Sowjetsektor verschleppt.»

«Aber er ist doch gar nicht bei der Polizei», wandte Rückert ein.

«Vielleicht haben sie ihn mit mir verwechselt», sagte Kappe.

Ihr Dialog spielte darauf an, dass eine Reihe von Polizisten, die sich offen zum Polizeipräsidenten Johannes Stumm bekannt hatten, aus den westlichen Sektoren in den Ostteil der Stadt verschleppt worden waren. Insbesondere hatte es die getroffen, die einer schriftlichen Weisung gefolgt waren und versucht hatten, Akten und anderes Verwaltungsmaterial aus der Dircksenstraße zu holen und in die Friesenstraße zu bringen. Man hatte sie im Ostsektor wegen Diebstahls verhaftet.

«Ich muss doch was tun!», rief Kappe. «Ich kann nicht ruhig hier sitzen und abwarten, bis sie meinen Sohn nach Sibirien schaffen.»

«Gehen Sie bloß nicht in den Osten!», warnte ihn Rückert, denn am 2. August hatte Hans Seidel, der Sektorassistent im sowjetischen Sektor, allen Dienststellen befohlen, sämtliche Angehörige der «Stumm-Polizei» unverzüglich festzunehmen, sobald sie «Amtshandlungen auszuüben» versuchten.

«Keine Feigheit vor dem Feind!», rief Piossek. «Ich komme mit. Wir klappern alle schwarzen Märkte ab und suchen nach deinem Sohn, auch am Potsdamer Platz.»

Kurz vor halb fünf schlossen sie ihre Schreibtische ab und machten sich zu Fuß auf den Weg zum Potsdamer Platz. Weit war es nicht. Als sie dort eintrafen, erwartete sie auf dem Platz, an dem drei Sektoren zusammenstießen, der amerikanische, der britische und der sowjetische, das übliche Gewusel, und da es um 15.40 Uhr eine Razzia gegeben hatte, wie sie schnell erfuhren, wiegten sich nun alle in Sicherheit. Doch sie sollten sich getäuscht haben.

Gerade hatte Kappe begonnen, nach seinem Sohn zu fragen, da erschienen Polizisten aus dem Ostsektor auf dem Potsdamer Platz und gingen sofort mit ihren Gummiknüppeln auf die Herumstehenden los, gleichviel, ob sie Schwarzhändler oder Straßenpassanten vor sich hatten. Als alles in den britischen oder amerikanischen Sektor zu flüchten versuchte, verfolgten die Ost-Polizisten die Flüchtenden über die Grenze hinweg, um sie dort zu verhaften und auf Lastwagen wegzuschaffen. Weil man das verhindern wollte, wurden die Beamten mit Steinen beworfen.

«Erschlagt die Schweine und werft sie in die Spree!», schrie einer.

Da rissen einige der Ost-Polizisten ihre Pistole aus den Ledertaschen.

Kappe und Piossek hoben die Arme. «Nicht schießen, Kollegen!»

Doch es nützte nichts, die Markgraf-Polizisten feuerten blindlings in die Menge. Piossek sank neben Kappe zu Boden. Es gab noch weitere Verletze. Und ehe die amerikanische und britische Militärpolizei anrückte, wurde von den Ost-Leuten alles verhaftet, was sich noch greifen ließ.

VIERZEHN

ALLE hatten sich auf das kleine Familientreffen in Wendisch Rietz gefreut. Klara besuchte gern die Stätten ihrer Jugend und Kindheit am Glubigsee, und ihre Tochter und ihre Enkelin badeten zu gern im sauberen Scharmützelsee. Albert und Doris liebten es, die Berliner zu bewirten, und hörten nichts lieber als das Lob, man würde ja bei ihnen essen und trinken wie vor dem Krieg. Ein wenig Wehmut gab es aber auch, denn ein Spaziergang zum Friedhof war Brauch. Seit Urzeiten begruben die Kappes dort die Ihren, doch auf dem Grabstein fand sich nur der Name *Wilhelm Kappe, geboren 1863, gestorben 1928*. Martin, der Sohn von Albert und Doris und Enkel von Wilhelm und Bertha Kappe, war im Krieg gefallen, und niemand wusste genau, wo man ihn begraben hatte, wenn überhaupt.

«Dass Mutter nicht nach Wendisch Rietz auf den Friedhof wollte, werde ich nie verstehen», sagte Albert Kappe. «Da müssen ihr Hermann und Oskar ganz schön zugesetzt haben.»

«Deine Brüder haben nichts damit zu tun», widersprach ihm Klara. «Auch Pauline nicht. Eure Mutter hat sich ganz als Berlinerin gefühlt.»

«Berlin, Berlin», brummte Albert Kappe, «alles dreht sich um Berlin.»

Marlies klopfte gegen den Grabstein. «Uropa, hörst du mich?»

Margarete nahm ihre Hand beiseite. «Lass das!»

«Warum denn? Du hast doch gesagt, Uropa Wilhelm wohnt jetzt auf dem Friedhof.»

«Nein, inzwischen wohnt er im Himmel.»

Klara, Margarete und Marlies waren schon am Donnerstagmittag «aufs Land» gefahren, Hermann Kappe sollte am Sonnabend nachkommen. Um achtzehn Uhr wollten sie ihn vom Bahnhof abholen.

Die Familie hatte gerade gefrühstückt und machte Pläne für Vor- und Nachmittag. Klara und Margarete wollten sich auf die beiden intakten Fahrräder setzen und zum Glubigsee radeln, Albert hatte auf den See hinaus zu rudern und nach seinen ausgelegten Netzen zu sehen, und seine Frau musste sich um das Mittagessen kümmern.

«Und ich will schwimmen gehen!», rief Marlies.

«Du kannst doch noch gar nicht schwimmen», erklärte Klara.

«Doch, Oma!»

«Ja, wie 'ne bleierne Ente auf'm Grund.»

«Du bist böse!»

«Nein, Oma will nur nicht, dass du untergehst und ...»

Doris Kappe schlichtete den Streit, indem sie ein altes Luftkissen aus dem Keller holte. «Wenn wir Marlies das unter die Brust binden, kann gar nichts passieren. Ich geh mit ins Wasser, und Albert fährt mit dem Kahn neben uns her.»

Der Plan mit der improvisierten Schwimmweste fand allgemeine Zustimmung, und Albert Kappe erklärte sich sogar bereit, Marlies im Kahn auf den See mitzunehmen.

«Und dann angeln wir unser Mittagessen! Aber du musst schön ruhig sein, sonst kriegen die Fische einen Schreck und schwimmen weg.»

Das reimte sich so schön, und sie sang nun eine Weile: «Der Fisch kriegt einen Schreck / und schwimmt uns weg.»

Es wurde ein wunderschöner Tag, und die Berliner fühlten sich wie im Paradies. Für Stunden war alles Elend ausgeblendet.

«Ich fühle mich wie früher bei Kempinski im Haus Vaterland», sagte Klara. «Das wunderbare Essen und im Hintergrund der See als herrliche Kulisse.»

Marlies wäre am liebsten die ganzen Schulferien über in Wendisch Rietz geblieben, doch das ging nicht, weil Albert und Doris arbeiten mussten, er in seinem Fischereibetrieb, sie als Verkäuferin im örtlichen Konsum.

Gegen halb fünf blies Albert zum Abmarsch. «Hermann kommt gleich! Und wenn wir rechtzeitig am Bahnhof sein wollen, dann müssen wir bald los.»

Der Bahnhof lag etwas außerhalb von Wendisch Rietz am südlichen Ende des Scharmützelsees. Das Schilf wuchs fast bis an die Gleise heran, und stand man auf dem Bahnsteig, dann konnte man einen kilometerweiten Blick auf den See genießen.

Sie waren rechtzeitig zur Stelle, und Marlies begann schon zu winken, kaum dass der Zug hinten am Waldesrand auszumachen war. «Opaaaa!»

Doch kein Opa stieg aus, und auch im nächsten Zug saß er nicht.

«Das kann doch nicht sein!», rief Klara. «So penibel und pünktlich wie er sonst immer ist. Da muss was passiert sein!»

«Mutter, hör doch auf mit deiner ewigen Schwarzseherei!», fuhr Margarete sie an.

Alle waren sie plötzlich gereizt, und Marlies begann zu weinen.

Albert Kappe kannte den Stationsvorsteher seit Jahren sehr gut, und so wurde ihm gestattet, sein Telefon zu benutzen. Albert wählte die Nummer der Wartburgstraße und wartete. «Nichts ... Zu Hause ist er nicht.»

«Dann ruf doch mal bei Oskar an!», sagte Klara.

Oskar Kappe war noch in seinem Tabakwarenladen in der Yorckstraße, hatte aber seit Wochen nichts mehr von seinem Bruder gehört. «Aber hier in Berlin war am Potsdamer Platz die Hölle los, viele sind verletzt und festgenommen worden, auch Polizisten aus den Westsektoren.» Und er las vor, was in der Zeitung stand: «*Schüsse am Potsdamer Platz. Markgraf-Polizei macht bei Razzia von der Waffe Gebrauch.*»

FÜNFZEHN

OTTO KAPPE wohnte mit seiner Gertrud seit einiger Zeit am Horstweg in Charlottenburg, also im britischen Sektor, und sein Dienstgebäude befand sich in fußläufiger Nähe am Kaiserdamm. Doch heute war Sonntag, und da machte er einen weiten Bogen um die Sektoren-Leitung. Sie hatten eigentlich nach dem Frühstück zum Baden an die Havel fahren wollen, es sich dann aber wegen der dort zu erwartenden Fülle anders überlegt.

«Da liegen sie ja wie die Heringe am Ufer, und du stolperst dauernd über irgendwelche Beine», hatte Otto gesagt, und Gertrud hatte hinzugefügt, dass sie all die «fetten Weiber», die da in ihren Unterröcken herumlagen, nicht ertragen könne.

So machten sie nur einen ausgiebigen Spaziergang um den Lietzensee. Der war im Krieg vollkommen abgedeckt gewesen, damit die Bomberpiloten der Alliierten sich nicht am glitzernden Wasser orientieren konnten.

«Vor vier Jahren noch haben sie uns Bomben auf den Kopf geworfen, und heute haben die Flugzeuge Mehl, Nudeln und Kartoffeln an Bord», sagte Gertrud. «Das ist doch alles nicht zu fassen!»

«*Life is a dream and nothing but a dream*», sagte Otto, der in der Volkshochschule Charlottenburg Englisch lernte, in der Hoffnung, einmal einem englischen Offizier zu begegnen, der ihm antrug, für Scotland Yard zu arbeiten.

Wer ihn aber anrief, als sie nach ihrem Spaziergang auf dem Balkon saßen, war kein englischer, sondern ein deutscher Polizeibeamter – und zwar ein sehr ranghoher. Otto Kappe nahm am Telefon unwillkürlich Haltung an.

«Kappe, kennen Sie Franz Erdmann persönlich?»

«Den Leiter der Kripo im Ostsektor? Ja.»

«Und wie gut?»

Otto Kappe überlegte einen Augenblick, denn die Antwort konnte unter Umständen gefährlich sein. «Nur von ein, zwei früheren dienstlichen Kontakten her.»

«Sie sind also nicht miteinander befreundet?»

«Nein, gottbewahre!»

«Gut.» Der Obere raschelte mit Papieren. «Da gibt es einen Befehl von Doktor Stumm im Einvernehmen mit der britischen Militärpolizei. Erdmann wird am Nachmittag einen Boxkampf in der Waldbühne besuchen – und bei dieser Gelegenheit ist er festzunehmen. Schnappen Sie sich also einen Kollegen von der Schutzpolizei, verhaften Sie Erdmann und bringen ihn zum Kaiserdamm! Das Weitere wird sich dann zeigen. Danke – und noch einen schönen Sonntag!»

«Ja, gleichfalls. Auf Wiederhören.»

Otto Kappe legte auf und fluchte so anhaltend, dass seine Frau herbeieilte und nach den Gründen seines Unmutes fragte. Er erzählte ihr vom Befehl, den Chef der Ost-Kripo festzunehmen.

Gertrud hatte gelesen, dass immer wieder Polizisten aus den Westsektoren in den Osten verschleppt wurden und sagte nur: «Klar – haust du meinen Juden, hau ich deinen Juden.»

Otto Kappe verzog das Gesicht. «Bitte nicht solche Sprüche nach alldem, was passiert ist.»

«Das haben wir in der Firma früher immer gesagt, wenn es einen Racheakt gegeben hat.»

«Ja, aber mit der Judenverfolgung ist es glücklicherweise vorbei.» Er blätterte in der Zeitung, um sich kundig zu machen. Es wurde in der Tat am Nachmittag in der Waldbühne geboxt, und der Hauptkampf hieß Gustav Eder gegen Leo Starosch. Eder war langjähriger Deutscher Meister im Weltergewicht.

Otto Kappe begab sich also zur Sektorenleitung, um sich einen «Überfallwagen», wie die späteren Funkwagen noch hießen, mit zwei Mann Besatzung zu besorgen. Bis zur Waldbühne war es nicht weit. Sie parkten in der Glockenturmstraße, und Otto Kappe postierte sich so, dass er den Eingang gut im Blick hatte. Während sie warteten, erzählte ihm einer der Schutzpolizisten einiges über den Boxer Gustav Eder.

«Da gab es 1933 einen Wunderboxer, den Johann Wilhelm Trollmann, der eigentlich ein Mittelgewichtler war und durch einen Sieg über Adolf Witt, der viel mehr Kilo auf die Waage brachte als er, Deutscher Meister im Halbschwergewicht wurde. So weit schön und gut, aber das meinten die Nazis nicht akzeptieren zu können, denn Trollmann war Zigeuner. Also nahm der Boxverband Trollmann den Titel am grünen Tisch wieder ab. Aber damit nicht genug, es musste ein Kampf her, der die rassische Überlegenheit der Arier deutlich machen sollte. So schickte man Gustav Eder, der neun Zentimeter kleiner und sechs Kilo leichter als sein Gegner war, in den Ring, um aus Trollmann Hackfleisch zu machen. Damit das auch wirklich glückte, hatte man Trollmann befohlen, nur auf Halbdistanz zu boxen und von seiner größeren Reichweite keinen Gebrauch zu machen. Das tat er dann auch und ging planmäßig nach fünf Runden k. o. Genützt hat es ihm nichts, denn er ist trotzdem ins KZ gekommen und dort umgebracht worden. So viel zu Gustav Eder.»

«Hat er denn von dieser Farce etwas geahnt?», wollte Otto Kappe wissen.

«Das weiß ich nicht.»

«Wer hat heute keinen Dreck am Stecken!», sagte der Fahrer des Überfallwagens.

Otto Kappe hatte so aufmerksam zugehört, dass im fast entgangen wäre, wie Franz Erdmann, seine Eintrittskarte in der Hand, auf die Einlasskontrolle zusteuerte. An seiner Seite war kein Kollege, sondern nur eine schmächtige Frau, was die Sache etwas erleichterte. Schon stand er hinter dem Kripochef des sowjetischen Sektors und zückte seinen Dienstausweis. «Herr Erdmann?»

«Ja.»

«Im Namen unseres Polizeipräsidenten Doktor Stumm sind Sie hiermit festgenommen. Bitte folgen Sie mir unauffällig!»

Es war unfassbar für Hermann Kappe: In fast vierzig Dienstjahren hatte er unzählige Menschen hinter Schloss und Riegel gebracht, und nun lag er selbst in einer Zelle und starrte gegen die Decke. «Dummheit muss bestraft werden», hatte schon seine Mutter gesagt, und: «Wer sich selbst in Gefahr begibt, wird darin umkommen.» Warum hatte er Idiot sich auch auf dem Potsdamer Platz herumtreiben müssen, wusste man doch nie ganz genau, wo dort welcher Sektor endete! Wenn Goebbels gesagt hatte «Wer Jude ist, bestimme ich», so sagten die Kommunisten: «Wer ein Verbrecher ist, das bestimmen wir.» Und für die Stumm-Polizei optiert zu haben war für sie eben ein Verbrechen. Aber nicht Dummheit oder Abenteuerlust hatten ihn getrieben, zum Potsdamer Platz zu laufen, sondern die Sorge um seinen jüngsten Sohn. «Ach, ist das alles eine Scheiße!»

Als seien zwölf Jahre nationalsozialistischer Herrschaft nicht genug gewesen, kam über Deutschland auch noch die Plage des Kommunismus. Nach Hitler nun Stalin und in seinem Gefolge Walter Ulbricht, dieser sächsische Kotzbrocken mit seiner widerlichen Fistelstimme.

Aber Gerhard Piossek hatte es bestimmt noch schlimmer getroffen. Kappe fragte sich, ob er auf der Straße verblutet war oder ob er jetzt in irgendeinem Krankenhaus im Ostsektor lag.

Kappes Zellentür wurde aufgeschlossen. Er schnellte hoch, und ihm schoss der Gedanke durch den Kopf, ob sie ihn wohl zur Hinrichtung abholen wollten. Es war ein älterer Mann aus den Reihen der Markgraf-Polizei. Er herrschte Kappe an mitzukommen.

Es ging in ein Verhörzimmer. «Warten Sie hier!»

«Glück ist die Summe des Unglücks, dem man entgangen ist», hatte Hermann Kappes Mutter immer gesagt. Wenigstens saß er nicht in den Folterkellern der Nationalsozialisten in der Prinz-Albrecht-Straße. Aber wer weiß, vielleicht waren Ulbrichts Erfüllungsgehilfen auch nicht besser ...

Nach einer guten halben Stunde erschien ein Mann in Zivil, der einen ganz verbindlichen Eindruck machte. Offenbar ein Politoffizier. Nach ein paar einleitenden Floskeln kam er zur Sache. «Kollege Kappe, wir wissen, dass Sie weder Mitglied der NSDAP noch der SA oder SS gewesen sind und im Kleinen gegen den Faschismus gekämpft haben. Darum sind wir sehr enttäuscht, Sie nun in den Reihen der Stumm-Polizei zu finden. Sie können Ihren Fehler aber noch korrigieren. Kommen Sie zu uns! Zum Aufbau des Sozialismus brauchen wir Männer wie Sie.»

Kappe verfluchte die Momente, in denen er seine Söhne gezeugt hatte. Durch den einen war er in die Tumulte am Potsdamer Platz geraten und saß nun hier bei der Markgraf-Polizei im Gefängnis, und der andere hatte offenbar nichts anderes im Sinn, als seine Notlage auszunutzen und ihn zum Kommunismus zu bekehren. «Dürfte ich vielleicht meinen Sohn mal sprechen, den Kommissar Hartmut Kappe?»

Hartmut Kappe erfuhr erst am Montag davon, dass man seinen Vater am Donnerstag der vorangegangenen Woche am Potsdamer Platz festgenommen hatte. Das lag daran, dass er einen Lehrgang an der SED-Parteihochschule «Karl Marx» in der Hakeburg bei Kleinmachnow besucht hatte.

Heinz Rösler musterte ihn, nachdem er das gemeinsame Büro in der Dircksenstraße betreten hatte. «Was sagt dir die Stimme deines Blutes?»

Hartmut Kappe sah ihn böse an. «Was soll der Unsinn? Die Zeiten von Blut und Boden sind zum Glück vorbei.»

«Das musst du mir nicht sagen, aber wenn *mein* Vater hier ganz in der Nähe in einer Zelle schmachten würde, dann ...»

«Was ist los?»

Rösler erzählte ihm, dass man den «alten Kappe» nach einer

Demonstration am Potsdamer Platz wegen Widerstandes gegen die Staatsgewalt und Schwarzmarkthandels festgenommen habe.

«O Gott!»

«So einen Ausruf bitte nicht in der SBZ!»

Hartmut Kappe tat sein Vater leid, aber er konnte nicht verhehlen, auch ein ganz klein wenig Schadenfreude zu verspüren. Er drückte es derb aus: «Mann, hätte der seinen Arsch nicht zu Hause lassen können!»

Rösler grinste. «Die Retourkutsche aus den Westsektoren hat es schon gegeben: Sie haben Franz Erdmann verhaftet.»

«Was?» Hartmut Kappe hatte einen Einfall und rief beim Vorzimmer von Hans Seidel an, um sich einen Termin geben zu lassen.

Eine Stunde später wurde er beim Personalchef der Berliner Schutzpolizei vorgelassen. «Du, ich habe da eine Idee. Im britischen Sektor halten sie unseren Franz Erdmann fest – und unsere Leute haben am Potsdamer Platz einen der dienstältesten Kriminalbeamten der Westsektoren verhaftet, einen bekannten Antifaschisten: Hermann Kappe. Da könnte man doch ...»

«Bist du verrückt?»

Klara Kappe stand mit Tochter und Enkeltochter auf dem Bahnhof Scharmützelsee und wartete auf den Zug in Richtung Königs Wusterhausen. Es war später Nachmittag. Margarete hatte schon am Morgen nach Hause fahren wollen, doch Marlies zuliebe war sie noch einen halben Tag länger in Wendisch Rietz geblieben. So konnte das Kind noch einmal baden und im Kahn auf den See hinausfahren. Tante und Onkel begleiteten sie bis auf den Bahnsteig, denn sie hatten eine Menge zu schleppen, in der Hauptsache Kartoffeln, Mehl, Butter und Eier, also alles, was in Berlin in diesen Tagen Gold wert war. Wegen dieser Schätze hätte Klara an sich in Hochstimmung sein müssen, doch inzwischen hatte sie ein Telefonat aus Berlin erreicht, dass man ihren Mann wegen Schwarzmarkthandels festgenommen hatte. Und das auch noch im sowjetischen Sektor!

«Alles wegen Karl-Heinz!» Da waren sie sich absolut sicher.

Hinten im Wald Richtung Beeskow pfiff die Lokomotive, der Zug kam herangezuckelt, völlig überfüllt. Die Berliner, die zum Hamstern ausgeschwärmt waren, kehrten nun zurück. Es schien völlig aussichtslos, noch in den Zug kommen zu wollen, zumal niemand daran dachte, eine der Waggontüren zu öffnen. Zum Glück aber erkämpften sich zwei Wendisch Rietzer, die aus Beeskow kamen, mit Gewalt den Ausstieg, und Albert und Doris nutzen die Chance, Klara, Margarete und Marlies in den Zug zu drücken. Niemand wollte auch nur einen Millimeter weichen. Der Druck von draußen erzeugte Gegendruck von drinnen.

«Sie zerquetschen mir meine Eier!», rief Klara.

«Und Sie mir meine auch!», schrie der Mann, der wie ein Fels vor Klara aufragte.

Das sorgte immerhin für eine gewisse Heiterkeit, und man ließ sie ohne weiteren Widerstand mitfahren. Zwei ältere Männer sorgten sogar dafür, dass sich das Kind auf Klaras abgenommenen Rucksack setzen konnte. Das sorgte zwar für eine große Portion Rührei, aber wenigstens geriet das Kind nicht mehr in die Gefahr, zerdrückt zu werden.

Margarete schnaufte: «Das wäre also geschafft!»

Aber sie waren noch lange nicht zu Hause. Beim Umsteigen in Königs Wusterhausen mussten sie damit rechnen, dass die Polizei sie kontrollierte und ihnen alles abnahm, was Albert und Doris ihnen mitgegeben hatten. Doch sie hatten diesmal Glück und kamen am Abend wohlbehalten am Görlitzer Bahnhof an. Das Schlimmste war überstanden. Allerdings fuhr keine U- und keine Straßenbahn mehr, und der nächste S-Bahnhof lag in weiter Ferne. So mussten sie von einer Kneipe aus eine Taxe organisieren.

Als sie am Wartburgplatz aus dem Wagen stiegen, kam ihnen Hermann Kappe entgegen. Man lag sich in den Armen.

SECHZEHN

HERMANN KAPPE hatte sich drei Tage lang krankschreiben lassen und war erst am Sonnabend wieder im Büro erschienen.

«Da kommt ja unser Glückspilz!», rief Jürgen Rückert, der Übersiedler aus dem Sowjetsektor.

Kappe konnte ihm nicht ganz folgen. «Wieso'n das?»

«Na, wenn ich da an den Kollegen Piossek denke – der liegt immer noch im Krankenhaus. Es hat ihn ganz schön an der Schulter erwischt.»

Kappe erinnerte sich an etwas, das sein geliebter Fontane einmal geschrieben hatte: *«Man weiß nie, wie die Kugeln fliegen.»* Und er fügte hinzu: «Insbesondere wenn sie von wild gewordenen Ost-Kollegen kommen.»

«Wissen Sie denn, wem Sie Ihre schnelle Freilassung verdanken?», fragte Rückert.

Kappe lächelte. «Niemand will's gewesen sein. Wenn mein älterer Sohn es wirklich war, dann wird er den Teufel tun, es laut zu sagen. Aber wenn man so lange dabei ist wie ich, dann hat man in der Berliner Polizei nicht nur Feinde, sondern auch Kollegen, die sich für einen einsetzen, wenn's mal brenzlig wird.»

«In der Zeitung steht, dass die Briten die Sektorengrenze am Potsdamer Platz jetzt mit einem Drahtzaun gesichert haben.»

«Apropos Zeitung, das Zeitunglesen im Büro hat mir am meisten gefehlt.» Und schon hatte Kappe seinen *Telegraf* aus der Aktentasche gezogen. Was die Luftbrücke betraf, so meldete die Operation Vittles, wie die Amerikaner ihre Luftversorgungsaktion für Berlin genannt hatten, immer neue Rekorde, und auch die

Briten hatten 250 Versorgungsflugzeuge nach Berlin geschickt, darunter neun Flugboote vom Typ Sunderland, die auf der Havel bei Gatow landeten und auch dort entladen wurden. Was Kappe jedoch am meisten in Erstaunen versetzte, war die Tatsache, dass es am Funkturm wieder eine Grüne Woche gab. «Mensch, was so alles auf Berliner Boden wächst: *Von blankgeputzten Äpfeln aller Sorten, strotzenden Birnen bis zum indischen Bergreis, auf Hermsdorfer Sand gezogen.*»

Was hatte es noch gegeben? Eine vierstündige Störung auf der S-Bahn, weil zwischen den Bahnhöfen Westkreuz und Grunewald eine Stromschiene gebrochen war. Eine sechsmonatige Haftstrafe für einen wilden Geldwechsler. Neu war die Rubrik *Stromzuteilungen*, wo die Planquadrate aufgelistet waren, in die man die Westbezirke eingeteilt hatte. Seine Plangruppe hatte in der kommenden Woche von elf Uhr abends bis ein Uhr und vormittags von neun bis elf Strom. Im *Markenkalender* war Schöneberg diesmal nicht vertreten. Dafür erhielten die Bewohner des Bezirks Tiergarten auf Abschnitt 303 des Berliner Bezugsausweises, 7. Ausgabe, ein halbes Kilo Obst. Das Wetter war mäßig, es gab nur zwanzig Grad, aber wenigstens keinen Regen mehr. An der Stadtgrenze bei Stölpchensee war ein fünfzigjähriger Berliner, der sich auf dem Boden des amerikanischen Sektors befunden hatte, von einem Russen angeschossen worden, als er sich geweigert hatte, mit ihm in die sowjetische Zone zu kommen. Jetzt lag er in Babelsberg im Krankenhaus.

Die für ihn interessanteste Meldung hätte Kappe fast übersehen, so klein war sie gehalten: *Am Mittwochabend meldeten sich die beiden Polizisten Völkel und Richter, die am 21. August von russischen Militärpolizisten in der Stresemannstraße Ecke Köthener Straße aus dem US-Sektor in den russischen Sektor entführt worden waren, bei ihrer Dienststelle.*

Also hatte es nicht nur ihn und Piossek erwischt, sondern auch noch andere West-Polizisten. Was in diesen Tagen in Berlin geschah, war irgendwie absurd.

Dieses Gefühl verstärkte sich noch, als er am frühen Nachmittag nach Hause kam und Klara ihn jubelnd empfing. «Karl-Heinz lebt, und es geht ihm gut! Er hat uns einen Brief geschrieben – aus Bremen.»

«Da fällt mir ja ein ganzer Güterzug mit Steinen vom Herzen!»

Erst nachdem er sich gesetzt und ein Bier getrunken hatte, war er ruhig genug, den Brief zu lesen, und blieb lange an einer Passage hängen, in der es um Max Kallweit ging:

... und jetzt, wo ich mich in Bremen sicher fühle, kann ich Dir auch sagen, wen ich in Verdacht habe, am Hindenburgpark auf mich geschossen zu haben. Es muss einer sein, der etwas mit Schieber-Max zu tun hatte. Warum ich das denke, wirst Du fragen. Ich meine, weil ich ein paar Mal laut gesagt habe, dass ich nicht glaube, dass Kallweit den Gashahn aufgedreht hat. Das müsste vielmehr einer gewesen sein, dem er gefährlich geworden ist und der ihn aus dem Weg schaffen wollte. Ich kann mir vorstellen, dass sich jemand einen Nachschlüssel angefertigt hat und damit in die Wohnung gekommen ist. Den Abschiedsbrief hat er vorher gefälscht oder fälschen lassen. Das geht und kostet nicht viel. Dann hat er den Gashahn aufgedreht und ist wieder verschwunden. Meiner Meinung nach hat Kallweit unmöglich Selbstmord begangen, da steckt etwas anderes dahinter. Mehr weiß ich auch nicht, aber Du bist ja ein alter Kriminalbeamter und wirst das schon herausfinden.

Kappe hätte das für Unfug gehalten, wenn ihm nicht der Besuch eingefallen wäre, den Kallweits Nachbarin ihm abgestattet hatte. Sein Namensgedächtnis war ansonsten schlecht, aber daran, dass sie Magda Braun hieß, konnte er sich noch gut erinnern. Auch an den Dialog, den sie geführt hatten: «Herr Kallweit war ein Gentleman und wäre niemals zu einer Bluttat fähig gewesen. Ich bin seit Jahrzehnten Lehrerin, leite jetzt ein Gymnasium und kenne mich mit Menschen aus.» – «Nun, Max Kallweit hat einen Abschiedsbrief hinterlassen, und in dem gibt er zu, zwei Morde begangen zu haben.» – «Dieser Abschiedsbrief dürfte gefälscht sein.»

Am Montagmorgen war sich Kappe noch immer unschlüssig darüber, ob er etwas unternehmen sollte oder nicht. Dass man die Toten ruhen lassen sollte, war schließlich eine bewährte Volksweisheit, doch es ging gegen seine Ehre, einen Mord unaufgeklärt zu lassen. Einerseits war dieser Kallweit offenbar ein fröhlicher Lebemann gewesen, andererseits gab es kaum Zweifel daran, dass der Wachmann Schwiedrowsky, den man erschossen in der Speyerer Straße gefunden hatte, in Kallweits dunkelblauem Kübelwagen von Pankow in die Westsektoren gebracht worden war. Und Rembowski? Wenn Kallweit den Mord an Schwiedrowsky zugab, warum sollte er sich im Fall Rembowski einer Straftat bezichtigen, die er gar nicht begangen hatte?

«Vielleicht um jemand anderen zu schützen und sich quasi für ihn aufzuopfern», sagte Rückert, nachdem Kappe ihm von allem berichtet hatte. «Da nimmt er den zweiten Mord, den er gar nicht begangen hat, auch noch auf sich, tot ist er ohnehin.»

Kappe nickte. «Früher hätte man gesagt: Er hat sich selbst gerichtet. Ob nun als Mörder oder als Doppelmörder.»

«Der Knackpunkt ist auf alle Fälle Kallweits Abschiedsbrief», sagte Rückert.

«So ist es!» Kappe stand auf und wandte sich zur Tür. «Und darum will ich mal mit dem Graphologen reden, der uns mitgeteilt hat, dass der Abschiedsbrief eindeutig echt ist.»

Kappe besorgte sich bei der Staatsanwaltschaft Kallweits Abschiedsbrief sowie einige sichergestellte handschriftliche Dokumente, die man zum Vergleich herangezogen hatte, und ging damit zu dem Graphologen. Der Mann war ein externer Gutachter der Polizei, hieß Manfred Holtzmann und wohnte gleich um die Ecke in der Belziger Straße in einem Vorderhaus, vier Treppen hoch. Kappe kam schwer atmend oben an und klingelte.

«Wer ist da?», kam es unfreundlich von drinnen.

«Hermann Kappe von der Mordkommission. Wir kennen uns.»

Holtzmann öffnete. Kappe hatte ihn als eine Mischung aus

Dirigent, Kunstmaler und zerstreuter Professor in Erinnerung, und so erschien er ihm auch heute wieder. Holtzmann strich seine lange Mähne nach hinten und führte ihn in ein Wohnzimmer, das eher eine Rumpelkammer war. Auf dem Tisch stand eine halbvolle Flasche mit Korn.

Kappe nahm Platz und erklärte dem Graphologen den Grund seines Besuches. «Es sind erhebliche Zweifel daran aufgetaucht, dass dieser Abschiedsbrief wirklich echt ist. Könnte es sich nicht doch um eine Fälschung handeln, die von kundiger Hand ausgeführt worden ist?»

Holtzmann war zutiefst beleidigt. «Wenn ich sage, er ist echt, dann ist er auch echt!»

«Nun ...» Kappe ging ansonsten gern jedem Streit aus dem Wege, aber heute war er in rebellischer Stimmung. Vielleicht lag es daran, dass Holtzmann ihn an seinen Deutschlehrer erinnerte, und gegen den hatte er nie aufzumucken gewagt. Das war jetzt nachzuholen. «Ich bitte Sie! Wenn man Geldscheine und Personalausweise so fälschen kann, dass es niemand bemerkt – warum kann man nicht auch Abschiedsbriefe fälschen?»

«Wenn es niemand sonst bemerkt, ich bemerke es!», rief Holtzmann. «Ein Fachmann wie ich lässt sich nicht hinters Licht führen.» Und dann verglich er die ersten Zeilen des Abschiedsbriefes Wort für Wort mit Briefen, die Max Kallweit mit absoluter Sicherheit selbst verfasst hatte. «In beiden Fällen ist die Gesamtgröße der Schrift extrem groß. In beiden Texten finden sich ein sehr großer Zeilenabstand, dieselbe Schrifthöhe, selten richtig miteinander verbundene Buchstaben, mittlere Wortabstände, weite Schriftzüge, eine satte Druckstärke, eine Neigung der Schrift leicht nach rechts und eine überragende Größe der Anfangsbuchstaben. Das kleine *m* und das kleine *n* sind in beiden Fällen nach unten rund, die Form des großen *A* ist spitz. Und hier, das sieht doch ein Blinder mit Krückstock: Über dem *ü* gibt es keine Punkte, sondern einen Strich, jedes *i* ist ohne Punkt, die Schleife des *g* befindet sich weit unten! Absolut typisch!»

Was blieb Kappe da übrig, als bei jedem Beweis gläubig zu nicken? Nachdem er sich bei Holtzmann wortreich für sein Misstrauen entschuldigt hatte, kehrte er ins Büro zurück.

«Der Mann war wirklich überzeugend», sagte er zu Rückert. *«Da steh ich nun, ich armer Tor, / und bin so klug als wie zuvor.* Was soll ich nun machen?»

«Abwarten und Muckefuck trinken.»

SIEBZEHN

MAX KALLWEIT war in der Nacht vom 16. auf den 17. Juni gestorben, und nun war es schon fast Mitte September, doch Edeltraut Wollay hatte seinen Nachlass noch immer nicht geordnet. Es eilte auch nicht sonderlich, denn die Wohnung am Viktoria-Luise-Platz musste erst am 31. Oktober besenrein an den Nachfolger übergeben werden. Immer noch hoffte sie, ein Testament zu finden, in dem ihr zumindest ein Teil seines Vermögens zugesprochen wurde. Viel hatte er zwar nicht gehabt, so aber stand sie mit gänzlich leeren Händen da, und alles fiel an den Staat. Seine geschiedene Ehefrau in München hatte auch schon ihren Anwalt eingeschaltet. Insbesondere auf das Grundstück in Lankwitz war sie scharf.

Edeltraut Wollay konnte nicht verstehen, dass sie von Kallweit so gar nicht bedacht worden war. Er hatte sie geliebt, wenn auch auf seine besondere, nicht gerade romantische Art. Sie hatte ihn gestützt, er hatte sie gestützt, und so war eine von beiden geschätzte Symbiose entstanden.

Immer wieder ging sie in die Küche und starrte auf den Gashahn. Was war ihm durch den Kopf gegangen, als er ihn aufgedreht hatte? Warum hatte er sie nicht angerufen, als ihm der Gedanken gekommen war, Schluss zu machen? Sie wusste doch alles von ihm. Dass er impotent war, dass er den Wachmann Schwiedrowsky erschossen hatte, als der die Flucht ergreifen wollte. Hatte er Angst gehabt, dass sie oder Günther Kümmel ihn an die Polizei verraten könnten? Nein, denn zum einen hingen sie an ihm, und zum anderen wäre das wie eine Selbstanzeige gewesen, und sie hätten selber in der Tinte gesteckt.

Warum hätte sich Max in dieser verhängnisvollen Nacht das Leben nehmen sollen? Einen Verrat hatte er nicht zu fürchten, schwermütig war er nie gewesen, und das eine Glas Rotwein, das er getrunken hatte, konnte kaum eine Kurzschlussreaktion erklären. Unmöglich, dass er es getan hatte! Aber der Abschiedsbrief war echt, sie kannte seine Handschrift, und der Graphologe von der Kripo hatte es mehrfach bestätigt.

Schleierhaft war ihr auch, warum Kallweit diesen Rembowski in Pankow umgebracht hatte. Gott, er hatte dunkle Geschäfte mit so vielen Menschen gemacht – mit Deutschen, *Displaced Persons* und alliierten Soldaten –, und es war ihr unmöglich, sich alle Namen zu merken, aber ein Peter Rembowski war ihr nie untergekommen. Kallweit hatte ihr gegenüber auch nie von einer Erpressung oder Bedrohung gesprochen. Das war alles in hohem Maße rätselhaft. Aber offenbar nur ihr, denn die Kriminalpolizei hatte alles längst abgehakt. Und da saßen Fachleute mit jahrzehntelanger Erfahrung. Vielleicht sprach sie einmal mit den Männern aus Kallweits Clique, möglicherweise konnten die Licht ins Dunkel bringen. Zuerst dachte sie da an Werner Lackner, Kallweits Prokuristen. Der war immer über alles informiert, und dem war sicher nicht entgangen, was sie mit dem Pankower Wachmann angestellt hatten.

Werner Lackner hatte nach Löschung von Kallweits Firma im Handelsregister noch keine neue Arbeit gefunden, und sie entdeckte ihn beim Angeln am Spandauer Schifffahrtskanal nahe der ehemaligen Hinrichtungsstätte Plötzensee. Lackners Frau hatte ihr seinen Stammplatz verraten.

«Gibt's keine schöneren Stellen zum Angeln als ausgerechnet hier?», fragte sie ihn, nachdem sie sich kurz begrüßt hatten. «Da, wo Strang und Fallbeil warten?»

«Mir droht die Todesstrafe nicht, ich war ja nicht dabei, als ihr diesen Schwiedrowsky zum Schweigen gebracht habt.»

Edeltraut Wollay winkte ab. «Das war ein Betriebsunfall, kein Mord. Und Mittäter ist, wer davon weiß und nicht zur Polizei geht.»

Er wurde misstrauisch. «Willst du mich erpressen?»

«Quatsch! Ich will nur wissen, ob du an seinen Selbstmord glaubst.»

Lackner zögerte einen Augenblick. «Eigentlich nein, aber die Fakten sehen nun mal anders aus.»

Sie sah sich in ihrer Skepsis bestätigt. «Und was ist mit Rembowski? Hattest du von dem mal was gehört?»

«Nein.»

«Ich auch nicht. Und warum sollte Max den umgebracht haben?»

«Alles wird uns Max auch nicht auf die Nase gebunden haben.» Lackner zog seine Angelschnur ein. Wenn man sich so laut unterhielt wie sie eben, biss kein Fisch mehr an. «Hör bitte auf, alles wieder aufzuwühlen! Damit bringst du uns doch alle in Gefahr.»

Edeltraut Wollay widersprach ihm. «Meinst du denn, dieser Kappe ist wirklich so dumm, dass er nicht selber etwas wittert? Und nur, wenn wir vor ihm wissen, was wirklich los war, können wir was unternehmen, um ihn ins Leere laufen zu lassen.»

Lackner grinste. «Das hast du wirklich schön gesagt. Man merkt, dass du mal Schauspielerin warst.»

«Und du bei der SA. Sonst wärst du auch nicht auf die dusslige Idee gekommen, Kümmel auf den Sohn von Kappe schießen zu lassen, um ihn einzuschüchtern. Meinst du, dass hat den Alten nicht auf die Palme gebracht?» Edeltraut Wollay tippte sich an die Stirn.

Lackner blieb gelassen. «Bis jetzt hat Kappe nichts erreicht, und er wird die Sache auch nicht weiterverfolgen, denn wenn es dabei bleibt, dass Max beide auf dem Gewissen hat, Schwiedrowsky und Rembowski, können doch alle zufrieden sein und sich um das kümmern, was wirklich wichtig ist.»

So sah es auch Günther Kümmel, den Edeltraut Wollay am U-Bahnhof Flughafen traf. Er arbeitete jetzt bei den Amis und half mit, die Luftbrückenflugzeuge zu entladen, und hatte eine Frau gefunden, derentwegen er bereit war, sein altes Leben aufzugeben. «Ich will mit diese Scheiße nüscht mehr zu tun haben», erklärte er. «Wenn die Polente mitkriegt, det ick in Pankow dabei war, als det mit dem Schwiedrowsky passiert is, und det ick uff den Karl-Heinz Kappe jeschossen habe, dann … Ick hab jetz meine Gisela – und Punkt.»

«Und meinst du, dass Kallweit den Rembowski wirklich ermordet hat?»

«Nee, aba mir jeht det ooch nüscht an. Du, wenn du da schlafende Hunde wecken tust, dann …» Er fuhr sich mit der Handkante über die Kehle.

Edeltraut Wollay machte, dass sie weiterkam. Irgendwas trieb sie herauszufinden, ob Max Kallweit wirklich Selbstmord begangen und ob er neben Schwiedrowsky auch Rembowski getötet hatte. Vielleicht wusste Arthur Schlattke etwas von einer geschäftlichen Beziehung von Max Kallweit zu Peter Rembowski? Sie setzte sich in die U-Bahn und fuhr zum Innsbrucker Platz, um Schlattke in seiner Firma zu besuchen.

«Herr Direktor ist gerade in einer Besprechung», verriet ihr die Sekretärin.

«Ja, mit Herrn Trompale.» Sie hatte dessen Stimme durch die Tür zum Chefzimmer erkannt. «Dann kann ich ja gleich dazustoßen.»

«Wen darf ich melden?»

«Edeltraut Wollay, Max Kallweits Testamentsvollstreckerin.»

Sie wurde vorgelassen, begrüßte die beiden Herren und fragte sie, nachdem sie sich eine Weile über geschäftliche Dinge und die Lage West-Berlins unterhalten hatten, schließlich nach dem Zusammenhang zwischen Kallweit und Rembowski. «Haben Sie die beiden mal zusammen auf einem schwarzen Markt oder in einem Restaurant gesehen?»

Arthur Schlattke überlegte eine Weile. «Ja, mit ein paar Amis zusammen vor einer Bar in der Dudenstraße. Da wollte Kallweit rein, mit Rembowski zusammen, aber da hatten nur GIs Zutritt, und es hat fast 'ne Schlägerei gegeben. Der Korporal, der später erschlagen worden ist, war auch dabei.»

Edeltraut Wollay nickte. Das klang überzeugend.

Und auch Trompale konnte sich an ein Zusammentreffen von Kallweit und Rembowski erinnern. «Ich hab die beiden mal am Potsdamer Platz gesehen. Ich wollte ein paar alte Zinnbecher loswerden, und Rembowski war wohl interessiert. Da ist Kallweit gekommen, hat ihn zur Seite genommen und beschimpft. Es ging um Rohtabak, den Rembowski nicht geliefert hatte.»

Edeltraut Wollay bedankte sich und fuhr nach Hause. Also doch, Kallweit hatte Rembowski gekannt. Und wenn dem so war, dann wurde alles andere auch wahrscheinlich.

Hermann Kappes Interesse am Abschiedsbrief Max Kallweits war schnell wieder erloschen, denn zum einen beanspruchte ein aktueller Mord in einem Bordell in der Giesebrechtstraße seine ganze Aufmerksamkeit, und zum anderen geschah in der Stadt so einiges, was ihn stark beschäftigte. Kommunistische «Achtgroschenjungen», wie man sie in den Westsektoren nannte, hatten erneut das im sowjetischen Sektor gelegene Neue Stadthaus gestürmt und die dort tagende Stadtverordnetenversammlung gesprengt, wobei westliche Journalisten verprügelt worden waren. Daraufhin war der Stadtverordnetenvorsteher Otto Suhr ins Studentenhaus am Steinplatz ausgewichen, in den britischen Sektor, wo aber die Plätze der SED-Fraktion leer geblieben waren. Die Empörung in den Westsektoren war groß, zumal die Sowjets auch noch den stellvertretenden amerikanischen Stadtkommandanten, der auf dem Weg ins Stadthaus gewesen war, verhaftet und stundenlang festgehalten hatten. In den nächsten Tagen hatte es im Ostsektor in der Verwaltung und im Schuldienst eine Verhaftungswelle gegeben.

Dies alles führte dazu, dass sich am 9. September, einem Donnerstag, dreihunderttausend Berliner vor dem Reichstag versammelten, um gegen den Terror von Russen und SED zu protestieren.

Unter ihnen waren auch Hermann Kappe mit seinem Bruder Oskar und seinem Freund Theodor Trampe. Höhepunkt der Kundgebung war die Rede Ernst Reuters, des Stadtrats für Verkehr und Versorgungsbetriebe, der zwar zum Oberbürgermeister gewählt worden war, sein Amt aber wegen eines sowjetischen Vetos nicht hatte antreten können.

Kappe stand ziemlich weit hinten und musste sich anstrengen, wenigstens Teile von Reuters Rede zu verstehen.

Heute ist der Tag, an dem nicht Diplomaten und Generale reden und verhandeln. Heute ist der Tag, wo das Volk von Berlin seine Stimme erhebt. Dieses Volk von Berlin ruft heute die ganze Welt ... Wenn heute dieses Volk von Berlin zu Hunderttausenden hier aufsteht, dann wissen wir, die ganze Welt sieht dieses Berlin ... Hinter diesen politischen Taten steht der Wille freier Völker, die erkannt haben, dass hier in dieser Stadt ein Bollwerk, ein Vorposten der Freiheit aufgerichtet ist, den niemand ungestraft preisgeben kann. ... Ihr Völker der Welt, ihr Völker in Amerika, in England, in Frankreich, in Italien! Schaut auf diese Stadt und erkennt, dass ihr diese Stadt und dieses Volk nicht preisgeben dürft und nicht preisgeben könnt! Es gibt nur eine Möglichkeit für uns alle: gemeinsam so lange zusammenzustehen, bis dieser Kampf gewonnen, bis dieser Kampf endlich durch den Sieg über die Feinde, durch den Sieg über die Macht der Finsternis besiegelt ist. ... Völker der Welt! Tut auch ihr eure Pflicht und helft uns in der Zeit, die vor uns steht, nicht nur mit dem Dröhnen eurer Flugzeuge, nicht nur mit den Transportmöglichkeiten, die ihr hierher schafft, sondern mit dem standhaften und unzerstörbaren Einstehen für die gemeinsamen Ideale, die allein unsere Zukunft und die auch allein eure Zukunft sichern können. Völker der Welt, schaut auf Berlin!

Hermann Kappe und Theodor Trampe waren so bewegt von diesen Worten, dass sie Tränen in den Augen hatten. Sie empfanden diese Minuten als einen heiligen Moment der Weltgeschichte, und sie hatten eine Ahnung von dem, was nun kommen würde: Die Spaltung Berlins, die Spaltung Deutschlands und die Spaltung der ganzen Welt in West und Ost war nicht mehr aufzuhalten. Jahrzehnte würde dieser Kampf dauern und viele Opfer und Tränen mit sich bringen, aber am Ende würde der Westen siegen, würden Demokratie und Freiheit stärker sein als die kommunistische Diktatur.

Was dann folgte, war ein Vorgeschmack auf die kommende Zeit: Am Brandenburger Tor stießen gegen achtzehn Uhr westliche Demonstranten und kommunistische Trupps zusammen. Die Polizei feuerte in die Menge und verletzte über zweihundert Menschen. Auch ein Todesopfer gab es. Als der fünfzehnjährige Wolfgang Scheunemann aus der Ufnaustraße in Moabit unter dem Jubel der Menge auf das Brandenburger Tor geklettert war, um die sowjetische Flagge herunterzuholen, wurde er von sowjetischer Militärpolizei beschossen und so schwer verletzt, dass er noch auf dem Weg ins Krankenhaus verstarb.

ACHTZEHN

HERMANN KAPPE fand in diesen Tagen wenig Vergnügen, wenn er seinen *Telegraf* las. Heute Morgen hatte er ihn sogar in der Aktentasche stecken lassen, um sich nicht den Appetit auf seine Frühstücksstulle zu verderben, jetzt aber, als es auf den Feierabend zuging, wagte er sich doch ans Durchblättern. Doch schon die erste Meldung ließ ihn voller Empörung mit der Faust auf den Tisch schlagen. Unter der Überschrift *Sowjetjustiz* wurde berichtet, wie ein sowjetisches Militärtribunal fünf Deutsche, die nach Ernst Reuters Rede am Reichstag in die Auseinandersetzung mit den Kommunisten verwickelt worden waren, zu 25 Jahren Arbeitslager verurteilt hatte. Ihnen wurde zur Last gelegt, *im Anschluß an die provokatorische, antidemokratische und kriegshetzerische Kundgebung* mehrere Verbrechen begangen zu haben: einen Überfall auf deutsche Polizisten, einen Angriff auf sowjetische Truppen und die gewaltsame Entfernung der Sowjetfahne vom Brandenburger Tor. «Gott, wie kann man die Tatsachen nur so verdrehen!»

Tröstlich war da, vom neuesten Transportrekord der Luftbrücke zu lesen, was auch auf den Einsatz der riesigen amerikanischen Maschinen vom Typ C-82 zurückzuführen war. Seine Genossen von der Sozialdemokratie unter der Führung von Kurt Schumacher und Erich Ollenhauer hatten sich auf ihrem Parteitag in Düsseldorf gegen die Demontage der Demokratie und für die Einheit Deutschlands ausgesprochen. Beim Fußball war im Süden der 1. FC Nürnberg nur zu einem 3 : 3 gegen den VfR Mannheim gekommen, im Westen hatte Schalke 04 gegen den Neuling Rhenania Würselen 0 : 1 verloren, und im Norden war der Tabellenführer

Göttingen 05 mit einer 1 : 4-Niederlage gegen den HSV vom Platz gegangen. Der *Markenkalender* verkündete, dass in den meisten Bezirken gegen Abschnitte der Kartoffelkarte ein halbes oder gar ein ganzes Kilo Fein- oder Grobgemüse bezogen werden konnte. Das Wetter war für einen 14. September ganz ordentlich: wolkig, teilweise aufheiternd, geringe Niederschlagsneigung, am Tage bis zwanzig Grad, nachts um vierzehn Grad.

Kurz nach siebzehn Uhr verabschiedete er sich von seinem neuen Kollegen Jürgen Rückert und nahm Kurs auf die Yorckstraße, wo er mit seinem Bruder Oskar zum Skat verabredet war. Es war ein Spaziergang durch ruinengesäumte Straßen, die Grunewaldstraße hinunter, dann weiter auf der Potsdamer Straße Richtung Norden, am Sportpalast rechts in die Goebenstraße und von der weiter in die Yorckstraße.

In der Potsdamer Straße geschah dann etwas, das sein Leben zwar nicht schlagartig verändern sollte, aber doch von einiger Bedeutung war. Vor einem Laden waren zwei Trittleitern aufgestellt, und auf denen standen zwei Handwerker und bemühten sich, über Tür und Schaufenster ein neues Schild anzubringen: *Feinkost.* Das alte lehnte schon unten an der Wand: *Kolonialwaren.* Da hatte der Händler schnell reagiert, fand Kappe, wenn man bedachte, dass die Deutschen seit über dreißig Jahren keine Kolonien mehr hatten. In dieser Sekunde fiel einem der Handwerker oben auf der Leiter ein Schraubenzieher aus der Hand. Der Mann fluchte, weil er nicht herunterklettern konnte, ohne das Schild loszulassen. Kappe hatte Mitleid mit ihm, bückte sich und reichte ihm sein Werkzeug. Dabei bemerkte er, wie schön das *F* von *Feinkost* geschwungen war.

«Das *F* sieht ja phantastisch aus! Haben Sie das gemalt?»

«Nee, det war der Tro...»

Mehr verstand Kappe nicht, denn hinter seinem Rücken fuhr rasselnd ein Straßenbahnzug die Potsdamer Straße hinunter. Als er sich umdrehte, entdeckte er den Lieferwagen der Firma für Schilder und Lichtreklamen: *Schrift & Entwurf Herbert Patschek.* Dies war mit wunderschönen Buchstaben auf das Blech des Wagens gemalt. Kappe erinnerte sich daran, dass sein Bruder Oskar dringend ein neues Schild brauchte, und prägte sich die Firma ein. Um ganz sicher zu gehen, wollte er sich noch schnell nach dem vollständigen Namen des Schriftkünstlers erkundigen. «Sagen Sie bitte», rief er nach oben hinauf, «wie heißt denn Ihr Kollege, der so schöne Buchstaben malen kann: Trojahn, Trotzki oder wie?»

«Trompale», kam es von oben. «Helmut Trompale.»

«Danke!» Kappe ging weiter, und erst ein paar Schritte weiter schaltete er: Mensch, das ist doch … Klar, der Name Trompale war nicht eben häufig, und einen zweiten Trompale mit Vornamen Helmut gab es mit Sicherheit nicht. Wenn jemand so ein begnadeter Schriftkünstler war, dann musste es doch für ihn ein Leichtes sein, einen Abschiedsbrief so zu fälschen, dass ein mittelmäßiger Graphologe die Fälschung nie und nimmer erkennen konnte. Und Kappe wäre nicht Kappe gewesen, wenn er nicht sofort ein ganz bestimmtes Szenario vor Augen gehabt hätte: Helmut Trompale liebt Marianne Migola, aber die lässt sich mit Peter Rembowski ein, dem Frauenhelden und Schürzenjäger. In seiner Eifersucht fährt er nach Pankow und erschlägt Rembowski. Da er wegen seiner Schwarzmarktgeschäfte bei der Polizei kein Unbekannter ist, fürchtet er, dass man auf der Suche nach Rembowskis Mörder bald auf ihn kommt. Da hat er Glück und erfährt, dass Max Kallweit den Wachmann Schwiedrowsky erschossen hat und mit dieser Tat nicht zurechtkommt. Er ergreift die Chance, die sich ihm da bietet, verfasst einen angeblichen Abschiedsbrief Kallweits mit dem Geständnis, Rembowski und Schwiedrowsky ermordet zu haben, dringt in Kallweits Wohnung ein, während der friedlich schläft, hinterlegt den Brief und dreht den Gashahn auf.

«Genial!», murmelte Kappe und dankte dem Himmel für den Zufall, gerade in dem Augenblick durch die Potsdamer Straße gekommen zu sein, da dem Handwerker der Firma Herbert Patschek der Schraubenzieher aus der Hand gefallen war.

Am nächsten Morgen war er sich hundertprozentig sicher, den Mörder von Peter Rembowski und Max Kallweit gefunden zu haben, denn eine Nachfrage bei der Innung ergab, dass Helmut Trompale nicht nur Schildermaler war, sondern dazu auch noch den Beruf des Kalligraphen erlernt hatte.

Der Schwarzmarkt in Berlin hatte eine ständige Ausweitung seines Sortiments erlebt. Neben Grundnahrungsmitteln, Bekleidung und Zigaretten gab es nun auch Baumaterialien, Drogen und Brillanten. Wer wirklich Geld verdienen wollte, musste Freunde in England, den USA, Schweden, Dänemark, der Schweiz oder Holland haben, die ihm von dort Waren schickten, oder Luftbrückenpiloten kennen, die ihr Nachtleben in Berlin finanzierten, indem sie Zigaretten, Tabak und Kaffee verkauften. Die West-Berliner Polizei bekämpfte den Schwarzmarkthandel sehr lax, und auch die alliierten Stellen konnten dem Ganzen nur hilflos zusehen.

Diese Umstände hatten Arthur Schlattke zu einem reichen Mann gemacht, aber er wusste genau, dass mit der neuen Währung und der staatlichen Neuordnung Deutschlands die Zeit des Schwarzmarkts bald zu Ende sein würde. Bis dahin musste er genügend Kapital angehäuft haben, um eine seriöse Firma gründen zu können. Seine amerikanischen Freunde hatten ihm geraten, nicht mehr auf die Lebensmittelbranche zu setzen, sondern Radio- und Fernsehgeräte sowie Plattenspieler zu produzieren – das habe eine große Zukunft. Bis es so weit war, jagte er jedem Geschäft hinterher. Im Augenblick ging es wieder einmal um einen großen Posten Schokolade der Marke Cadbury, der aus der amerikanischen Besatzungszone und der Schweiz per LKW nach Berlin gebracht und in Pankow zwischengelagert werden sollte. Angehörige osteuropäischer Botschaften sollten die Schokolade dann in kleineren Mengen zu den Zwischenhändlern in den Westsektoren bringen, unter anderem auch zu Arthur Schlattke, der inzwischen über ein bewährtes Verteilernetz verfügte. Und zu dem gehörte auch Helmut Trompale. Der war mit dem Lieferwagen seiner Firma in die Rheinstraße gekommen, um sich seine Ware abzuholen. Es blieben ein paar Minuten Zeit, miteinander zu plaudern.

«Ist denn Edeltraut Wollay auch bei der Cadbury-Sache dabei?», wollte Trompale wissen.

Schlattke winkte ab. «Dafür hat sie doch gar nicht das Format.»

«Und Kallweits Leute, Lackner und Kümmel, spielen die jetzt in deiner Mannschaft mit?»

«Ja, die hol ich zu mir rüber.» Schlattke dachte einen Augenblick nach. «Und wie ist es mit deiner Marianne?»

Trompale verzog das Gesicht. «Nein, die ist viel zu bieder für so was.»

«Hast du 'ne andere?»

Trompale grinste. «Auf einem Bein kann man nicht stehen.»

«Dann pass bloß auf! Die Rache der Weiber kann fürchterlich sein.»

Hermann Kappe hatte sich den Segen seiner Oberen geholt, gegen Helmut Trompale zu ermitteln. Was er vorgetragen hatte, reichte allemal aus, um einen Verdacht zu begründen.

«Wo finden wir denn diesen Trompale eher», fragte Kappe seinen neuen Adlatus, «auf den schwarzen Märkten oder in der Werkstatt?»

Jürgen Rückert überlegte nicht lange. «In die Hobrechtstraße zu kommen ist auf alle Fälle nicht so mühsam.»

«Gut, setzen wir uns in Marsch!»

Da Dienstwagen weiterhin Mangelware waren, blieben ihnen nur die öffentlichen Verkehrsmittel für ihren Ausflug zur Kottbusser Brücke. So liefen sie zum U-Bahnhof Bayerischer Platz. Mit der Linie B I kamen sie ohne umzusteigen ans Ziel. Gesprächsstoff gab es genug, denn gestern hatten sowjetische Militärpolizisten in der Friedrich-Wilhelm-Straße in Tempelhof auf einen 51-jährigen Mann geschossen, der mit seinem Handwagen und zwei Zentnern Kartoffeln, die er im Ostsektor organisiert hatte, auf dem Weg nach Hause gewesen war.

«Zum Glück ist er nicht getroffen worden», sagte Rückert.

«Zum Glück ist die amerikanische Militärpolizei zur Stelle gewesen, bevor die Russen besser zielen konnten», ergänzte Kappe.

Rückert seufzte. «Da bin ich nun in die Westsektoren gekommen, um vor den Russen sicher zu sein ...»

Kappe grinste. «Na, wenigstens musst du kein *Neues Deutschland*, keine *Tägliche Rundschau* und keine *Tribüne* mehr sehen, wenn du an einem Zeitungskiosk vorbeikommst.» Die West-Berliner Zeitungshändler weigerten sich nämlich, sowjetisch lizensierte Zeitungen zu verkaufen.

Am Nollendorfplatz stieg Hertha Börnicke in den Zug. Man begrüßte sich mit großem Hallo. Sie war unterwegs in Berlin, um die führenden Berliner Theaterkritiker zu interviewen, und begann, die Namen auf ihrer Liste vorzulesen: «Hilde Spiel von der *Welt*, Friedrich Luft von der *Neuen Zeitung*, Fritz Erpenbeck vom *Vorwärts* ...»

«Kenne ich alle nicht», unterbrach sie Kappe. «Aber dafür kann ich dir jeden Fußballspieler nennen, der bei der letzten Deutschen Meisterschaft dabei war.»

Hertha Börnicke verzog das Gesicht. «Und darauf bist du auch noch stolz?»

«Für die Kultur ist bei uns zu Hause Klara zuständig. Die kommt schließlich aus einer Holzhütte am Glubigsee.»

Seine Cousine rang die Hände. «Mensch, geh doch auch mal ins Theater!»

«Wieso denn?», fragte Kappe. «*Die ganze Welt ist eine Bühne*, sagt doch euer größtes Genie, der Herr Shakespeare, und auf der Bühne Berlin erlebe ich so viel, dass ich gar nicht mehr ins Theater gehen muss.»

Hertha Börnicke stieg Prinzenstraße aus, er mit Rückert erst Kottbusser Tor. Von dort bis zur Firma Schrift & Entwurf Herbert Patschek waren es nur ein paar Minuten.

Die Chefin erschrak, als sie sich vorstellten und nach Trompale fragten. «Wieso, was ist denn mit dem?»

Kappe schaute interessiert. «Wieso, was soll denn mit ihm sein?»

Hannelore Patschek senkte die Stimme. «Dass er wieder auf dem schwarzen Markt ...»

«Nein, nein, es geht nur um eine Zeugenaussage.»

«Dann bin ich ja beruhigt.»

Sie führte Kappe und Rückert in die Werkstatt, wo Trompale gerade dabei war, das Ladenschild für das Pianohaus Rehbock in der Motzstraße fertigzustellen.

«Ach ja», sagte Rückert, «ein Klavier ist der große Traum meiner Frau.»

«Meine möchte sogar ein Klafünf haben», fügte Kappe hinzu.

Trompale lachte. «Das wäre ja dann ein Flügel.» Doch als er merkte, weshalb ihn die beiden Kriminalbeamten aufgesucht hatten, verging ihm das Lachen.

«Sie sind Kalligraph», begann Kappe nach den einleitenden Floskeln, «und Sie können wunderschöne Schilder malen. Wie steht es denn damit, Handschriften nachzumachen?»

«Keine Ahnung, ich habe es noch nie probiert.»

Kappe hatte keine Lust auf ein längeres Vorspiel und kam gleich zur Sache. «Dafür, dass Sie es noch nie probiert haben, ist es Ihnen im Falle Max Kallweit aber so gut gelungen, dass darauf sogar ein ausgewiesener Graphologe reingefallen ist.»

Trompale gab sich ahnungslos. «Ich soll Kallweits Abschiedsbrief geschrieben haben?»

«Es spricht einiges dafür ...»

«Warum sollte ich?», fragte Trompale.

«Es könnte Sie jemand dafür bezahlt haben ...»

Trompale lachte. «Ja, Kallweit selber!»

«Bitte!» Rückert passte dieser Ton überhaupt nicht. «Sie wissen doch so gut wie wir, dass Kallweit eine Menge Feinde gehabt hat.»

«Davon weiß ich nichts. Das war so 'n richtiger Gemütsathlet, der hatte nur Freunde.»

Kappe registrierte, dass Trompale ihnen noch mühelos standhielt, und wusste, dass sie eine härtere Gangart anschlagen mussten, wenn sie ihn packen wollten. «Reden wir mal Tacheles, mein Lieber! Dass Kallweit diesen Wachmann erschossen hat, diesen Schwiedrowsky, kann als sicher gelten, dass er aber Rembowski erschlagen hat, halten wir für völlig ausgeschlossen.»

«Vielleicht hat es nicht er selbst getan, sondern einer seiner Leute», konterte Trompale.

«Und wo soll da das Motiv sein?»

Auch mit dieser Frage war Trompale nicht zu erschüttern. «Rembowski könnte zu viel von Kallweits Geschäften gewusst haben, auch mit großen Tieren bei den Amis und bei den Engländern. Vielleicht ist er erpresst worden.»

«Ach», Kappe winkte ab, «in diesem Falle tippe ich eher auf eine ganz private Sache. Der Rembowski war ein Mann wie aus einem Ufa-Film, und die Frauen sind auf ihn geflogen. Vielleicht war auch eine gewisse Marianne Migola dabei ...»

«Die nicht!», rief Trompale.

«Sind Sie sich da ganz sicher?»

«Ja.»

Kappe, schon immer ein gewiefter Skatspieler, spielte nun die höchste Trumpfkarte aus, die er im Blatt hatte. «Wie kommt es dann aber, dass Marianne Migola einen Liebesbrief an Peter Rembowski geschrieben hat?»

Trompale reagierte mit einem Heiterkeitsausbruch. «Da bluffen Sie aber ganz schön, Herr Kommissar!»

Kappe blieb ruhig und schaffte es sogar, ein bisschen ironisch zu sein. «Der Brief existiert – echt und nicht gefälscht –, und er wird jeden Untersuchungsrichter überzeugen.»

Wenn er gehofft hatte, Trompale würde nach dieser Bemerkung die Contenance verlieren, so sah er sich getäuscht, denn der argumentierte noch immer überaus sachlich.

«Wenn ich das richtig sehe, Herr Kommissar, dann soll ich erst den Rembowski aus Eifersucht umgebracht und dann Kallweits Abschiedsbrief gefälscht haben, bevor ich in seine Wohnung eingedrungen bin und den Gashahn aufgedreht habe, damit es nach Selbstmord aussieht ... Danach wäre ich also ein Doppelmörder ...»

Kappe nickte. «Es spricht alles dafür.»

Ehe Trompale auf diese Feststellung reagieren konnte, wurde kurz angeklopft, und Hannelore Patschek stand in der Tür.

«Entschuldigung, die Herren, dass ich störe! Nur einen kurzen Augenblick ... Draußen steht ein Kunde, der Herrn Trompale etwas sagen will. Da gibt es Schwierigkeiten mit seinem Schild ...»

«Meinetwegen», entschied Kappe.

Trompale ging hinaus in den Laden, Kappe und Rückert lehnten sich zurück.

«Meinen Sie, wir können ihn noch heute auf kleiner Flamme gar kochen?», fragte Rückert.

Kappe grinste. «Ich halte es für wahrscheinlich, dass er in der nächsten Minute ein volles Geständnis ablegen wird.»

«Wie das?»

«Indem er sich jetzt aus dem Staub macht.»

«Das geht doch nicht!» Rückert wollte aufspringen, doch Kappe drückte ihn auf seinen Stuhl zurück.

In diesem Augenblick hörten sie die Glocke über der Ladentür scheppern, und ehe sie aufgesprungen waren, um die Verfolgung aufzunehmen, war Trompale schon draußen auf der Hobrechtstraße.

«Stehenbleiben!», schrie Kappe.

Doch Trompale dachte nicht daran und lief in erhöhtem Tempo in Richtung Kanal und Kottbusser Brücke. Kappe mit seinen sechzig Jahren blieb sofort um mehrere Meter zurück, doch Rückert war ein guter Läufer und hätte Trompale wohl auch erreichen und packen können, wenn er nicht über einen Kinderwagen gestürzt wäre, den eine junge Mutter gerade aus der Haustür geschoben hatte, ohne nach links und rechts zu sehen.

NEUNZEHN

KAPPE lag zwischen Groß Dölln und Zehdenick und war ein ganz gewöhnliches märkisches Straßendorf, eingeklemmt zwischen dem Döllnfließ und dem Faulen Fließ, den Prötze-Wiesen und der Schorfheide, deren Wälder beim Forsthaus Kappe ihren Anfang nahmen. Im Trämmersee konnte man baden, obwohl er nicht unbedingt dazu einlud.

Die Idee hatte Oskar Kappe gehabt. «Warum fahren wir nicht mal zu uns?»

«Wie?»

«Dahin, wo man ein ganzes Dorf nach uns benannt hat.»

Zuerst hatten ihn alle verwundert angeguckt, dann aber waren sie am 19. September doch zu einem gemeinsamen Familienausflug aufgebrochen: aus den Westsektoren die beiden Brüder Hermann und Oskar mit ihren Frauen sowie Margarete mit Mann und Tochter und Otto mit seiner Gertrud, aus dem sowjetischen Sektor Hartmut mit Ingeborg. Da sowohl Oskar als auch Margaretes Mann über einen Lieferwagen verfügten, hatte man Platz für alle und konnte am Lehrter Bahnhof auch noch die beiden Ost-Berliner einladen.

Am Ortseingang hielten sie, um sich zum Gruppenfoto unter das gelb-schwarze Schild mit der Aufschrift *Kappe – Kreis Gransee* zu stellen. Oskar hatte seinen teuren Fotoapparat über den Krieg retten können, und mit dessen Selbstauslöser war es möglich, alle aufs Bild zu bekommen. Theoretisch jedenfalls. In der Praxis scheiterte ihr Unternehmen daran, dass Oskar auf dem feuchten Gras am Straßenrand ausrutschte und so nicht mehr mit aufs Bild kam.

«Besser ein gefallener Opa als ein gefallenes Mädchen», sagte Kappe.

Daraufhin warf sich seine Enkeltochter ins Gras und rief, sie sei ein gefallenes Mädchen.

Sie ersparten sich die wenig aufregende Dorfstraße und bogen gleich nach rechts ab, um durch den Wald zum Trämmersee zu laufen. Dort breiteten die Frauen die mitgebrachten Decken aus und öffneten die Picknickkörbe. Aus dem Nichts hatten sie einen prima Kartoffelsalat gezaubert. Dazu gab es Bratlinge aus Grütze und sogenannte synthetische Bratheringe. Margarete erklärte das eine, Ingeborg das andere Rezept.

«250 Gramm Grütze kalt im Wasser quellen lassen, bis die Grütze sich vollgesogen hat. Zwei Esslöffel Nährhefe und zwei Esslöffel Mehl unterrühren, salzen, pfeffern und mit Majoran oder Thymian würzen. Kleine Bällchen formen, gut in Mehl wenden und mit wenig Fett in der Pfanne braten. Sie schmecken wirklich wie Fleisch.»

«Für die synthetischen Bratheringe brauchst du zwei Drittel geriebene, am vorhergehenden Tage gekochte Kartoffeln und ein Drittel Haferflocken. Mit Salz und Pfeffer nach Geschmack würzen. Die Masse aus Kartoffeln und Haferflocken formst du dann zu schönen flachen Heringen, aber ohne Kopf, und brätst sie mit Fischöl. Dann erkalten lassen und in eine Sauce legen. Dazu Wasser mit Essig, Zwiebeln, Lorbeer, Pfeffer und Salz zum Kochen bringen und mit gebräuntem Zucker färben. Die Bratheringe werden dann in die Sauce gelegt und bleiben zwei Tage drin.»

«Dann delektieren wir uns mal an unseren Köstlichkeiten», sagte Klara, die sich gern etwas vornehmer ausdrückte.

«*Let you taste it!*», rief Otto Kappe.

«*Пусть вы ее пробовали!*», wünschte auch Hartmut allen Verwandten.

Nach dem Essen ging es zurück zu den am Ortsrand abgestellten Wagen, und Hermann Kappe nutzte die Gelegenheit, um sei-

176

nem Sohn Hartmut von den Wendungen im Mordfall Rembowski zu berichten und ihm seine Hypothesen vorzutragen. «Nach alldem, was wir wissen, kann es als sicher gelten, dass der Wachmann Schwiedrowsky von Kallweit oder einem Mitglied seiner Schieberbande erschossen worden ist. Das ist im Milieu kein Geheimnis, und Trompale hat es mitgekriegt. Er hat vorher aus Eifersucht Rembowski erschlagen und hat nun die geniale Idee, Max Kallweit diesen Mord in die Schuhe zu schieben, indem er einen Abschiedsbrief fälscht und bei Kallweit den Gashahn aufdreht.»

Hartmut sah etwas skeptisch zu ihm hinüber. «Ist das nicht doch ein bisschen viel Phantasie, Vater?»

«Nein, denn Trompale ist Kalligraph und kann fremde Handschriften wunderbar nachmachen, und dass er bei der Vernehmung durch mich und Rückert die Flucht ergriffen hat, ist wohl so gut wie ein Geständnis.»

Das überzeugte auch Hartmut, und er sagte seinem Vater zu, auch im sowjetischen Sektor und der Sowjetischen Besatzungszone nach Helmut Trompale fahnden zu lassen. «Das nehm ich dann auf meine Kappe.»

In den nächsten drei Wochen musste Hermann Kappe öfter an einen Witz denken, den Gustav Galgenberg immer erzählt hatte, wenn jemand über Langeweile geklagt hatte: «Papa, ich langweile mich so. Was soll ich 'n machen?» – «Geh auf die Straße runter, zieh deine Sachen aus und pass auf, dass sie dir keiner klaut.» Das tat Kappe zwar nicht, aber er trieb sich mit Rückert in den Westsektoren herum, um Helmut Trompale zu finden. Sie hatten sich einen Plan gemacht, und auf dem standen die bekannten schwarzen Märkte, Treffpunkte der Schieber wie das «Hackepeter», Trompales Unterkunft in der Mariannenstraße, die Wohnung von Marianne Migola und das Geschäft von Arthur Schlattke in der Rheinstraße.

«Irgendwie muss er sich ja verproviantieren», sagte Rückert. «Nur von der Luft und der Liebe allein kann er nicht leben.»

War die Fahndung nach Trompale auch nicht sonderlich aufregend, so war es das Leben in den Zeiten der Blockade und der Spaltung Deutschlands umso mehr.

Jürgen Rückert hatte inzwischen eine Wohnung am Quellweg in Siemensstadt gefunden. «Ganz in der Nähe meiner Verlobten. Da wimmelt es nur so von Indianern.»

Kappe konnte ihm nicht ganz folgen. «Wie?»

«Die Siemensianer nennen sich selber doch Siemensindianer. Und wenn ich hier im Westen Fuß gefasst habe, wird geheiratet. Ein Sohn ist auch schon eingeplant. Helga wünscht sich einen.»

«Na, hoffentlich wird er nicht Bettnässer mit Tbc», sagte Kappe mit Blick auf die Zeitung, die aufgeschlagen vor ihm lag.

«Wieso denn das?»

«Hier im *Telegraf* steht, dass Kinder mit Tbc von der britischen Luftwaffe zu einer Familie an der Nordsee ausgeflogen werden können – aber nicht, wenn sie Bettnässer sind. Und ein Risiko sei auch noch dabei, steht hier, denn offen ist, wann die Kinder wieder nach Berlin zurückkehren können, denn auf den Flügen nach Berlin ist kein Platz, da wird in den Maschinen jeder Kubikmeter für Lebensmittel, Kohle und andere Güter gebraucht.»

«Ich hoffe doch, dass der ganze Spuk mit Spaltung und Blockade vorbei ist, wenn unser Sohn aus den Windeln raus ist.»

«Auch wenn's dann nur noch Erinnerung sein sollte, werden wir noch ganz schön daran zu knappern haben.» Kappe passierte es durchaus ein- bis zweimal im Jahr, dass er nachts schreiend hochfuhr, weil er davon geträumt hatte, was ihm im Jahre 1910 widerfahren war: Da hatte in der Villa des Majors von Vielitz ein Einbrecher auf ihn geschossen, und die Kugel wäre ihm mitten ins Herz gegangen, wenn sie nicht von einem Blechschild abgeprallt wäre, das er vorher gefunden und in die Brusttasche seiner Uniform gesteckt hätte. Seitdem war er sich sicher, einmal durch den Schuß eines Verbrechers den Tod zu finden. Vielleicht durch die Kugel dieses Trompale ...

Klara lag ihm schon die ganze Zeit in den Ohren, mal wieder mit ihr ins Kino zu gehen, und als sie am 26. September, dem

Sonntag nach ihrem Ausflug nach Kappe, am Frühstückstisch saßen, setzte sie ihm wieder einmal mächtig zu. «Ich möchte gerne *Carmen* sehen!»

«Ich auch», brummte Kappe und sang, obwohl er alles konnte, nur das nicht: *«Die Liebe vom Zigeuner stammt ...»*

«Nein, ich meine den Film.» Es ging um den US-amerikanischen Film *The Loves of Carmen* mit Rita Hayworth in der Hauptrolle, der auf der Novelle *Carmen* von Prosper Mérimées basierte. Der deutsche Titel lautete *Liebesnächte in Sevilla*.

«Wenn schon Carmen, dann die von ... von ... « Er kam nicht auf den Namen Georges Bizet.

«Du, sie spielen die *Liebesnächte in Sevilla* hier gleich bei uns um die Ecke im Pamet in der Bülowstraße.»

«Na gut, gehen wir.» Wieder einmal resignierte Kappe.

Doch es kam anders, denn gerade hatten sie sich angezogen, um zur Siebzehn-Uhr-Vorstellung ins Kino zu gehen, da kam der Anruf von Rückert, der wegen eines aktuellen Mordfalles am Schlesischen Tor im Einsatz war. «Kommen Sie so schnell wie möglich her! Ich habe gehört, dass Trompale in Kürze hier im ‹Hackepeter› auftauchen soll.»

Kappe bedauerte sehr, dass er fortmusste, und schwor Klara bei allem, was ihm heilig war, zur Zwanzig-Uhr-Vorstellung wieder zurück zu sein.

Zwar erschien Trompale an diesem späten Sonntagnachmittag nicht im Restaurant Hackepeter, aber wahrscheinlich rettete er Hermann Kappe indirekt das Leben, denn im Pamet-Filmtheater in der Bülowstraße 6 stürzte zur nämlichen Zeit, gerade als der *Carmen*-Film lief, die Decke ein und begrub die 366 Besucher unter sich. 18 Menschen starben, 30 wurden schwer und 30 weitere leicht verletzt.

«Dafür muss ich ja diesem Trompale ewig dankbar sein», sagte Kappe. «Und wir müssten eigentlich aufhören, ihn zu jagen.»

«Von Jagen kann wohl keine Rede sein», widersprach ihm Rückert. «Wir gehen eher von einem Fuchsbau zum anderen und stehen stundenlang davor, ohne dass sich das liebe Tierchen zeigt.» Und lauthals beklagte er die potenzierte Langeweile, die mit dieser Vorgehensweise verbunden war.

Immerhin erlebten sie bei ihren Streifzügen durch Berlin auch in den nächsten Tagen einiges, das im Gedächtnis haften blieb. So am 29. September, als sie auf dem Bahnhof Zoo standen und auf die S-Bahn warteten. Sie wollten nach Neukölln, um ganz überraschend bei Marianne Migola aufzutauchen. Gesprächsstoff gab es genug.

Rückert zeigte auf den Turm der Gedächtniskirche, der wie ein hohler Zahn in den Himmel ragte. «Haben Sie schon gehört, dass die Alliierten alle Gebäude abreißen lassen wollen, die zu mehr als 65 Prozent zerstört sind?»

Kappe nickte. «Aber der Magistrat blockiert das, weil zu viele Ruinen noch bewohnt sind.»

Was sie an diesem Tage am meisten aufregte, war eine Idee des Hamburger Bürgermeisters Max Brauer, der vorgeschlagen hatte, wöchentlich zwanzigtausend West-Berliner aus der Stadt zu evakuieren.

Rückert tippte sich an die Stirn. «Rechnen wir mal ... Dann wären die Westsektoren in ungefähr zweieinhalb Jahren menschenleer – und die Kommunisten könnten einrücken und alles übernehmen.»

Kappe verteidigte seinen Parteifreund. «Er hat es gut gemeint. Und General Clay hat ihm sehr schnell klargemacht, dass wir unseren Stolz haben und durchhalten wollen, denn ...»

Weiter kam er nicht, weil es drüben auf dem Fernbahnsteig einen gewaltigen Tumult gab. Ein Transportzug der Roten Armee hatte wegen eines roten Signals halten müssen, und nun sprang ein Dutzend Männer aus den Fenstern, begleitet von den Schreien der Militärpolizisten, die aber hier im britischen Sektor nicht zu schießen wagten. Später stellte sich heraus, dass die Flüchtenden zwangsverpflichtet worden waren und in den Uranbergbau bei Aue gebracht werden sollten.

Am Freitag, dem 1. Oktober, «feierte» man in den Westsektoren den hundertsten Tag der Blockade. Kappe und Rückert hätten gern im Büro mit einem Glas Sekt darauf angestoßen, nur hatten sie keinen.

«Leitungswasser tut's auch. Prost!»

Anschließend streiften sie über den schwarzen Markt an der Schlüterstraße, wiederum ergebnislos, und liefen zum S-Bahnhof Charlottenburg, um zur Rheinstraße zu fahren und das Geschäftslokal von Arthur Schlattke zu beoachten. Der war jetzt die Nummer eins unter den Großschiebern, und es konnte sein, dass Trompale sich an ihn wandte, um aus Berlin herauszukommen.

Auf dem Bahnsteig fiel Kappe ein, dass er sich an diesem Tag noch gar keine Zeitung gekauft hatte. Als er an den Kiosk treten wollte, gab es dort gerade eine heftige Rangelei zwischen einem Reisenden und zwei Ost-Polizisten, die dem Mann seinen *Telegraf* aus der Hand reißen wollten.

«Diese Zeitung ist beschlagnahmt!»

«Hauen Sie ab, wir sind hier im britischen Sektor!»

«Alle Bahnhöfe unterstehen der Reichsbahndirektion der Sowjetischen Besatzungszone!», entgegneten die Vertreter der Markgraf-Polizei und entrissen dem Mann die Zeitung.

«So geht das nicht!», schrie Kappe und entdeckte im selben Augenblick zwei Stumm-Polizisten unten auf dem Stuttgarter Platz. «Kollegen, schnell auf den Bahnsteig, ihr müsst hier eingreifen!»

Als sie oben angelangt waren, sprangen die Markgraf-Polizisten in einen gerade anfahrenden Zug Richtung Osten und gaben erst einmal auf. Von nun an wurden die Zeitungskioske auf den S-Bahnhöfen von West-Polizisten bewacht, damit sie ungehindert westlich lizensierte Zeitungen verkaufen konnten.

Als sich Kappe seinen *Telegraf* gekauft hatte und die Überschriften überflog, war er schnell noch einmal auf hundertachtzig. «Mensch, sind die denn alle bekloppt?» Dieser Ausruf bezog sich darauf, dass die drei westlichen Stadtkommandanten im Hinblick auf den nahenden Winter befohlen hatten, in den drei Westsektoren 350 000 Raummeter Holz einzuschlagen. «Das heißt, dass jeder zweite Baum in Straßen und Parks gefällt werden muss und zwei Drittel aller Berliner Wälder abgeholzt werden. Beim Grunewald wäre das ...», Kappe überlegte einen Augenblick, «... das ganze Stück zwischen Stößenseebrücke und Hüttenweg. Das ist doch ein schrecklicher Gedanke!»

«Noch schrecklicher wäre es, wenn wir alle erfrieren würden», sagte Rückert.

Westkreuz stiegen sie in die Ringbahn um und fuhren bis Schöneberg. Dann gingen sie zwei Stunden lang ganz unauffällig auf der Rheinstraße auf und ab und hielten Ausschau nach Helmut Trompale – auch heute wieder vergeblich.

«Vielleicht ist er längst tot», sagte Rückert.

Karl-Heinz Kappe war wieder zurück in Berlin, denn nur hier kannte er sich gut genug aus, um als Schieber gewinnbringende Geschäfte machen zu können. Aber nicht nur das, er wollte auch Rache nehmen, denn inzwischen hatte er über seine vielen Beziehungen herausbekommen, wer am Wilmersdorfer Hindenburgpark auf ihn geschossen hatte: nämlich Günther Kümmel. In Bremen hatte er in langen Nächten darüber nachgedacht, wie er Kümmel das Attentat auf ihn heimzahlen konnte. Mal stellte er sich vor, ihm Salzsäure ist Gesicht zu schütten, mal, die Laube in der Württembergischen Straße anzustecken, in der er wohnte. Aber auch von anderem träumte er: Ich trete ihm so auf den Fuß, dass er sich seinen Knöchel mehrfach bricht, ich stoße ihn auf der S-Bahn vor einen Zug, ich ramme ihm ein Messer in den Rücken ...

Kontakt zu seinen Freunden und zu seinem Vater hatte Karl-Heinz Kappe nicht wiederaufgenommen. Er wollte erst einmal abwarten, was alles so passierte. Er hatte seine Wohnung in der Hildegardstraße auch noch nicht aufgesucht, sondern sich in einer Pension in der Augsburger Straße eingemietet. Neugierig war er vor allem auf den ersten Profikampf von Gustav Scholz, den er als Bubi in der Boxschule von Karl Schwarz kennengelernt hatte. Am nächsten Freitag, am 8. Oktober, sollte es so weit sein.

Pünktlich zu Beginn des Kampfabends saß Karl-Heinz Kappe dann in der sogenannten Westarena, einem Zirkuszelt, das sie auf einem Ruinengrundstück in der Leibnizstraße aufgebaut hatten. Gegner von Scholz war Horst Eichler, seines Zeichens mehrfacher Deutscher Jugendmeister. Klar, dass Bubi Scholz gegen den nur Fallobst war. Ringsum erzählten sie auch, dass Scholz nur in den Ring klettern durfte, weil ein anderer Kämpfer ausgefallen war. Er schien auch wirklich keine Chance zu haben. Schon in der ersten Runde erwischte ihn Eichler so am linken Auge, dass er nicht mehr richtig sehen konnte. Nach dem ersten Gong redete Lado Taubeneck, ein alter Fuchs im Trainergewerbe, beruhigend auf den Neuling ein, doch Scholz schien überhaupt nichts mehr wahrzunehmen. Karl-Heinz Kappe tat er jetzt schon leid. Doch plötzlich fand sich Eichler im Ringstaub wieder, getroffen von einer harten Linken. Der Ringrichter zählte, bei «Acht» ging es weiter. Und wieder brachte Bubi Scholz seine Linke ins Ziel.

«Los, Kleiner, mach ihn fertig!», schrien die Leute.

Doch in der dritten Runde kam es umgekehrt. Scholz rannte in einen Schlag Eichlers und fand sich gelähmt in den Seilen wieder. Der Ringrichter zählte ihn im Stehen an, und Karl-Heinz Kappe registrierte, dass Bubi Scholz das gar nicht begriff. Er war noch neu im Geschäft und wusste offenbar nicht, dass man auch im Stehen angezählt werden konnte.

«Warum geht's denn hier nicht weiter?», fragte Scholz, und der Ringrichter gab den Kampf wieder frei.

Scholz schickte Eichler danach noch zweimal auf die Bretter, und das Kampfgericht erklärte ihn zum Punktsieger.

Karl-Heinz Kappe war nicht der einzige Zuschauer, der in Jubel ausbrach. Auch der Mann hinter ihm schrie gewaltig. Die Stimme kam ihm bekannt vor. Als er sich umdrehte, erkannte er seinen alten Sparringspartner Helmut Trompale. «Wie siehst du denn aus?»

Trompale hatte schwarzgefärbte Haare und trug einen kleinen Schnauzbart von der Art, welche die Berliner «Rotzbremse» nannten.

Hartmut Kappe hatte viel von seinem Vater geerbt, so etwa die Liebe zum Beruf des Kriminalbeamten und die Angewohnheit, jeden Morgen im Büro vor Aufnahme der Dienstgeschäfte die Tageszeitung zu lesen, wenn auch nicht den *Telegraf* mit britischer, sondern die *Berliner Zeitung* mit sowjetischer Lizenz. Die bejubelte in ihrer Ausgabe vom 21. Oktober den Vorschlag des russischen Stadtkommandanten General Kotikow, in ganz Berlin *einheitliche, ungehinderte demokratische Wahlen* abzuhalten, was Hartmut Kappe amüsant fand, weil sich jeder an allen zehn Fingern abzählen konnte, dass die SED nirgends die Mehrheit bekam. Man musste wohl so argumentieren, wenn man die bestehende Stadtverordnetenversammlung als *Werkzeug der britisch-amerikanischen Behörden* geißeln wollte. Schön war, dass es mit dem Aufbau des Sozialismus spürbar voranging: In Hennigsdorf war die erste Walzstraße der sowjetischen Zone in Betrieb genommen worden. Sein nächster Blick galt der Rubrik *Was unsere Leser bewegt*. Da schrieb eine G. W. aus Berlin NO 55:

Als ich gestern Abend mit meinem Mann angeregt aus dem Kino kam, war ich dankbar dafür, dass es uns nicht so geht wie den Westberlinern, die ihre Abende im Dunkeln zubringen müssen. Mit diesem Gedanken knipste ich den Lichtschalter an, doch welche Enttäuschung, unsere letzte Glühbirne im Wohnzimmer hatte ihr Leben ausgehaucht. So haben wir nur noch in der Küche Beleuchtung, denn Badestube und Diele liegen schon lange in Dunkelheit, weil es in den mehr als drei Jahren nach Kriegsende noch keine Glühbirnenzuteilung gab. Sollte das nicht möglich zu machen sein, zumal der Ostsektor eine Glühbirnenfabrik hat?

Das ließ ihn an seine Eltern und seine Verwandten im amerikanischen wie im britischen Sektor denken, noch mehr aber bewirkte dies eine andere Meldung: *In den letzten Tagen wurden an den Übergängen vom sowjetischen Sektor in die Westsektoren Berlins umfangreiche Fahrzeugkontrollen durchgeführt, um Schieberware zu beschlagnahmen.*

Beim Begriff Schieberware fiel ihm wieder ein, dass der Mord an dem Pankower Schieber Peter Rembowski noch immer nicht restlos aufgeklärt war, da die Westseite mit seinem Vater an der Spitze Zweifel an der Echtheit des Geständnisses von Max Kallweit hegte und einen gewissen Helmut Trompale für den Täter hielt. Der war abgetaucht, und es war nicht auszuschließen, dass er in den sowjetischen Sektor gegangen war, da in den Westsektoren sehr intensiv nach ihm gefahndet wurde.

«Also, Genosse Kappe, halten Sie mal die Augen offen!», sagte er zu sich selbst. Er überlegte. Wo versteckte man sich im Berlin des Jahres 1948 am besten? Wahrscheinlich in einer Ruine oder aber, wie es zahllose Juden und Wehrmachtsdeserteure in der NS-Zeit getan hatten, in einer Laubenkolonie.

ZWANZIG

MIT ZUNEHMENDEN ALTER schwärmte Hermann Kappe immer mehr für das Berufsboxen. Er ließ sich kaum noch einen öffentlichen Kampf entgehen. «Im Leben ist es wie beim Boxen», versuchte er Klara seine Leidenschaft zu erklären. «Man teilt aus, und man muss einstecken, mal liegt man k. o. im Ringstaub, mal ist man der Sieger und reckt triumphierend die Fäuste in die Luft.»

Seine Frau schüttelte sich. «Schrecklich, auf einen anderen einzuschlagen und zu warten, bis das Blut spritzt! Das ist doch unmenschlich!»

«Schrecklich und unmenschlich ist es, auf andere Menschen zu schießen und einzustechen oder ihnen Bomben auf den Kopf zu werfen. Richtig menschlich dagegen ist es, Boxhandschuhe zu benutzen und Regeln zu haben, die den Gegner schützen. Acht, neun, aus! Das ist dramatischer als jede Oper.»

«Ich gehe trotzdem lieber in die Oper! Und außerdem ist es da nicht so kalt wie beim Boxen.»

Da hatte sie allerdings recht, und Kappe fand es auch nicht so erhebend, dass der große Kampf Max Schmeling gegen Richard «Riedel» Vogt am 31. Oktober in der Waldbühne stattfinden sollte. Aber die großen Sporthallen lagen alle noch in Trümmern, wie die Deutschlandhalle, oder hatten kein Dach mehr, wie der Sportpalast.

Es gab aber noch einen anderen Grund, zum Boxen zu gehen, und der hieß Helmut Trompale, denn den wollten einige bei den Kämpfen im Zirkuszelt an der Leibnizstraße gesehen haben, und Kappe wusste ja von Trompales Begeisterung für den Boxsport.

Um für den Fall der Fälle besser gerüstet zu sein, hatte er seinen Neffen gebeten, ihn zu begleiten. Otto war 23 Jahre jünger als er und damit der wesentlich bessere Sprinter, falls es wieder eine Verfolgung geben sollte. Sie trafen sich auf dem S-Bahnhof Westkreuz. Es gab eine Menge zu erzählen.

Otto rauchte jetzt Salem aus Dresden. «Die kosten auf dem Schwarzmarkt eine B-Mark zwanzig, aber im Ostsektor nur achtzig Pfennige Ost-Geld, also gerade einmal zwanzig West-Pfennige.»

«Ich weiß nicht ...» Kappe fand das nicht so gut. «Die Russen wollen doch nur die begehrte B-Mark in West-Berlin abschöpfen.»

Weitere Gesprächsthemen waren die zunehmenden Kontrollen in den Zügen, die aus dem Umland in die Westsektoren fuhren, und der Kampf gegen die Schieber und Schwarzmarkthändler hüben wie drüben.

«Gertrud ist letzten Sonnabend von ihrer Schwester aus Oebisfelde gekommen», erzählte Otto von den Erlebnissen seiner Frau. «Der Zug voll von Hamsterern, und in Staaken sind sie alle gefilzt worden. Sie hatte zum Glück nichts mit, aber in der Zeitung stand dann, dass man fünfzig Reisende verhaftet habe. Von einem Schnellgericht sind die zu mehrmonatigen Haftstrafen verurteilt worden.»

«Und mir hat einer erzählt», entgegnete Hermann Kappe, «dass die Markgraf-Polizei auf dem Straßenbahnhof Oberschöneweide Schwarzmarkthändler festgenommen hat, die vierhundert Zentner Zwiebeln nach West-Berlin schaffen wollten.»

«Aber auch bei uns tut sich in dieser Hinsicht so einiges», sagte Otto und verwies auf eine spektakuläre Razzia, bei der man am Kurfürstendamm, Ecke Schlüterstraße eine Hochburg der Großschieber ausgehoben hatte.

«Ich weiß», Kappe nickte, «und ich habe auch mit den Kollegen gesprochen. Aber Hinweise auf den oder die Mörder von Rembowski und Kallweit hat es keine gegeben.»

«Du gehst weiterhin davon aus, dass es in beiden Fällen Trompale war?»

«Ja.» Und er fügte zur Bestätigung seiner These eine alte Wendung seines Vaters hinzu: «Ich hab das so im Urin.»

Sie stiegen Pichelsberg aus dem Zug und postierten sich eine Weile unauffällig vor dem Eingang der Waldbühne, ohne aber einen Menschen auszumachen, der Helmut Trompale halbwegs ähnlich sah. Mit Beginn der Vorkämpfe gaben sie dann auf und nahmen ihre Plätze ein.

«Jetzt kann uns nur noch der Zufall helfen», meinte Otto.

Kappe nickte. «Wenn wir in einem Ufa-Film wären, dann steigt Trompale gleich in den Ring, boxt phantastisch und wird Deutscher Meister. Und nachdem seine Braut Marianne Migola ihm den Siegerkranz umgehängt hat, nehmen wir den wirklichen Mörder von Rembowski und Kallweit fest.»

Jetzt kletterte Max Schmeling in den Ring. Wegen der empfindlichen Kühle war er in einen dicken Lammpelz gehüllt. Jubel brandete auf. Schmeling war noch immer Deutschlands Boxidol, auch bei den Jungen, und Kappe erinnerte sich an einen Dialog mit seiner Enkeltochter Marlies: «Opa, kennst du schon das Neueste?» – «Nein ...» – «Schmeling boxt mit Fäuste.» – «Hm.» – «Opa, weißt du schon das Alte?» – «Nein ...» – «Schmeling hat im Arsch 'ne Falte.»

Gong zur ersten Runde. Schnell war zu erkennen, dass die beiden es ernst meinten und keinen Schaukampf abliefern wollten. Für beide ging es um viel. Schmeling hatte angekündigt, bei einer Niederlage für immer Abschied vom Ring nehmen zu wollen, und Vogt hoffte, dass nach einem Sieg über den ehemaligen Weltmeister aller Klassen ausländische Promoter auf ihn aufmerksam würden. Er legte dementsprechend los und landete mit seiner knallharten Rechten zwei, drei Treffer an Schmelings Kopf. Vogt setzte nicht nach, denn ihm fehlte jeglicher Killer-Instinkt, doch von Runde zu Runde ließ er Schmeling schlechter aussehen. Der kam an Vogts linker Führhand nicht vorbei, und wenn doch einmal, dann zeigte sich, dass in seiner Rechten, die einst alle Schwergewichtler der Welt gefürchtet hatten, kein Dynamit mehr steckte. Es kam, wie es kommen musste. Im *Telegraf* vom folgenden Tage sollte die Niederlage Schmelings wie folgt beschrieben werden:

In der letzten Runde hagelten die Schläge auf Schmeling nur so herab. Vogt tanzte um ihn herum, landete seine Rechte und Linke, wie er wollte. Man merkte, Schmeling war am Ende seiner Kräfte. Seine linke Gesichtshälfte war rot und verschwollen von dem Bombardement der Vogtschen Rechten. Man fühlte es, wenn der Kampf noch zwei oder drei Runden länger gehen würde, dann könnte er nicht mehr stehend den Schlußgong erreichen. Alle sind glücklich, als endlich der Schlußgong kommt und es Max erspart bleibt, in seinem letzten Kampf k. o. zu gehen.

Mit wehmütigem Lächeln hielt er dann nach Verkündung Richard Vogts zum Punktsieger den Schnappschüssen der Fotografen stand. Hand in Hand standen die beiden, die sich noch Minuten vorher so erbittert bekämpft hatten. Ein Kapitel deutscher Boxgeschichte ist abgeschlossen. Max Schmeling, der erste und einzige deutsche Weltmeister, hat seinen letzten Kampf ausgetragen.

«Bei dieser Szene hatte ich Tränen in den Augen.» Als Gustav Galgenberg am nächsten Morgen wieder einmal im Dienstgebäude erschien, erzählte Kappe ihm, was sich in der Waldbühne ereignet hatte.

Galgenberg lachte. «Keen Wunda, dette da den Trompale nich jesehn hast.»

Edeltraut Wollay kam mit der S-Bahn vom Stahnsdorfer Friedhof. Dort hatte sie lange am Grab von Max Kallweit gestanden und beim Abschied geflüstert, dass sie bald bei ihm sein werde.

Wieder zu Hause in ihrer kleinen Wohnung am Breitenbachplatz, kam sie gegen ihre Traurigkeit noch weniger an als in den letzten Tagen. Immer wieder hallte es in ihr: Es hat alles keinen Sinn mehr. Mach endlich Schluss!

Der Keller in der Rheinsberger Straße. Die Russen entdecken

sie und fallen über sie her. Einer nach dem anderen. Als sie schreit und ihr Vater ihr helfen will, wird er erschossen. Nachher die Abtreibung …

Daher rührte der Krebs, der ihre Seele langsam zerfraß. Eigentlich war sie schon damals gestorben, im Mai 1945. Max Kallweit hatte sie etwas aufrichten können und ihr wieder Halt gegeben. Aber er war zum Mörder geworden und sie zur Mittäterin. Seit sie ihn begraben hatten, hatte sie nicht mehr ruhig schlafen können. Sie lag nun ohne jeden Antrieb tagelang im Bett und konnte sich auf nichts mehr konzentrieren. Verzweifelt versuchte sie sich an die Tage zu erinnern, als sie auf der Bühne und vor der Kamera gestanden hatte. *Ein Stern geht auf,* hatte in der Zeitung gestanden. Es war alles ausgelöscht.

Sie stand auf, um sich das Frühstück zu machen. Wie spät war es? Die Sonne war noch gar nicht aufgegangen. Der kleine Zeiger ihrer Armbanduhr stand auf der Fünf, der große auf der Zwölf. Mühsam realisierte sie, dass es fünf Uhr war. Aber am Nachmittag oder am Morgen? Sie erinnerte sich, dass sie vom Friedhof zurückgekommen war. Aber waren seitdem erst ein, zwei Stunden vergangen, oder hatte sie die Nacht über geschlafen? Nein, sie schlief ja schon seit Wochen nicht mehr. Also wurde es Abend. Und am Abend kam ihr absolutes Tief. Es gab kein Entrinnen, einen eigenen Willen hatte sie nicht mehr. Mechanisch zog sie sich an und ging zum U-Bahnhof Breitenbachplatz, um sich vor den Zug zu werfen.

Als Hermann Kappe seinen *Telegraf* in die Schublade legte, klingelte das Telefon. Lethargisch griff er zu dem schwarzen Hörer. Es meldete sich das Sankt-Gertrauden-Krankenhaus, eine Oberschwester Walpurga. Sein Herz krampfte sich zusammen. War etwa jemand aus seiner Familie …

«Wir haben hier eine Patientin, ein Fräulein Wollay, Edeltraut Wollay, die gestern Abend mit schweren Verletzungen bei uns eingeliefert worden ist und Sie dringend sprechen möchte.»

Kappe wusste nicht auf Anhieb, wer das Fräulein Wollay war,

bedankte sich aber und sagte der Oberschwester, dass er in einer halben Stunde an Ort und Stelle sein würde. Dann legte er auf und überlegte. Sein Namensgedächtnis war nicht sonderlich gut, aber nach einigen Sekunden fiel es ihm doch ein: Edeltraut Wollay war die Frau, an die Max Kallweit seinen Abschiedsbrief gerichtet hatte: *Meine geliebte Edeltraut!* Kappe stand postwendend auf und überlegte, ob er allein losziehen oder einen Kollegen mitnehmen sollte. Piossek hatte einige Wochen im Krankenhaus zugebracht, dem wollte er diesen Besuch ersparen. Rückert war noch nicht erschienen, der war nach seinem überstürzten Umzug vom Osten in den Westen, den er gern als Flucht bezeichnete, noch immer etwas durch den Wind und kam häufig zu spät.

Jetzt stand er aber in der Tür, und Kappe griff ihn sich, ohne dass er seinen Mantel ausziehen konnte. «Kommen Sie! Wir müssen sofort ins Sankt-Gertrauden-Krankenhaus, da liegt die Geliebte von Max Kallweit und will uns dringend was mitteilen.»

Rückert war noch ziemlich verschlafen. «Sankt-Gertrauden-Krankenhaus, wo liegt 'n das?»

«In der Nähe vom Heidelberger Platz.»

«Laufen wir oder fahren wir?», fragte Rückert.

«Wir laufen», entschied Kappe.

Eine halbe Stunde später waren sie im Sankt-Gertrauden-Krankenhaus angekommen und fragten sich mühsam durch, ehe sie die richtige Station erreicht hatten.

Die Oberschwester teilte ihnen mit, dass sich Edeltraut Wollay beim Sturz auf die Gleise das rechte Handgelenk und die linke Kniescheibe gebrochen und außerdem schwere Kopfverletzungen davongetragen habe. «Der Fahrer des U-Bahn-Zuges hat aber noch rechtzeitig bremsen können, sodass sie nicht unter die Räder geraten ist.»

«War es ein Selbstmordversuch oder ein Unfall?», wollte Kappe wissen.

«Fräulein Wollay hat darüber noch nicht mit uns gesprochen.»

«Gut, dann werden wir versuchen, Näheres zu erfahren», sagte Kappe in seiner manchmal sehr förmlichen Art und Weise.

Man holte Edeltraut Wollay aus ihrem Vierbettzimmer und schob sie im Rollstuhl in ein Besprechungszimmer, wo sie ungestört miteinander reden konnten. Kappes Berufserfahrung und Menschenkenntnis reichten aus, um sofort zu wissen, dass Edeltraut Wollay einen Selbstmordversuch hinter sich hatte. Ihr Gesicht war blass, ihre Blicke gingen ins Leere, ihr Oberkörper war eingesunken. Kappe stellte sich und Rückert vor und wartete dann, bis sich Edeltraut Wollay so weit gesammelt hatte, dass sie die ersten Sätze formulieren konnte.

«Ja, nun ... Ich wollte Schluss machen. So ohne Max und nach allem, was ich erlebt habe. Im Krieg und beim Einmarsch der Russen ...» Sie musste abbrechen und rettete sich in eine Art Galgenhumor. «Den Gashahn konnte ich gestern Nachmittag nicht aufdrehen, da das Gas gerade abgestellt war, also blieb mir nur die U-Bahn. Mein Pech, dass der Fahrer so schnell gebremst hat ...»

«Es hat nicht sollen sein», sagte Kappe.

«Also feiere ich meine zweite Geburt und fange ein neues Leben an.» Edeltraut Wollay schloss die Augen und rieb sich die Augäpfel mit dem Mittelfinger und dem Daumen der rechten Hand. «Aber ein neues Leben kann ich nur beginnen, wenn ich mit dem alten radikal abschließe ... Und das heißt, dass ich für ein paar Jahre ins Gefängnis gehe.»

Kappe vermied alles, sie zu drängen. «Warum denn das?»

Jetzt brach alles aus ihr heraus. «Weil ich dabei war, als Max den Wachmann erschossen hat, diesen Schwiedrowsky, und weil ich mitgeholfen habe, seine Leiche in die Speyerer Straße zu bringen, weil ich schuld daran bin, dass Günther Kümmel auf Ihren Sohn geschossen hat.»

«Oh!»

«Sperren Sie mich ein! Ich will mit diesen ganzen Schieberbanden nichts mehr zu tun haben», rief Edeltraut Wollay.

«Das wird alles seinen bürokratischen Weg gehen», sagte

Rückert. «Erst die Staatsanwaltschaft, dann der Untersuchungsrichter ...»

Kappe kam auf den Kern des Ganzen zu sprechen: «Was meinen Sie denn, Fräulein Wollay, hat Max Kallweit selbst den Gashahn aufgedreht und sich das Leben genommen?»

«Nein!» Edeltraut Wollay hatte keinen Augenblick mit ihrer
Antwort gezögert.

Kappe hakte nach. «Und der Abschiedsbrief?»

«Den hat er nicht selbst geschrieben, obwohl alles danach
aussieht.»

Kappe ließ nicht locker. «Könnte Helmut Trompale ihn geschrieben haben?»

«Könnte schon, aber ich glaube es nicht. Der hat den Rembowski umgebracht, davon sind wir alle überzeugt, aber bei den
Großschiebern ist er nur ein ganz kleines Licht.»

Rückert hatte eine Idee. «Könnte es aber sein, dass der Kopf
einer Bande, die mit Kallweit in Konkurrenz gestanden hat, auf
Trompale zugegangen ist und ihn gebeten hat, diesen Abschiedsbrief zu fälschen?»

«Das ist schon möglich, aber es können auch andere von sich
aus gewesen sein, zum Beispiel der ... der ...» Sie kam nicht sofort
auf den Namen, da sie in diesem Augenblick mit einem Schwäche-
anfall zu kämpfen hatte. «Max wollte aufhören mit seinen Schiebereien und zur Polizei gehen und auspacken – ohne etwas von
Schwiedrowsky zu erzählen. Da muss einer Angst gehabt haben,
dass er auffliegt und ...» Weiter kam sie nicht. Sie sackte in sich
zusammen, und Rückert stürzte aus dem Zimmer, um einen Arzt
zu holen.

EINUNDZWANZIG

HELMUT TROMPALE hatte viele Freunde in Berlin, bei denen er einige Zeit wohnen oder wenigstens übernachten konnte, und bis jetzt war es ihm auch ohne große Mühe gelungen, sich dem Zugriff der Polizei zu entziehen. Dennoch wäre er lieber heute als morgen aus Berlin verschwunden, doch die Straßen nach Westdeutschland wurden zu stark kontrolliert, und man brauchte einen Interzonenpass, den er nicht hatte.

Ja, er hatte Peter Rembowski umgebracht, erschlagen im Streit um Marianne Migola, blind vor Eifersucht. Aber das sah er nicht als seinen größten Fehler an. Den hatte er begangen, als er in einer plötzlichen Panikattacke diesem Kappe davongelaufen war. Dass er in dieser vergleichsweise harmlosen Situation die Nerven verloren hatte, war ihm im Nachhinein völlig unbegreiflich.

Wie auch immer, er hatte Hunger. Lebensmittelmarken hatte er keine mehr, natürlich nicht, wo er sich bei keiner Behörde sehen lassen konnte. Aber er hatte Geld genug, in einem der «Freien Restaurants» zu essen. Frei hieß, dass man für bestimmte Speisen keine Marken abzugeben brauchte. So hatte er in einem Restaurant in der Nähe des Oranienplatzes die Wahl zwischen Wildragout mit Kartoffelklößen für 11,70 und Fisch mit Senfsauce zu 7,35 Ostmark, das entsprach etwa drei und knapp zwei Westmark. «Sind das große Portionen?», fragte er den Ober.

«Nein, der Herr, nicht so ganz ...»

«Dann bitte erst den Fisch und als zweiten Gang das Wild. Und einen Doppelkorn.»

«Sehr wohl, der Herr.»

Trompale fühlte sich als erfolgreicher Geschäftsmann. Als er den Schnaps hinuntergeschüttet hatte, wurde ihm der Grund seines ganzen Elends klar: Er hatte ein anständiges, bürgerliches Leben führen wollen, weg von den Schiebereien und hin zum ehrbaren Kaufmann, er hatte mit Marianne Migola eine Familie gründen wollen – und genau das hatte ihn in den Abgrund geführt und zum Mörder werden lassen. Scheiße!

Als das Essen kam, schaufelte er alles schnell in sich hinein, mit der Folge, dass er schon beim Verlassen des Restaurants unter Bauchschmerzen litt. Im Laufe des Nachmittags wurde es immer schlimmer, die Krämpfe waren kaum noch auszuhalten, er hätte schreien könnte. In seiner Not lief er zur Hobrechtstraße, wo er Hannelore Patschek allein im Laden antraf. «Mir geht's furchtbar schlecht. Du musst mir helfen!»

«Komm, mein Kleiner!» Sie küsste ihn und brachte ihn nach hinten, wo er sich auf die Couch legen konnte. Auf dieselbe, auf der sie sich immer geliebt hatten. «Ich mache dir einen Tee und hol dir 'ne Wärmflasche.»

Aber das half nicht viel. Im Gegenteil, es wurde immer schlimmer. Sein Bauch blähte sich auf, er musste sich erbrechen. Die Schmerzen waren nicht mehr zu ertragen.

Die Spaltung der Stadt in Ost und West hatte in den jeweiligen Verwaltungen zum Teil für ein erhebliches Chaos gesorgt, und so vergingen einige Tage, bis Kappe und Rückert herausgefunden hatten, wo Günther Kümmel zu Hause war: in einer Laube an der Württembergischen Straße in Wilmersdorf.

«Wie schön», sagte Rückert. «Das ist ja zu Fuß zu erreichen.»

Kappe seufzte. «Das sind gut und gerne vier Kilometer, also hin und zurück fast ein Marathonlauf. Das zu Fuß – nicht mit mir!»

So besorgten sie sich, nachdem Kappe den Hausdurchsuchungsbefehl endlich hervorgekramt hatte, neue Dienstfahrscheine und liefen bei schmuddligem Novemberwetter zur U-Bahn am Bayerischen Platz. Mit einmal Umsteigen am Nollendorfplatz kamen sie zur Uhlandstraße, von wo aus es nicht mehr ganz so weit war bis zur Württembergischen Straße, nur ein Stück den Kudamm hinauf.

Die Laubenkolonie, in der Günther Kümmel gemeldet war, hieß Emser Platz IV und lag an der Ecke Düsseldorfer und Württembergische Straße. Als sie an Ort und Stelle waren, erlebten sie eine ziemliche Enttäuschung, denn die Laube, in der Günther Kümmel gewohnt hatte, war bis auf die Zementplatte niedergebrannt.

Kappe tat erstaunt. «Was denn, schon wieder ein Bombenangriff? Da hat wohl einer der Luftbrückenpiloten gedacht, wir hätten 1943 statt 1948.»

An sich waren die Holzhütten nur dazu gedacht gewesen, Gartengeräte und Liegestühle unterzustellen und höchstens einmal im Hochsommer darin zu übernachten. Viele der ausgebombten Berliner hatten aber ihre Lauben winterfest gemacht und wohnten hier seit Jahren. So kam es, dass ihnen auch am 28. November einige «Kolonisten» Auskunft geben konnten.

«Bei dem Kümmel, da isset Brandstiftung jewesen», erzählte ihnen einer der Anlieger. «Aba nich er selba, sondern 'n andra. Alssa nach Hause jekommen is, waret schon zu spät.»

Brandstiftung ... Kappe war zu lange Kriminalbeamter, um nicht sofort etwas zu wittern. Das konnte womöglich sein Sohn gewesen sein. Karl-Heinz hatte sich möglicherweise für die Schüsse gerächt, die Kümmel auf ihn abgefeuert hatte. Kein Wort darüber zu Rückert, befahl er sich. «Und wo finden wir Herrn Kümmel jetzt?»

Sie hatten Glück, der Nachbar wusste, dass Kümmel bei seiner Freundin Gisela in der Skalitzer Straße wohnte. «In det Eckhaus anne Wiener, da wo die Hochbahn halten tut.»

Sie trotteten zurück zur U-Bahn, um von der Uhlandstraße zur Station Görlitzer Bahnhof zu fahren. Das war für Kappe wieder eine ziemliche Mutprobe, denn hinter dem Gleisdreieck lief die

Trasse dicht am Landwehrkanal entlang, und da packten ihn immer Ängste. Wenn der Zug entgleiste und sie ins Wasser stürzten ...

Aufregend wurde es aber schon am Bahnhof Zoologischer Garten, denn dort hatte oben auf der Straße gerade eine Razzia stattgefunden, und nun versuchten einige der gejagten Schwarzmarkthändler, mit der U-Bahn zu entkommen. Weil manche von ihnen auf die Gleise liefen, wurde der Strom abgeschaltet, und sie hatten bei funzliger Notbeleuchtung eine Weile zu warten.

Mit der Blockade hatte es eine neue Blüte des Schwarzmarkts gegeben, und die meisten Schieber hatten sich zu Banden zusammengeschlossen. Eine von ihnen trug den Namen «Immergrün», hatte fast dreihundert Mitglieder und war in der Hauptsache in der Gegend zwischen Zoo und Wittenbergplatz aktiv.

«Das erinnert mich irgendwie an die Spar- und Ringvereine der Weimarer Zeit», sagte Kappe. «Es kommt alles mal wieder.»

Endlich ging es weiter, und gegen Mittag stiegen sie Görlitzer Bahnhof aus der Hochbahn. Kappe, der lange Zeit im Kiez SO 36 gewohnt hatte, am Mariannenplatz, überkamen heimatliche Gefühle. «Lang, lang is's her ...»

Der Mann in der Württembergischen Straße hatte ihnen aufgeschrieben, dass Kümmel bei einer Gisela Tetzlaff Unterschlupf gefunden hatte, und die war nicht schwer zu finden. Seitenflügel, drei Treppen, Mitte links, verriet ihnen der Stille Portier.

Kappe stöhnte. «Kann nicht mal einer Parterre wohnen!»

Rückert sah es positiver. «Parterre kann man immer durchs offene Fenster fliehen, aus dem dritten Stock nicht.»

«Wer nicht fliehen kann, der schießt ... auf uns. Und Kümmel neigt bekanntlich dazu, schnell von seiner Schusswaffe Gebrauch zu machen. Dann zücken Sie mal Ihre Pistole und geben mir Feuerschutz, wenn ich gleich bei der Tetzlaff klingele.»

Als sie in der dritten Etage angekommen waren, musste Kappe erst einmal verschnaufen. Wie sein Vater immer gesagt hatte: Ein alter Mann ist doch kein D-Zug! Sie lauschten, während sich Kappe erholte. Aus der Tetzlaff'schen Wohnung waren Stimmen zu hören, eine männliche und eine weibliche. Die Frau kicherte und lachte. Kappe atmete noch einmal tief durch und drückte auf den Klingelknopf. Daraufhin wurde es drinnen schlagartig still. Kappe klingelte noch einmal. «Bitte machen Sie auf! Kriminalpolizei.»

Gisela Tetzlaff öffnete. Sie war nur mit Büstenhalter und Schlüpfer bekleidet und hatte schnell einen viel zu engen Bademantel übergeworfen.

Kappe beneidete Kümmel für das, was er eben genossen hatte. «Wir hätten gern Herrn Kümmel gesprochen.»

Sie gab sich verwundert. «Hier wohnt kein Herr Kümmel.»

«Doch!»

Günther Kümmel kam mit erhobenen Händen hinter einem Vorhang hervor.

Was Hermann Kappe am Montagmorgen beim Studium der Tageszeitung interessierte, war weniger der Bericht über die Einrichtung eines eigenen Ost-Stadtparlaments *auf sowjetischen Bajonetten,* wie der *Telegraf* polemisierte, und auch nicht die Notiz über die problemlose Festnahme Günther Kümmels, sondern das Neueste vom Sport. Joe Louis, der *braune Bomber, der einstige baumwollpflückende Negerboy aus Alabama* trat zu Schaukämpfen an, weil er dringend Geld brauchte. In der Berliner Stadtliga hatte sich Wilmersdorf mit 3 : 0 gegen Reinickendorf durchgesetzt.

Als nun das Telefon klingelte, hätte er den schwarzen Kasten am liebsten in die Luft gesprengt. Da aber weder Piossek noch Rückert schon zum Dienst erschienen waren, blieb ihm nichts anderes, als selbst den Hörer abzunehmen.

«Hier das Urban-Krankenhaus, Oberarzt Doktor Jeschke. Wir möchten Ihnen die Mitteilung machen, dass ein Herr Trompale, Helmut Trompale, vor einer Stunde nach einer schweren Operation verstorben ist. Ileus, Darmverschluss.»

«Oh ...» Kappe brauchte einige Sekunden, um diese Nachricht zu verdauen. «Sie wissen, dass er ...»

«Ja, und darum rufe ich Sie auch an. Herr Trompale hat vor dem Exitus in meinem Beisein und dem unseres Pfarrers seine Seele noch erleichtern wollen und den Mord an einem gewissen Rembowski zugegeben. Und dann hat er noch geschworen, den Großschieber Max Kallweit nicht auf dem Gewissen zu haben. Er hat weder einen Abschiedsbrief geschrieben noch in dessen Wohnung den Gashahn aufgedreht.»

ZWEIUNDZWANZIG

DIE DETONATION war bis ins Stadtinnere zu hören, und langsam wie die Masten kenternder Schiffe senkten sich am 16. Dezember kurz vor elf Uhr am Rande des Tegeler Flugplatzes die Sendetürme des kommunistischen Berliner Rundfunks, bis sie krachend auf dem Boden aufschlugen. Der französische Stadtkommandant Jean Ganeval hatte sie sprengen lassen, um zu verhindern, dass vom Boden seines Sektors weiterhin östliche Propaganda verbreitet werden konnte. Den Sowjets erklärte er, dass sie den Flugbetrieb gefährdet hätten. Oberst Tulpanow, Chef der Informationsabteilung der sowjetischen Militärregierung, bekam daraufhin vor Wut eine Gallenkolik.

«*Vous méritez un mémorial, mon général*», kommentierte Piossek die Vorgänge in seinem besten Schulfranzösisch.

Bei Kappe im Büro freuten sich alle ein Loch in den Popo, wie er es ausdrückte, obwohl Rückert bemängelte, dass die Engländer die Macher des Berliner Rundfunks nicht gleichzeitig aus dem Funkhaus in der Masurenallee gejagt hätten, wo sie seit 1945 saßen.

Aber auch die Amerikaner waren nicht untätig geblieben. Der CID, der *Criminal Investigation Command*, der U S. Army war zusammen mit Berliner Polizisten bei einer Razzia auf Schwarzhändler gestoßen, deren Sortiment vor allem aus Schokolade bestand. Es hatte eine Reihe von Festnahmen gegeben.

Als Kappe davon erfuhr, beschaffte er sich eine Liste der verhafteten Schieber. «Wenn es Trompale nicht gewesen ist, der den Abschiedsbrief gefälscht und bei Kallweit den Gashahn aufgedreht hat, und daran zweifle ich nicht im Geringsten», erläuterte er sein Tun, «dann muss es ein anderer gewesen sein. Und es spricht vieles dafür, dass Kallweit von einem anderen Großschieber aus dem Verkehr gezogen worden ist.» Er schloss mit der bei ihm nicht unüblichen Wendung: «Ich weiß nicht, aber ich hab das so im Urin.»

«Kriminalistische Erfolge durch Harnbeschau», stellte Piossek fest.

Kappe lachte. «Sie müssen es ja wissen, Herr Piss-eck.»

«Kappe, halt die Klappe!»

Was nun folgte, war zuerst nur reine Routine. Ein Anruf im Sankt-Gertrauden-Krankenhaus ergab, dass Edeltraut Wollay schon vor Tagen nach Hause entlassen worden war. Durch einen Blick in das dünne Fernsprechverzeichnis fand er heraus, dass sie einen Anschluss hatte. Kappe wählte ihre Nummer und hatte Glück, dass sie zu Hause war und abnahm. Schnell hatte er ihr den Grund seines Anrufes erklärt. «Ich lese Ihnen jetzt einmal die Namen einiger Schwarzmarkthändler vor, und Sie sagen mir bitte, wer davon als Mörder Max Kallweits in Frage käme ...»

Edeltraut Wollay hörte sich alles an und entschied sich dann ohne langes Zögern. «Meiner Ansicht nach nur Arthur Schlattke.»

Kappe bedankte sich und bemühte sich in den nächsten Stunden, die Erlaubnis zu einer Hausdurchsuchung bei Schlattke zu bekommen. Als er sie in den Händen hielt, machte er sich sofort gemeinsam mit Rückert auf den Weg nach Schlachtensee. Mit der 6 ging es zum Bahnhof Schöneberg, wo sie in die Wannseebahn umstiegen. Nach zwanzig Minuten waren sie am Ziel. So viel Zeit, um zum See hinunterzugehen, musste sein.

Weihnachten war nahe, und so sang denn Kappe auch, als sie am Ufer standen: «*Still und starr ruht der See, / weihnachtlich glänzet der Wald. / Freue dich, 's Christkind kommt bald!*»

«Kaum zu glauben, dass das hier alles noch Berlin sein soll», sagte Rückert, der am Zionskirchplatz im Bezirk Prenzlauer Berg groß geworden war.

Nach einigen Minuten stiller Einkehr liefen sie zur Matter-hornstraße. Tiefer Friede lag über Schlattkes Grundstück. Kappe scheute sich irgendwie, diese Idylle zu zerstören. Andererseits wünschte er allen Villenbesitzern die Pest an den Hals. Was man während der Französischen Revolution gerufen hatte, war auch seine Devise: «Friede den Hütten! Krieg den Palästen!» So drückte er denn auf den Klingelknopf.

Durch ein offenstehendes Fenster kam quäkend und mehr als unfreundlich eine Frauenstimme. «Ja, was ist denn?»

Diese Reaktion konterkarierte Kappe mit ausgesuchter Freundlichkeit. «Wir bitten vielmals um Vergebung, gnädige Frau, und sehen Sie uns freundlicherweise nach, dass wir nichts anderes tun als unsere Pflicht. Hier ist die Kriminalpolizei, meine Name ist Kappe, mein Kollege ist der Herr Rückert, und wir haben einen Hausdurchsuchungsbefehl ...»

«Mein Mann ist nicht zu Hause.»

«Das macht nichts.»

«Dann kommen Sie rein!»

Das Gartentor sprang auf, aus dem Haus kam wütendes Hun-degebell.

«Die werden uns zerfleischen», fürchtete Rückert.

«Und wenn», sagte Kappe, «dann kommen unsere Reste als Rinderfilet auf den schwarzen Markt, und wir machen mehrere Familien glücklich. Endlich mal wieder ein Sonntagsbraten!»

Es dauerte eine Weile, bis die Hunde eingesperrt waren. Eine Frau, die aussah «wie das Leiden Christi», so Kappe später zu Pios-sek, öffnete ihnen und stellte sich als Dorothea Schlattke vor. «Es ist alles so schrecklich, was über uns hereingebrochen ist», klagte sie, nachdem sie die beiden Kriminalbeamten ins Wohnzimmer geführt hatte – in den Salon, wie sie es ausdrückte.

Kappe schwankte abermals. Einerseits war er schwer beein-druckt von dessen Einrichtung, bewunderte alles und dachte «Wie im Fülm», andererseits hätte er eine Axt nehmen und alles zer-trümmern können. Wie ungerecht diese Gesellschaft doch war!

Sie suchten lange und vergeblich nach Briefen und persönlichen Aufzeichnungen, die Schlattke belastet hätten. Schon zeigte Rückert auf die Uhr und meinte, es sei wohl Zeit, wieder abzurücken, da stieß Kappe auf ein Fotoalbum, das mit *Kriegserlebnisse* beschriftet war. Er war weder im Ersten noch im Zweiten Weltkrieg als Soldat ins Feld gezogen, und dennoch – oder gerade deswegen – war er von allem Militärischen fasziniert. So blätterte er voller Neugierde in Schlattkes Album. Das ging ein, zwei Minuten so, und schon langweilten ihn die ewig gleichen Bilder mit den posierenden Helden in Hitlers Uniformen, da schrie er plötzlich auf. «Mensch, der da neben Schlattke, das ist doch der Trompale!»

Rückert kam herbei und warf einen kritischen Blick auf das gräuliche Bild. «Ja, würde ich auch sagen.»

Was unter diesem Foto stand, war für beide eine Offenbarung: *Mein Lebensretter und ich.*

Kappe formulierte langsam eine ganz neue Hypothese: «Wenn Trompale Schlattke das Leben gerettet hat, dann ist der ihm etwas schuldig, dann schuldet er ihm großen Dank. So ... Und nun dringt Schlattke bei Kallweit ein und bringt ihn um – der aufgedrehte Gashahn. Er will ihn als Feind und Konkurrenten loswerden. Er fingiert einen Abschiedsbrief, und damit für uns alles echt aussieht, schreibt er hinein, dass Kallweit nicht mehr leben will, weil ihn der Mord an dem Wachmann Schwiedrowsky zu sehr belastet. Denn den hat Kallweit wirklich begangen, was die glaubwürdigen Aussagen von Edeltraut Wollay bestätigen. Wenn nun, denkt sich Schlattke, in dem Brief ferner steht, dass Kallweit auch den Pankower Schieber Peter Rembowski umgebracht hat, dann ist damit sein Freund und Lebensretter Helmut Trompale aus dem Schneider. Dass Trompale Rembowski erschlagen hat, weiß er. Entweder hat Trompale es ihm selbst gestanden, oder er hat Informationen aus dem Milieu.»

Rückert hatte aufmerksam zugehört. «Sie gehen also fest davon aus, dass Trompale auf dem Totenbett die Wahrheit gesagt und Kallweit nicht ermordet hat?»

Kappe nickte. «Ja, und ich glaube auch, dass er den Abschiedsbrief nicht geschrieben hat. Da bin ich auf einer falschen Fährte gewesen.»

«Bliebe die Frage, wer denn nun den Abschiedsbrief fingiert hat, wenn nicht Trompale», sagte Rückert. «Schlattke selbst wird es nicht gewesen sein.»

Kappe überlegte. «Ich sehe da zwei Möglichkeiten. Erstens: Schlattke hat sich einen berufsmäßigen Fälscher gekauft. Zweitens: Schlattke zwingt Kallweit mit vorgehaltener Waffe, den Brief zu schreiben, betäubt ihn dann und dreht die Gashähne auf. Kallweit schreibt den Brief, um Zeit zu gewinnen und in der Hoffnung, Schlattke noch überwältigen zu können.»

«Gegen die zweite Möglichkeit spricht, dass der Gerichtsmediziner an Kallweits Leiche, jedenfalls soweit ich die Akte kenne, keine Spuren äußerer Gewalteinwirkung gefunden hat», sagte Rückert.

«Richtig, ich kann mich auch nicht dran erinnern.» Kappe setzte sich, um besser nachdenken zu können. «Bleibt also nur der gewiefte Fälscher, einer, der schon Ausweise, Dokumente und Banknoten gefälscht hat. Müssen wir uns dort mal umhören!»

Kappe bestätigte Frau Schlattke schriftlich, dass er ein Fotoalbum ihres Mannes mitgenommen habe, dann verabschiedeten sie sich und fuhren zurück in die Gothaer Straße, wo sie sofort zu den Kollegen eilten, die auf Urkundenfälschung spezialisiert waren. Sie notierten sich etliche Namen und waren in den folgenden Tagen damit beschäftigt, die Betreffenden unter die Lupe zu nehmen und herauszufinden, ob sie irgendwann einmal Kontakt zu Arthur Schlattke gehabt hatten. Das Ergebnis: Fehlanzeige!

Kappe war verzweifelt. «Damit ist meine ganze schöne Theorie im Eimer. Die Staatsanwaltschaft und spätestens der Untersuchungsrichter werden uns einen Vogel zeigen, wenn wir behaupten, der Abschiedsbrief sei gefälscht. Und solange er als echt gilt, war es kein Mord, sondern ein Selbstmord.» Seine Bedenken wuchsen von Sekunde zu Sekunde. «Und wahrscheinlich ist er wirklich echt – der Graphologe, mit dem ich gesprochen habe, hat das mit Nachdruck betont.» Kappe stutzte. «Eigentlich ein bisschen *zu* nachdrücklich ...»

Rückert sah in fragend an. «Wie meinen Sie das?»

Kappe sprang auf. «Das wäre ja ein Ding! Schlattke weiß, welchen Graphologen wir im Zweifelsfall zu Rate ziehen, und lässt von ebendem Kallweits Abschiedsbrief schreiben. Für tausend Mark oder ein üppiges Fresspaket tun doch heute viele alles.»

Rückert schüttelte den Kopf. «Entschuldigen Sie, dass ich da etwas skeptisch bleibe.» Das war noch vorsichtig ausgedrückt.

Aber Kappe schaffte es, seine Vorgesetzten zu überzeugen, und sie erhielten die Erlaubnis, den Graphologen in die Mangel zu nehmen. Zehn Minuten später saßen sie bei Manfred Holtzmann in der Belziger Straße im Wohnzimmer. Kappe kam schnell zum Wesentlichen. «Ich fand es sehr eindrucksvoll, Herr Holtzmann, wie Sie mich bei meinem ersten Besuch hier in Ihrer Wohnung davon überzeugt haben, dass Max Kallweit den fraglichen Abschiedsbrief selbst geschrieben hat ...»

«Das hat er auch, hundertprozentig!», rief der Graphologe.

«Das sagen Sie ...» Kappe bluffte nun ein wenig. «Ein anderer Fachmann ist da allerdings gegenteiliger Ansicht ...» Dass er dieser andere Fachmann war, verschwieg er lieber.

«Ach, Unsinn!» Holtzmann zeigte keinerlei Wirkung.

Kappe wurde nun doch etwas unsicher und entschloss sich zum Frontalangriff. «Was halten Sie denn von dieser Version: Arthur Schlattke erscheint bei Ihnen und macht Ihnen ein verlockendes Angebot: ‹Hier haben Sie ein paar Scheinchen, und dafür bitte ich Sie um einen kleinen Gefallen. Ich habe hier einen Brief aufgesetzt. Außerdem habe ich Ihnen einen handschriftlichen Brief von Max Kallweit mitgebracht. Übertragen Sie nun meine Zeilen mit der nachgemachten Handschrift von Kallweit auf diesen Bogen hier. Und wenn die Kripo kommt und Sie fragt, ob der Abschiedsbrief echt ist, dann bejahen Sie das im Brustton der Überzeugung. Das ist alles.›»

Holtzmann lachte. «Ihre blühende Phantasie möchte ich haben, Herr Kommissar!»

«Sie wissen sehr genau, dass ich recht habe!», rief Kappe. Schnell hatte er gemerkt, dass Holtzmann nicht einer dieser harten Hunde war, wie er sie in seinen langen Dienstjahren kennengelernt hatte, sondern nach spätestens drei Stunden weich wurde und aufgab.

Und so kam es dann auch. Mit seinem Geständnis und den Aussagen von Edeltraut Wollay zögerte der Untersuchungsrichter keinen Augenblick, Arthur Schlattke vorläufig festnehmen zu lassen, bestand aber auf einer Gegenüberstellung mit Kallweits Nachbarin, die zu Protokoll gegeben hatte, in der Tatnacht einen fremden Mann im Treppenhaus vor Kallweits Wohnung am Viktoria-Luise-Platz gesehen zu haben.

Magda Braun wurde in die Gothaer Straße gebeten und mit sechs Männern konfrontiert, auf die ihre Beschreibung in etwa passte. Die alte Lehrerin setzte ihre Brille auf, musterte die Männer kurz und kritisch und zögerte dann keine Sekunde, auf Arthur Schlattke zu zeigen und Kappe und Rückert mitzuteilen, dass er es war, den sie nachts an Kallweits Wohnungstür gesehen habe.

Damit war die Sache gelaufen, und am frühen Abend unterschrieb Arthur Schlattke ein volles Geständnis.

Als Hermann Kappe todmüde, aber glücklich nach Hause kam, saß sein Sohn Karl-Heinz am Küchentisch und feixte. «Meinen herzlichen Glückwunsch, lieber Vater, dass du Günther Kümmel und Arthur Schlattke aus dem Verkehr gezogen hast. Zum Dank dafür schenkt dir die Innung der Berliner Schieber diese beiden Tafeln Cadbury-Schokolade.»

QUELLEN

Arnold, Angela M., und Griesheim, Gabriele v.: Trümmer, Bahnen und Bezirke, Berlin 1945 bis 1955, Berlin 2002

Berliner Zeitung, Jahrgang 1948

Bezirksamt Neukölln von Berlin: Mit Kohlendampf auf den Trümmerberg. Die Nachkriegszeit in Berlin-Neukölln 1945–1949, Berlin 1990

Bosetzky, Horst: Capri und Kartoffelpuffer, Berlin 1997

Gahm, Bernhard: Hausschlachten, Stuttgart 1993

Koop, Volker: Tagebuch der Berliner Blockade. Von Schwarzmarkt und Rollkommandos, Bergbau und Bienenzucht, Bonn 1998

Küsel, Gudrun: Aufgewachsen in West-Berlin in den 40er und 50er Jahren, Gudensberg-Gleichen 2008

Scholz, Bubi: Der Weg aus dem Nichts, Frankfurt am Main 1998

Steinborn, Norbert, und Krüger, Hilmar: Die Berliner Polizei 1945–1992, Berlin 1993

Telegraf, Jahrgang 1948

Zierenberg, Malte: Stadt der Schieber. Der Berliner Schwarzmarkt 1939–1950, Göttingen 2008

Zimdahl, Almut Christiane: Aufgewachsen in Ost-Berlin in den 40er und 50er Jahren, Gudensberg-Gleichen 2008

Dazu kommt, dass ich einiges vom Schwarzmarkt der Nachkriegsjahre noch selbst kennengelernt habe.